Detlef Bluhm
Der Zug nach Wien

Detlef Bluhm

Der Zug nach Wien

Roman

Gustav Kiepenheuer Verlag

ISBN 3-378-00637-4

1. Auflage 2001

Einbandgestaltung atelier : [doppelpunkt], Berlin
Druck und Binden Wiener Verlag
Printed in Austria

www.gustav-kiepenheuer-verlag.de

Für Jutta und Rudolph

Umsonst malst du Herzen ans Fenster:
der Herzog der Stille
wirbt unten im Schloßhof Soldaten.

Paul Celan

Prolog

Die Reisenden, die am Abend des 18. März 1944 den Salzburger Hauptbahnhof betreten wollten, sahen sich ungewöhnlich strengen Sicherheitskontrollen ausgesetzt. Nur wer eine gültige Fahrkarte vorzeigen konnte, durfte auf das Bahnhofsgelände. Für zusätzliche Verunsicherung sorgten die den aushängenden Fahrplänen nicht zu entnehmenden Gleisänderungen. Züge, die gewöhnlich von Gleis 4 abfuhren, waren verlegt worden, ohne daß es dazu irgendwelche Informationen gab. Alle Zugänge zu Bahnsteig 4 wurden von SS-Einheiten bewacht, die keine Auskünfte geben wollten oder konnten. Man mußte sich an das Bahnhofspersonal wenden.

Auf diesem Gleis stand ein Zug, wie man ihn nicht jeden Tag zu Gesicht bekam. Hinter einer Lokomotive der Deutschen Reichsbahn war ein Flakwagen angehängt, gefolgt von einem Gepäck- und Funkwagen sowie mehreren Salon- und Schlafwagen des Turán – so hieß der Sonderzug des ungarischen Regenten Miklós Horthy –, einem Vorratswagen und einigen Waggons des legendären »Rheingold«, deren Seitenwände in einem hellen Violett-Ton gehalten waren. Die Fensterzwischenräume leuchteten cremefarben, und die Dächer glänzten silbergrau. Der zwölfte Waggon war abermals ein Flakwagen.

Im ungarischen Salonwagen saß der sechsundsiebzigjährige Miklós Horthy, der nach dem Ende der Habsburger Monarchie von der Nationalversammlung zum Reichsverweser gewählt worden war und 1937 durch eine Änderung der Verfassung seine Macht erheblich erweitert hatte.

Er trug seine Gesellschaftsuniform mit allen Orden und Ehrenzeichen. Auf dem niedrigen Tisch vor ihm stand ein Glas Cognac. Miklós Horthy trank einen kleinen Schluck, dann klingelte er nach dem Adjutanten Zoltán und bat ihn, die drei Mitglieder seiner Delegation einzuberufen.

Generalstabschef Szombathelyi, Verteidigungsminister Csatay und Außenminister Ghyczy betraten den luxuriösen Salonwagen und nahmen, durch eine Geste Horthys aufgefordert, ihm gegenüber in den tiefen Sesseln Platz. Der Adjutant brachte weitere Cognacschwenker und die Flasche. »Lassen Sie, ich mache das schon«, sagte Horthy unwirsch, worauf sich Zoltán schleunigst zurückzog. Horthy schenkte ein, dann ging er zum Fenster, schob den Vorhang ein wenig zur Seite, warf einen Blick auf den Bahnsteig, zog den Vorhang wieder zu und kehrte langsam zu seinem Sessel zurück. Er wirkte abgespannt. »Ob wir morgen früh in Budapest sind?«

»Hitler hat mir heute nachmittag ausdrücklich versichert, daß unserer Reiseplanung nichts im Wege steht«, antwortete der Außenminister.

»So, hat er das?« Horthy wartete keine Antwort ab. »Was wir von Hitlers Versicherungen halten können, haben wir ja heute erfahren. Und warum darf keiner von uns den Bahnsteig betreten? Die SS gestattet niemandem auszusteigen ... Na, lassen wir das«, fügte er nach einer kurzen Pause hinzu. Er erhob das Glas, straffte seinen Oberkörper und prostete den Beratern zu. »Meine Herren, auf Ungarn!«

»Auf Ungarn!« antworteten sie wie aus einem Mund, aber nicht so zackig wie sonst.

Am frühen Morgen waren sie von Hitler, Reichsaußenminister von Ribbentrop und Generalfeldmarschall Keitel am Bahnhof Kleßheim bei Salzburg empfangen worden. Während des ganzen Tages hatten sie in Schloß Kleßheim mit Hitler über den Abzug der ungarischen Truppen von der Ostfront zu verhandeln versucht. Die 150000 Soldaten wurden dringend in den Karpaten benötigt, um den Vormarsch der russischen Armee nach Ungarn zu stoppen. Doch Hitler hatte sich weder in Einzelgesprächen mit Horthy noch in größerer Runde bereit erklärt, dieses Thema zu erörtern. Vielmehr warf er seinen Bündnispartnern »Untreue« vor, eine zu geringe wirtschaftliche Unterstützung und schließlich vor allem, »daß die Judenfrage in Ungarn immer noch nicht gelöst ist«. Dann hatte er die »unumgängliche Besetzung Ungarns durch die deutsche Armee« angekündigt. Als Horthy mit seiner Delegation daraufhin sofort abreisen wollte, wurde plötzlich Fliegeralarm gegeben und das Schloß eingenebelt. Man hatte gemeldet, daß sämtliche Telefonleitungen durch einen Bombenangriff der Engländer zerstört seien. Dabei war nicht einmal Fluglärm zu hören gewesen.

Anschließend aß man zu Mittag.

Dabei hatte Hitler noch so getan, als bedaure er »die notwendigen Schritte«. Er fragte sogar Keitel, ob man den Einmarsch in Ungarn noch stoppen könne. Doch der Generalfeldmarschall schüttelte den Kopf, die Truppen seien schon in Marsch gesetzt.

»Es war eine Farce«, sagte Horthy. Die drei Herren in dem geheizten Salonwagen nippten an ihrem Cognac und stimmten ihm zu. »Hätte ich nicht doch zurücktreten sollen?«

In diesem Moment ruckte der Zug an und verließ den Salzburger Hauptbahnhof in Richtung Budapest. Es war halb zehn. Anderthalb Stunden später überschritt die deutsche Wehrmacht mit elf Divisionen die ungarische Grenze.

Zu dieser Zeit hatte sich Horthy bereits in den Schlafwagen zurückgezogen.

Im Rheingold-Salonwagen, dessen Ankoppelung auf dem Salzburger Hauptbahnhof keiner der Ungarn bemerkt hatte, brannte immer noch Licht. Der bisherige deutsche Gesandte in Budapest, Dietrich von Jagow, der aus Sicht des Reiches in Ungarn erfolglos agiert hatte, übergab seine Amtsgeschäfte an den SS-Brigadeführer und neuen Bevollmächtigten des Großdeutschen Reiches in Ungarn, Dr. Edmund Veesenmayer. Das Gespräch war pikant für Veesenmayer, denn von Jagow stand als SA-Obergruppenführer zwei Dienstränge über ihm.

»Ich bin sicher, daß Sie sich über Ihre Rückkehr in die Heimat freuen«, bemerkte Veesenmayer unverbindlich, nachdem ihn von Jagow über alle relevanten Vorgänge ins Bild gesetzt hatte und sie beim informellen Gesprächsteil angelangt waren.

»Selbstverständlich ist es eine große Ehre für mich, wieder in der Nähe des Führers wirken zu können«, antwortete von Jagow, aber in seiner Stimme klang wenig Begeisterung mit. »Obwohl, unter den neuen Verhältnissen wird die Arbeit in Ungarn sicher leichter sein.«

Von Jagow mißgönnte Veesenmayer die ihm nun vermutlich in den Schoß fallenden Erfolge. Jetzt, wo Ungarn besetzt war, ließ sich alles viel einfacher bewerkstelligen.

»Richtig.« Veesenmayer überging den Seitenhieb. »Ich denke übrigens, wir sollten den alten Horthy gleich morgen nach dem Frühstück über die neuen Verhältnisse ins Bild setzen«, schlug er vor und verstaute die ihm übergebenen Akten in seiner Reisetasche.

Von Jagow stimmte zu. »Ja, bei unserem Aufenthalt in Bicske ist es an der Zeit, mit Horthy zu reden.«

»Bicske, wieso halten wir dort? Das ist doch kurz vor Budapest.«

»Richtig, das habe ich Ihnen zu sagen vergessen. Es ist besser, wenn wir erst um zehn Uhr in Budapest eintreffen. Dann ist, jedenfalls unserem Zeitplan nach, auch die Burg besetzt. Und vorher sollte Horthy besser nicht in Budapest eintreffen. Der Bahnhofsvorsteher von Bicske wird den Zug so lange wie nötig aufhalten.«

»Gut«, antwortete Veesenmayer und erhob sich, »dann sehen wir uns morgen früh.«

»Um neun Uhr«, bestätigte von Jagow, »ich werde Sie Horthy vorstellen und mich gleich anschließend zurückziehen. Auf mich warten dann schon andere Aufgaben.«

Kurz nach dieser Verabredung erloschen auch in den lila-cremefarbenen Waggons die Lichter.

Miklós Horthy schaute aus dem Fenster und stieß immer wieder ungeduldig mit seinem Stock auf den Boden, ein sprachloser, lauter Abfahrbefehl, der ungehört verhallte. Seit über einer Stunde hielten sie in diesem Nest, und nichts geschah. Der Bahnhofsvorsteher hatte mitteilen lassen, eine Reparatur müsse abgeschlossen werden, dann könne man unverzüglich weiterfahren. Horthy glaubte kein Wort. Es klopfte an die Tür, und sein Adjutant meldete die Herren von Jagow und Veesenmayer.

Kurz darauf saß Horthy mit Veesenmayer allein in dem Salonwagen. Dietrich von Jagow hatte den SS-Brigadeführer als seinen Nachfolger vorgestellt, allerdings sei Veesenmayer im Unterschied zu ihm nicht lediglich »Gesandter«, sondern »Bevollmächtigter« des Großdeutschen Reiches in Ungarn. Bevor er den Salonwagen verließ, hatte von Jagow noch ein paar freundliche Abschiedsworte gefunden.

»Warum fahren wir nicht endlich los, wo Sie jetzt da sind«, bellte Horthy Veesenmayer an. Mit seiner Laune war es nicht zum besten bestellt. Und was war schon ein Brigadeführer?

Der 39jährige promovierte Wirtschaftswissenschaftler lächelte den fast doppelt so alten Miklós Horthy ruhig an. Er ließ sich nicht provozieren. In dem Duell, das vor Sekunden begonnen hatte und Monate dauern könnte, würde er der Gewinner sein, zumal er inzwischen auf zahlreiche erfolgreiche diplomatische Einsätze zurückblickte: 1937 hatte er in Wien maßgeblich den Anschluß Österreichs an das Reich betrieben, 1939 in Danzig als Agent provocateur die deutsch-polnischen Spannungen erhöht und 1942 in Serbien und Kroatien die Gesandtschaften in der Partisanenfrage beraten. Im Frühjahr und Herbst 1943 war er in Budapest stationiert gewesen. Danach hatte er Hitler und von Ribbentrop vor einem Ausscheiden Ungarns aus der Front der Achsenmächte gewarnt und für eine Besetzung plädiert. Und nun war er endlich am Ziel: Bevollmächtigter des Großdeutschen Reiches in Ungarn. Er würde nicht bellen wie der alte Mann ihm gegenüber. Er würde, wenn es darauf ankam, sofort zubeißen.

»Verzeihung, aber Sie irren, wenn Sie der Meinung sind, daß Sie hier auf mich warten mußten«, erklärte er freundlich, »ich bin seit Salzburg im Zug.« Er genoß die Überraschung des Alten, ohne es ihn spüren zu lassen.

»Seit Salzburg?« fragte Horthy erstaunt. »Ich verstehe nicht.«

»Haben Sie denn nicht bemerkt, daß in Salzburg unsere Schlaf- und Salonwagen angehängt wurden?«

»Nein«, antwortete Horthy ärgerlich, »Sie ... Sie hätten mich informieren müssen.«

»Sicher. Aber das sollte jetzt nicht unser Thema sein. Ich möchte Ihnen lieber die Ziele der deutschen Politik in Ungarn erläutern, und vor allem, wie ich sie umzusetzen gedenke.«

In diesem Moment bemerkte Horthy, daß der Zug wieder anfuhr. Etwas zufriedener hörte er dem jungen »Bevollmächtigten« zu. Veesenmayer deutete die Möglichkeit an, daß Ungarn der deutschen Kriegsindustrie jüdische Arbeitskräfte zur Verfügung stellen könnte. Horthy stimmte sofort zu. Er war auch mit deutschen Beratern einverstanden, und daß eine Sonderabteilung der Gestapo in Budapest die Arbeit aufnehmen würde.

Nach diesen ersten Verabredungen trennten sie sich,

denn der Zug sollte bald in Budapest eintreffen, und jeder von ihnen hatte noch Vorkehrungen zu treffen.

Dr. Edmund Veesenmayer konnte mit dem Gespräch zufrieden sein. Zwar war er mit Horthy noch nicht über die Zusammenstellung der neuen Regierung einig, wohl aber über die Grundzüge der Politik, oder genauer: über die Maßnahmen der nächsten Wochen und Monate. Vor allem würde das Sondereinsatzkommando unbehindert agieren können. Das war ein großer Schritt in die richtige Richtung.

Auch Miklós Horthy war mit den Ergebnissen der Unterredung nicht unzufrieden. Veesenmayer machte auf ihn den Eindruck eines Mannes, mit dem man reden konnte. Nicht so ein brachialer Nazi, sondern ein kultivierter Mensch, der sich klaren Argumenten nicht verschloß. Ein zwar noch junger, aber auffallend gewandter Diplomat, mit dem er trotz aller Differenzen wohl gut auskommen würde.

Horthy wußte zu diesem Zeitpunkt allerdings nicht, daß die Gestapo im Hotel Astoria ihre Budapester Zentrale eingerichtet und neun Mitglieder des Oberhauses und dreizehn Abgeordnete verhaftet hatte, daß die Burg, Horthys Amtssitz, bereits besetzt war, daß auf den Bahnhöfen mehr als eintausend Juden verhaftet worden waren, daß die Gestapo mit vorbereiteten Listen nach politischen Gegnern fahndete, daß sie dabei war, Synagogen und jüdische Schulen in SS-Garagen und Werkstätten umzuwandeln, daß das jüdische Krankenhaus gerade geräumt wurde, um als SS-Lazarett zu dienen.

Horthy ahnte auch nicht, daß in den frühen Morgenstunden des 19. März die ersten Mitglieder eines Sondereinsatzkommandos Budapest erreicht hatten, das bereits eine Woche vor der Besetzung Ungarns von dem Mann zusammengestellt worden war, der die Logistik der Vernichtung der europäischen Juden entwickelt hatte und das Sondereinsatzkommando befehligte: Adolf Eichmann.

Budapest, Wien
1944

I

Paul Singer erwachte langsam und mit dem unbestimmten Gefühl, daß etwas anders war, ungewohnt. Er drehte sich zu Eva um, die ihm den Rücken zukehrte. Noch im Halbschlaf rückte er an sie heran und legte die rechte Hand auf ihren schon spürbar gewölbten Bauch. Sie grummelte unwillig über die Bewegung, die ihren Schlaf störte, atmete aber sogleich wieder tief und regelmäßig. Er blieb ruhig liegen und genoß die Wärme ihres Körpers. Seine Hand fühlte eine Bewegung in ihrem Bauch, ein leichtes Stoßen. Und plötzlich wurde ihm bewußt, was ihn vor wenigen Augenblicken, zwischen Traum und Erwachen so beunruhigt hatte. In die hellhörige Wohnung drangen Geräusche, es war lauter als sonst um diese Uhrzeit.

Er drehte sich um und nahm den Wecker vom Nachttisch. Tatsächlich! Kurz nach acht. Nie gab es sonntags um acht solche Unruhe im Haus. Er hörte Stimmen, hastige Schritte und knarzende Türen. Ein heftiges Klopfen schreckte ihn auf. »Paul!« Und wieder klopfte es laut und ungeduldig an seiner Tür. »Paul, wach auf! Hier ist Samuel. Hörst du nicht? Mach auf!«

Er wollte Eva, die jetzt tief schlief, vermutlich aber die halbe Nacht wach gelegen hatte, nicht wecken und stieg vorsichtig aus dem Bett, warf sich ihren Morgenmantel über und huschte auf den Flur. Dort öffnete er leise die Tür.

»Was ist denn los«, fuhr er den Freund flüsternd an, »sind hier alle über Nacht verrückt geworden?«

»Die Deutschen sind da, hörst du, die Nazis.«

Paul begriff nicht. »Was redest du? Welche Deutschen sind da?«

»Die Armee, die Wehrmacht, die Gestapo! Heute früh haben sie Ungarn besetzt!«

Paul steckte den Kopf durch die Tür und schaute auf den großen Innenhof. Alle Wohnungstüren gingen auf den Hof hinaus, auf offene Flure, die durch Geländer begrenzt waren. Die Nachbarn standen in allen vier Stockwerken auf den Gängen und redeten aufgeregt miteinander. Paul zog Samuel in die Wohnung und schaute ihn irritiert an. »Das kann doch nicht wahr sein!« Erst jetzt bemerkte er, wie aufgedreht und verwirrt Samuel war. Er begann zu begreifen.

»Es ist wahr. Budapest ist ein Tollhaus. Mach dich schnell fertig. Wir treffen uns gleich im Café zu einer Besprechung. Ich muß wieder los, Leopold abholen.«

Paul nickte und schloß die Tür hinter Samuel. Dann ging er leise ins Zimmer. Eva saß im Bett, die Hände lagen auf ihrem Bauch. Schwarze, lockige Haare standen wirr um ihr rundliches Gesicht, auf dem sich Kissenspuren abzeichneten. Sie schaute ihn fragend an.

»Samuel war da. Der Vorstand trifft sich jetzt gleich im Café Parisette.« Er setzte sich neben sie aufs Bett. »Die Deutschen sind in Ungarn einmarschiert.«

Sie sahen sich einen Moment schweigend an.

»Was ist passiert?« fragte sie ihn schließlich.

»Ich weiß es nicht. Nicht mehr, als was ich dir gerade gesagt habe. Hör zu. Du bleibst in der Wohnung. Geh nicht aus dem Haus.« Er stand auf und zog sich an. »Ich bin so schnell wie möglich wieder zurück. Bitte geh nicht aus dem Haus.«

Paul ging aus der Dohány utca im jüdischen Viertel ohne Umwege zum Café Parisette am Vörösmarty ter. Die Nachricht von der Besetzung Ungarns durch die deutsche Armee mußte sich wie ein Lauffeuer verbreitet haben.

Überall auf den Straßen und Plätzen standen kleine Menschengruppen und diskutierten. Paul sah auch deutsche Soldaten. Das war eigentlich nicht ungewöhnlich, heute aber waren sie mit Maschinenpistolen bewaffnet. Und Paul beobachtete, wie zwei kleine Mercedes schnell die Király utca entlangfuhren. Er wußte, daß diese Autos von der Gestapo benutzt wurden. Bis zum Café brauchte er kaum zehn Minuten.

Das »Parisette« gehörte der jüdischen Familie Teichmann, die der zionistischen Bewegung nahestand. Deshalb hielt der vierköpfige Vorstand des »Vaadat Ezra v'Hazalah«, des im Januar 1943 gegründeten zionistischen Unterstützungs- und Rettungskomitees, seine Sitzungen dort in einem kleinen Hinterzimmer ab. Als Paul eintrat, saßen seine anderen Vorstandskollegen schon beisammen. Der Vorsitzende, Dr. Otto Stern, nickte ihm kurz zu.

»Also«, sagte er, nachdem Paul sich gesetzt hatte, »ich habe mit Hofrat Kahan telefoniert. Pauls Onkel ist auch in großer Sorge, denn die Lage ist sehr unübersichtlich. Horthy wird zwar jeden Moment aus Österreich zurückerwartet, aber die Burg ist schon besetzt. Und ich habe vor ein paar Minuten erfahren, daß die Gestapo sogar Abgeordnete verhaftet hat. Bisher gibt es überhaupt keine Gegenwehr, unsere Armee verhält sich ruhig. Wir sollten jetzt hauptsächlich einen Punkt besprechen.« Er wandte sich an Paul. »Das Geld und die Protokolle, ist alles noch in deiner Wohnung?«

»Ja.« Paul war erstaunt, daß Otto Stern ihn überhaupt danach fragte. Als Schatzmeister verwaltete er das Bargeld des Vereins, das er in seiner Wohnung ebenso verborgen hielt, wie seit wenigen Tagen den Bericht der beiden jungen Slowaken Rudolf Vrba und Alfred Wetzlar, denen es nach zweijähriger Haft gelungen war, aus Auschwitz zu fliehen und über den Vernichtungsprozeß ein genaues Protokoll anzufertigen.

»Gut«, antwortete Otto Stern. »Ich meine, daß alle

Unterlagen an einem anderen Ort versteckt werden sollten. Wir stehen mit Sicherheit auf den Listen der Gestapo und müssen mit Hausdurchsuchungen rechnen.«

»Wenn nicht mit Schlimmerem«, warf Leopold ein, aber niemand reagierte darauf.

Samuel meldete sich zu Wort. »Ich bin unbedingt deiner Meinung. Was haltet ihr von dem Keller?«

Alle schauten zu Paul. Ihm war im letzten Sommer eine kleine Druckmaschine angeboten worden, und er hatte sie kurzerhand für das Rettungskomitee erworben und in einem Kellerversteck in der Sip utca aufstellen lassen, wo sein Schwager wohnte. Es war gewiß riskant, jetzt neben dem Bargeld auch den Bericht der beiden Flüchtlinge und die sonstigen Aufzeichnungen dort zu deponieren, in dem Keller, in dem zahlreiche Dokumente für die geflohenen Juden aus Polen und der Slowakai gefälscht wurden. Denn falls die Gestapo den Keller entdecken würde, fiele ihnen alles in die Hände. Bisher kannten außer ihm nur Eva und ihr Bruder die genaue Lage des Kellers, aber da seit der Besetzung alle in Gefahr schwebten, war es vermutlich klüger, weitere Mitwisser zu haben.

»Eine gute Idee«, sagte er schließlich, »wir sollten das gleich erledigen, und ihr helft mir am besten dabei. Dann kennt auch ihr das Versteck, falls ...« Er sprach lieber nicht zu Ende.

»Vor allem«, meinte Otto Stern, »müssen wir überlegen, wie wir den Bericht ins Ausland schaffen können. Aber erst einmal sollten wir das Geld und das Protokoll an einen sicheren Ort bringen. Laßt uns gehen.«

Während die vier das Geld und die Dokumente versteckten, trafen Obersturmbannführer Hermann Krumey, die Hauptsturmführer Otto Hunsche und Dieter Wisliceny sowie Krumeys 24jähriger Sohn, Scharführer Werner Krumey, nur ein paar hundert Meter von der Sip utca entfernt im Hotel Astoria ein, das die Gestapo zu ihrem Hauptquartier erkoren hatte. Als sie sich an der Rezeption meldeten, waren zwar alle regulären Hotelgäste bereits ausquartiert, trotzdem herrschte noch ziemliches Durcheinander. Es dauerte eine Weile, bis ihr Anrecht auf Zimmer überprüft war und man ihnen die Schlüssel aushändigte. Nach der Inspektion der Zimmer trafen sie sich im Hotelcafé zu einer ersten Besprechung.

Das luxuriöse Hotel mit dem Foyer im Directoire-Stil und seinen verschwenderischen Holzverkleidungen, Spiegeln, Kandelabern und bequemen Sitzecken traf zwar den Geschmack der Deutschen, trotzdem war an einen längeren Aufenthalt nicht zu denken. Hermann Krumey war sogar äußerst ungehalten. »Ich möchte wissen, welcher Idiot das hier organisiert hat. Das Hotel ist viel zu klein. Das Sondereinsatzkommando wird aus hundertfünfzig Personen bestehen, fast soviel, wie das ›Astoria‹ Zimmer hat. Also, hier können wir nicht bleiben. Hunsche, Sie und mein Sohn kümmern sich sofort um eine neue Bleibe.«

»Was stellst du dir denn vor?« fragte ihn sein Sohn.

»Hm, Eichmann arbeitet lieber in Ruhe, abgeschieden im Hintergrund, vielleicht solltet ihr euch mal am Stadtrand umschauen. Jedenfalls brauchen wir so schnell wie möglich Platz für das komplette Sonderkommando. Wir können uns doch nicht über die ganze Stadt verteilen.«

Nachdem die beiden den Raum verlassen hatten, bestellte Krumey Cognac und Kaffee für zwei.

»Also Dieter«, er war mit Hauptsturmführer Wisliceny seit langem befreundet, »nach dem Kaffee werden wir uns auf den Weg machen, was meinst du?«

»Ja, ich denke es wird Zeit. Wir brauchen nur ein paar Minuten bis zum Gemeindehaus in der Sip utca.«

Hermann Krumey nickte und schlürfte seinen Kaffee.

Paul Singer wartete im Büro seines Onkels Ernö Kahan im dritten Stock des Hauses der jüdischen Gemeinde in der Sip utca 12. Der Hofrat war seit einer Stunde überfällig, und Paul begann sich Sorgen zu machen. Er trat hinter den Schreibtisch seines Onkels und betrachtete zum tausendsten Mal die Fotografie im Silberrahmen, die seine Mutter und Ernö Kahan zeigte. Der Onkel hielt voller Stolz den gerade neun Tage alten, in weißes Spitzentuch gehüllten Paul in seinen Armen. Das war 1918 in Berlin. Die Fotografie war einen Tag nach der Brit Mila, seiner Beschneidung, aufgenommen worden, zu der Onkel Ernö aus Budapest angereist war, um als Gevatter nach altem Brauch den Säugling zu halten, während der Mohel den rituellen Eingriff vornahm.

Es gab kein Foto, das ihn mit seinem Vater zeigte, denn der war bereits vor Pauls Geburt gestorben. Das hatte die Mutter ihm jedenfalls erzählt. Und auch Onkel Ernö hatte oft von diesem Unglück gesprochen, wenn er die beiden in Berlin besuchte, zuletzt 1933, wenige Monate nach der Machtergreifung der Nazis. Damals hatte der Onkel Ruth Singer und ihren Sohn kurz entschlossen mit nach Budapest genommen. Paul konnte sich noch gut an den Abschied von Berlin erinnern. An den Bankier Wilhelm Müller und seine Frau, an deren Sohn, seinen Freund Hans, und an das schöne Haus am Schlachtensee, wo die Mutter als Haushälterin gearbeitet hatte.

Genau zehn Jahre danach, kurz vor ihrem Tod, hatte seine Mutter ihm erzählt, daß Wilhelm Müller sein Vater war, nicht ihr verstorbener Mann. Paul erinnerte sich noch sehr genau daran, wie stockend sie ihm die Wahrheit mitgeteilt hatte, so als schäme sie sich dafür. Sie sagte ihm auch, daß Onkel Ernö es wisse, seit Pauls Geburt. Aber Paul hatte mit seinem Onkel nie darüber gesprochen.

Die Bürotür ging endlich auf. Anstelle des Onkels traten zwei SS-Männer ein. »Sie sind Paul Singer, verwandt mit Hofrat Kahan, wurde uns gesagt?« Der ihn so ansprach, war groß und ziemlich korpulent. Er redete wie jemand, der keinen Widerspruch duldete.

»Ja«, antwortete Paul.

»Sie gehören zur Führung der hiesigen jüdischen Gemeinde?«

»Ich bin im Vorstand einer zionistischen Organisation.«

»Gut, wir haben große Sympathien für die zionistische Bewegung. Welche Funktion bekleiden Sie dort?«

»Ich bin Schatzmeister des Vereins.«

Der Offizier wollte noch weiter fragen, aber dann zögerte er.

»Na, lassen wir das erst mal. Hier hat man angeblich keine Ahnung, wo Hofrat Kahan ist. Wissen Sie es?«

»Nein«, antwortete Paul, »ich warte seit über einer Stunde auf ihn.«

»Also, das werden wir bestimmt nicht tun, auf einen Juden warten«, sagte der Dicke und grinste seinen Kameraden an, der ergänzte: »Selbst dann nicht, wenn der Jude ein Hofrat ist.«

Dann schaute er sich aufmerksam in dem großräumigen Büro um und schnalzte zufrieden mit der Zunge. Sie würden sich hinter dem wuchtigen Schreibtisch postieren, der Raum war groß genug, um Stühle für die Führer der jüdischen Gemeinden aufzustellen. Auch einen Platz für die Protokollantin hatte er schon entdeckt.

»Sie richten dem Hofrat aus«, befahl er, »daß sich die wichtigsten Gemeindeführer und sonstigen Repräsentanten der Budapester Juden morgen früh um zehn hier in diesem Büro zu einer Besprechung mit uns zu versammeln haben, aber höchstens zehn Personen, hören Sie, die Entscheidungsträger. Sie sind mir persönlich verantwortlich dafür, daß alle erscheinen. Auch Sie werden anwesend sein. Haben Sie das verstanden?«

»Ja ... aber, wenn ich fragen darf, wem gegenüber bin ich verantwortlich?«

»Krumey, SS-Obersturmbannführer Hermann Krumey.«

Paul Singer starrte ungläubig auf die Tür, die Krumey offengelassen hatte. Der kurze Auftritt der beiden Deutschen kam ihm vor wie ein Spuk. Aber er wußte sehr genau, daß er das eben Erlebte nicht einfach abschütteln konnte wie einen schlechten Traum. Er setzte sich in den Schreibtischstuhl seines Onkels, stützte die Ellenbogen auf den Schreibtisch und legte sein Gesicht in die Hände. Er durfte keinen Fehler machen. In Gedanken ging er die wichtigsten Führer der Budapester Gemeinden und Organisationen durch und kam tatsächlich auf knapp zehn Personen. Ob Krumey ihn auf die Probe stellen wollte?

Er warf einen Blick auf die Tischuhr, es war bereits nach sechs, und wieder verharrten seine Augen auf der alten Fotografie. Berlin 1933. Was mochte aus Hans geworden sein? Seit elf Jahren keine Briefe, keine Telefonate, keine Nachrichten von gemeinsamen Freunden oder Bekannten. Von der Berliner Zeit waren nur vage Erinnerungen an gemeinsame Kinderspiele im Garten des großen Hauses geblieben.

Er stand auf, verließ das Büro seines Onkels und machte sich auf den Weg, die Nachricht von dem für morgen anberaumten Treffen zu überbringen.

Die Budapester Prostituierten kannten an diesem Abend nur ein Ziel: das Hotel Astoria, in dem die Siegesfeier der Deutschen tobte. In den Zimmern und auf allen Gängen, im Foyer und vor allem im Café und im Restaurant, wo sich die höheren Chargen Tische gesichert hatten, herrschte ausgelassene Stimmung. Auch mehr oder weniger prominente Sympathisanten der Deutschen gaben sich die Ehre, einige in Begleitung von Edelhuren, und nicht immer war klar, wer die Begleitung des anderen brauchte, um Einlaß zu finden.

Während in den Hotelgängen das Bier in Strömen floß und Lieder der SS gegrölt wurden, ging es im Restaurant, wo beinahe ausnahmslos Champagnerkelche, Gesellschaftsuniformen und Abendkleider zu sehen waren, weitaus vornehmer zu. Hier saßen auch Hermann Krumey und Dieter Wisliceny an einem der wenigen Tische mit Fensterblick und warteten auf Krumeys Sohn und Otto Hunsche.

»Wann kommt eigentlich Eichmann nach Budapest?« Dieter Wisliceny hatte sich nach vorn gebeugt, als er Krumey die Frage stellte. Krumey zog genüßlich an seiner Zigarre, hob dann langsam sein Glas und trank einen Schluck Champagner. Erst nachdem er das Glas wieder abgestellt hatte, blinzelte er seinem Freund verschwörerisch zu. Er genoß sein Wissen und tat sich gleichzeitig schwer, geheime Informationen für sich zu behalten, denn durch ihre Preisgabe fiel Glanz auf ihn.

»Eichmann kommt morgen«, flüsterte er, als offenbare er ein großes Staatsgeheimnis, und lehnte sich gewichtig zurück. Als er dem Kellner winkte, um eine zweite Flasche Champagner zu bestellen, sah er seinen Sohn das Café betreten. Er gab ihm ein Handzeichen, und kurz darauf saßen auch Werner Krumey und Otto Hunsche an dem Fenstertisch und stießen mit den beiden anderen an.

»Auf unsere gemeinsame Aufgabe«, prostete Hermann Krumey ihnen zu.

»Darauf und auf das Hotel, das wir gefunden haben«, sagte Werner, begierig, von der erfolgreichen Erledigung ihres Auftrages zu erzählen. Als sein Vater und Wisliceny erwartungsvoll hochschauten, berichtete Werner nach einem Seitenblick auf Otto Hunsche, der ihm zunickte, von dem herrlich gelegenen Hotelkomplex auf der Budaer Seite am Hang des Schwabenberges. »Es befinden sich dort in völliger Abgeschiedenheit drei Hotels nebeneinander, das ›Majestic‹, das ›Mirabel‹ und das ›Lomnic‹. Sie wurden erst vor wenigen Jahren gebaut, sind sehr modern und komfortabel eingerichtet und bieten genug Zimmer für uns, ein anspruchsvolles Café-Restaurant, Gesellschaftsräume und sogar eine eigene Wäscherei.«

»Ich habe Befehl gegeben, die Häuser zu räumen«, ergänzte Hunsche, »wir können schon morgen früh einziehen.«

Hermann Krumey war zufrieden und bestellte eine weitere Flasche Champagner. Inzwischen war es weit nach Mitternacht und die Siegesfeier auf dem Höhepunkt angelangt. Die Kellner servierten pausenlos Getränke, und die ersten Gäste verschwanden mit ihren neuen Damenbekanntschaften.

Werner Krumey öffnete den obersten Knopf seiner Uniformjacke. Ihm war heiß, und er spürte deutlich die Wirkung des Alkohols. Seine Stimme klang schon ein wenig belegt.

»Wer bezahlt eigentlich?« fragte er seinen Vater, als der Kellner eine neue Flasche brachte. Seine drei Tischgenossen schauten sich verständnislos an, dann lachte sein Vater. »Selbstverständlich die ungarische Regierung, was denkst du denn? Schließlich sind wir gekommen, um den Staat vor seinen Feinden zu retten. Die dabei anfallenden Spesen sind nichts gegen den Dienst, den wir Ungarn erweisen.«

Die anderen nickten und hoben ihre Gläser.

»Auf ein vaterländisches, dem Reich verbundenes Ungarn«, prostete Hermann Krumey und erhob sich mühsam von seinem Stuhl, der polternd umstürzte. Die Geste blieb nicht unbemerkt, und plötzlich standen alle Gäste im Café an den Tischen und erhoben ihre Gläser.

»Auf unseren Bündnispartner Ungarn«, rief Krumey, und viele Gläser stießen aneinander. Ihr heller Klang versetzte alle Anwesenden für einen Moment in eine bedeutungsvolle, fast andächtige Stimmung.

»Du hast ihm gesagt, daß du im Vorstand des ›Vaadat Ezra v'Hazalah‹ bist?« Eva sah ihren Mann erstaunt an, nachdem er ihr von seiner Begegnung mit Hermann Krumey berichtet hatte.

»Warum nicht? Sie wissen es doch sowieso. Und wenn dieser Obersturmbannführer Krumey es heute noch nicht wissen sollte, wird er es bald erfahren. Es ist doch klar, daß man uns bespitzelt, und wir stehen in jedem Fall auf den Listen der Gestapo.«

»Trotzdem«, antwortete Eva verärgert, »es ist nicht notwendig, alles zu sagen. Laß sie es doch selbst herausfinden. Wozu ihnen die Arbeit erleichtern?«

»Eva, ich habe nur das gesagt, was sie sowieso wissen oder mühelos in Erfahrung bringen können.«

Eva räumte den Tisch ab und ging in die Küche. Sie hantierte laut mit dem Geschirr, und Paul wußte, daß sie mit seinem Handeln nicht einverstanden war. Nach einigen Minuten kam sie zurück ins Zimmer und setzte sich zu ihm an den Tisch.

»Ich bekomme Magenkrämpfe bei dem Gedanken, daß ihr mit den Nazis zusammenarbeitet. Das kann kein gutes Ende nehmen.«

»Jetzt übertreibst du, wir arbeiten doch nicht mit ihnen zusammen. Sie haben für morgen ein Treffen anberaumt. Dem können wir uns nicht entziehen.«

»Und warum sollst du an dem Treffen teilnehmen?«

»Keine Ahnung. Er hat darauf bestanden. Meinst du, ein Obersturmbannführer nennt mir seine Gründe?«

»Ich wünschte, du würdest da morgen nicht hingehen.«

»Aber Eva, ich muß! Alles andere sieht nach Mißachtung oder Widerstand aus. Es ist gefährlich, ihren Anweisungen nicht zu folgen.«

»Es ist gefährlich, sich mit den Nazis an einen Tisch zu setzen«, beharrte Eva. »Weiß Onkel Ernö, daß du morgen auch dabei bist?«

»Ich habe vorhin mit ihm telefoniert.«

»Was hat er gesagt?«

»Eigentlich nichts. Ich habe ihm meine Liste vorgelesen, und er war einverstanden. Eine Stunde vor dem Treffen soll ich bei ihm im Büro sein.«

»Paul, er ist doch sicher nicht glücklich, wenn du dabei bist?«

Paul zuckte mit den Schultern. Er wußte es nicht. Der einzige Mißklang im Verhältnis zu seinem Onkel resultierte aus Pauls Arbeit für die zionistische Bewegung. Der Hofrat Ernö Kahan befürwortete energisch ein Zusammenleben von Menschen jüdischen und nichtjüdischen Glaubens. Gerade in Ungarn hätte die Assimilation der Mitglieder der jüdischen Gemeinde dazu geführt, daß Juden in allen Berufen vertreten seien, sie stellten sogar Abgeordnete und kommunale Politiker. In seinen Augen waren die Zionisten Schwärmer, Utopisten, die mit der Idee eines eigenen Judenstaates das Verhältnis der jüdischen Gemeinde zu den Christen belasteten.

Paul konnte mit seinem Onkel über alles reden. Nur darüber und auch über seinen richtigen Vater nicht. Zum Glück wußte der Hofrat nichts von den vielen gefälschten Papieren, die Paul auf der kleinen Druckmaschine für die aus Polen und anderen Ländern nach Ungarn geflüchteten Glaubensgenossen herstellte.

»Laß uns ins Bett gehen«, schlug Paul vor, »morgen wird ein schwerer Tag.«

»Ich bin sicher, es wird ein schwarzer Tag«, antwortete Eva und stand auf.

2

Als Paul Singer am Montagmorgen das Büro seines Onkels betrat, saß Hofrat Ernö Kahan bereits am Schreibtisch über seiner Korrespondenz. Die beiden umarmten sich herzlich.

»Was hattest du für einen Eindruck von den beiden Deutschen?« fragte der Onkel, nachdem sie sich in der Besprechungsecke niedergelassen hatten.

»Schwer zu sagen«, antwortete Paul, »nach einer so kurzen Begegnung. Jedenfalls machten sie einen sehr bestimmten, trotzdem höflichen, aber irgendwie gefährlichen Eindruck. Übrigens sollen wir vor deinem Schreibtisch Stühle aufstellen. Die Deutschen wollen hinter dem Schreibtisch sitzen.«

Während sie das Büro den Anweisungen Krumeys entsprechend umräumten, trafen die weiteren Teilnehmer des Treffens ein. Neben Dr. Otto Stern nahmen Joel Boda von der neologischen Gemeinde und Dr. Károly Brick, der Vorsitzende der orthodoxen Juden, in der Runde Platz. Schließlich kamen noch die Vertreter jüdischer Zeitungen und Hilfsorganisationen.

Kurz vor zehn betraten Krumey und sein Sohn, Wisliceny und Hunsche das Büro. Sie wurden von einem Soldaten mit Maschinenpistole und einer Stenografin begleitet.

»Ich habe Ihnen eine Namensliste aller Anwesenden vorbereitet. Dahinter stehen die Institutionen, die die Herren vertreten.«

Paul Singer war vorgetreten, nachdem Krumey sich gesetzt hatte, und legte ihm ein Blatt Papier vor. Dann ging er wieder zurück zu seinem Stuhl.

»Ausgezeichnet, Herr Singer«, sagte Hermann Krumey, »sehr aufmerksam.« Dann las er das Papier und räusperte sich. »Herr Hofrat Kahan, meine Herren«, er blickte in die Runde und bemerkte, daß drei der Anwesenden kleine Koffer mitgebracht hatten. Erst stutzte er, dann lachte er laut. »Meine Herren, wozu die Koffer, wovor haben Sie Angst? Hier wird niemand verhaftet. Im Gegenteil. Zunächst habe ich Ihnen mitzuteilen, daß ab sofort sämtliche jüdischen Angelegenheiten in der alleinigen Verantwortung eines deutschen Sondereinsatzkommandos liegen, dessen Vertreter ich bin. Die ungarische Regierung verfügt in dieser Sache über keine Entscheidungsbefugnis mehr. Ferner versichere ich Ihnen, daß Sie Ihre Arbeit unbehindert fortsetzen können. Dies betrifft auch die Dinge der Religion, also Gottesdienste und so weiter. Allerdings muß ich darauf bestehen, daß jeglicher Panikstimmung unter der jüdischen Bevölkerung energisch entgegenzutreten ist. Hier haben Sie jetzt eine große Verantwortung. Weiter ist es ab sofort keinem Juden erlaubt, ohne schriftliche Genehmigung die Stadt zu verlassen. Diese Genehmigung erhalten Sie nur von mir oder von den Hauptsturmführern Wisliceny und Hunsche. Bis morgen früh erwarte ich von Ihnen eine vollständige Liste sämtlicher jüdischer Gemeinden und Organisationen mit ihren leitenden Repräsentanten. Und morgen nachmittag um fünf Uhr erwarte ich Sie und alle Personen, die auf dieser Liste stehen, zu einem nächsten Treffen im Restaurant des Hotel Astoria, natürlich nur diejenigen, die ihren Wohnsitz in Budapest haben. Herr Hofrat Kahan, mit wieviel Juden ist Ihrer Schätzung nach zu rechnen?«

»Weit mehr als hundertfünfzig Personen, Herr Obersturmbannführer«, antwortete der Hofrat nach kurzem Überlegen.

»Gut. Herr Hofrat Kahan, Sie als Repräsentant der

Budapester, aber auch aller ungarischen Juden beauftrage ich mit der Bildung eines zentralen ungarischen Judenrates, der unser Ansprechpartner in allen jüdischen Angelegenheiten sein wird und der auch Verantwortung dafür zu übernehmen hat, daß alle Beschlüsse des Sondereinsatzkommandos in der jüdischen Bevölkerung Ungarns umgesetzt werden. Der zentrale Judenrat soll aus acht Personen bestehen. Herr Hofrat Kahan, meine Herren, das wäre für heute alles. Ihre Fragen sparen Sie sich bitte bis morgen auf.«

Ohne ein weiteres Wort verließen die Deutschen das Büro. Die Stenografin ging als letzte und schloß die Tür.

Wie immer um die Mittagszeit herrschte im Café Parisette Hochbetrieb. Alle Plätze waren besetzt, besonders eilige Gäste nahmen ihr Mittagessen auf Hockern an dem großen Tresen oder sogar im Stehen zu sich. Es war ein hektisches Kommen und Gehen, und in dem Stimmengewirr konnte man nur seinen nächsten Nachbarn verstehen.

Obwohl, oberflächlich betrachtet, das quirlige Mittagstreiben dem anderer Tage glich, spürten die Stammgäste – und hier nahmen fast nur Stammgäste ihre Mittagsmahlzeit ein –, daß sich eine gesteigerte Unruhe, eine noch emsigere Betriebsamkeit über das übliche Chaos gelegt hatte. Die Stimmen waren lauter, das Scheppern der Bestecke und Gläser hallte greller in den Ohren.

Mitten in diesem Trubel saßen Paul Singer, Samuel Blau und Leopold Csobádi an einem kleinen Tisch und warteten seit zwei Stunden auf ihren Vorsitzenden. Otto Stern war gleich nach der Sitzung in der Sip utca ins Innenministerium geeilt, um Erkundigungen einzuholen. Ihr Stammplatz, das kleine Hinterzimmer mit dem Fenster zum Hof, war gerade durch eine große Warenlieferung verstellt. Sie hatten längst gegessen und saßen schweigend vor ihren Kaffeetassen, als Otto Stern endlich das Café betrat. Sie rückten eng zusammen, und er berichtete.

»Es ist wahr, mein Gewährsmann im Innenministerium hat bestätigt, daß alle jüdischen Angelegenheiten ab sofort vom deutschen Sondereinsatzkommando entschieden werden. Es heißt übrigens, daß das Sondereinsatzkommando von einen Obersturmbannführer namens Adolf Eichmann geleitet wird, der heute in Budapest eintreffen soll.«

Sie schauten sich fragend an, aber der Name sagte ihnen nichts.

»Weiter habe ich gehört«, fuhr Otto Stern fort, »daß Premierminister Kallay gestern in der türkischen Gesandtschaft Zuflucht gefunden hat. Innenminister Keresztes-Fischer ist von der Gestapo verhaftet worden und soll sich schon in Deutschland befinden. Als neuer Staatssekretär für jüdische Angelegenheiten im Innenministerium ist László Endre im Gespräch.«

Die anderen Mitglieder des Vorstands sanken in sich zusammen. Diese Nachrichten waren viel schlimmer als erwartet. László Endre galt als besonders militanter Antisemit.

»Und gibt es Gerüchte, wer als neuer Premier im Gespräch ist?« fragte Paul Singer.

»Offensichtlich hat Döme Sztojay die besten Chancen, er gilt als Favorit von Veesenmayer.«

Otto Stern zündete sich eine Zigarette an und nahm einen tiefen Zug. »Das ist leider noch nicht alles. Wie ich gehört habe, will das Sondereinsatzkommando heute die Banken auffordern, alle jüdischen Konten zu sperren. Und nach der für übermorgen geplanten Ernennung der neuen Regierung sollen sofort einige Anordnungen erlassen werden. Es ist die Rede vom Verbot der Beschäftigung von Nichtjuden in jüdischen Firmen und Haushalten und von einer Verordnung über die Kennzeichnungspflicht von Juden.«

»Du meinst den gelben Stern?« fragte Leopold Csobádi erregt.

»So habe ich es verstanden«, antwortete Otto Stern, lehnte sich zurück und schwieg. Mehr hatte er nicht erfahren.

»Paul«, begann Samuel vorsichtig, »ich habe gehört, daß dein Onkel den Bericht aus Auschwitz nicht veröffentlichen will. Ist das wahr?«

»Davon weiß ich nichts«, antwortete Paul verwundert. »Ich kann es mir auch nicht vorstellen. Schließlich hat er mir eine Abschrift gegeben. Aber ich konnte mit ihm noch nicht darüber sprechen. Warum sollte er ihn nicht veröffentlichen wollen?«

»Es heißt, er fürchtet eine Panik, wenn alle erfahren, was in Auschwitz passiert.«

Paul dachte nach. Er glaubte zwar nicht, daß Onkel Ernö den Bericht geheimhalten wollte, aber möglich war es immerhin. »Selbst wenn es so wäre, wir haben ja eine Abschrift. Ich werde so schnell wie möglich mit ihm reden. Danach können wir entscheiden, wie wir damit umgehen.«

Ernö Kahan ging langsam in seinem Büro auf und ab. Am liebsten machte er einen Spaziergang auf der Margareteninsel, wenn er ein Problem zu lösen hatte, heute aber wollte er telefonisch erreichbar sein. Außerdem war ihm die Lage auf den Straßen zu unsicher. Die Gestapo war unterwegs, und die deutsche Wehrmacht patrouillierte.

Seufzend setzte er sich an seinen Schreibtisch, auf dem nur ein Blatt Papier lag. Darauf stand ein einziger Name, seiner. Das war erst ein Mitglied des zentralen Judenrates, den zu besetzen er beauftragt war. Im Grunde war es keine besonders schwierige Aufgabe. Er hatte das gesamte Spektrum des jüdischen Lebens in Ungarn zu berücksichtigen, also die Orthodoxen, die Liberalen und die Zionisten, dann die Hilfsorganisationen. Er kannte alle geeigneten Männer. Sein Konflikt bestand darin, ihre Namen hinzuschreiben. Denn standen sie erst einmal auf dem Papier, war der zentrale Judenrat faktisch gegründet. Krumey würde kaum jemanden ablehnen. Wenn aber der Judenrat gegründet war, mußte er seine Arbeit auch aufnehmen.

Und Ernö Kahan konnte sich sehr genau vorstellen, worin sie bestand: die jüdische Bevölkerung zu beruhigen, die Anordnungen der Deutschen durchzusetzen, eine zentrale Zeitung zu installieren, die Juden zu konzentrieren, letztlich zu ghettoisieren. Um die Abtransporte in die Konzentrationslager würden sich die Nazis dann selbst kümmern. So war es in ganz Europa geschehen, so würde es nun auch in Ungarn ablaufen.

Ernö Kahan hatte den Bericht über Auschwitz gelesen, das genaue Protokoll der beiden Slowaken, die Zeugen der Vernichtung gewesen waren und alle Vorgänge genau dokumentiert hatten. Er wußte, daß eine ungeheure Verantwortung auf die acht Mitglieder des Judenrates zukommen würde. Sie würden mit den Nazis verhandeln müssen und gegen Zahlung hoher Geldbeträge vielleicht erreichen, daß hier und da ein paar tausend Juden ins Ausland gebracht werden konnten, in ein österreichisches Arbeitslager, vielleicht sogar ins neutrale Ausland und von dort nach Palästina. Dabei würden sich eigennützige Motive nicht verhindern lassen. Auf den Listen derjenigen, die ausreisen durften, würden sich enge Familienangehörige der Mitglieder des Judenrates befinden. Wer könnte es ihnen verübeln?

Aber nicht nur diese Verantwortung, auch Privilegien würden auf den Mitgliedern des Judenrates lasten. Sie selbst hätten eine große Chance zu überleben. Die Nazis würden sie mit Schutzbriefen ausstatten, sie bräuchten den Judenstern nicht zu tragen, konnten ihre Telefone behalten, sich weitgehend frei bewegen. Denn die Nazis brauchten sie, um an das Geld der Juden zu kommen, an die Firmen und Immobilien, um schließlich den Massenmord vorzubereiten und durchzuführen. Unschuldig bleiben konnte man als Mitglied des Judenrates nicht. Wem konnte er diese Aufgabe zumuten?

Und man würde zu entscheiden haben, wie mit dem Auschwitzbericht umzugehen sei. Ihn veröffentlichen?

Eine Panik riskieren? Die Deutschen provozieren? Wäre es nicht klüger, Zeit zu gewinnen, zu hoffen und darauf hinzuarbeiten, daß es gar nicht erst zu Deportationen käme?

Ernö Kahan stand wieder auf und durchquerte ruhelos sein Büro. Hatte er eine Alternative? Der Vorsitzende der Juden in Ungarn konnte sich nicht verweigern. Sein Amt verdammte ihn zur Mitarbeit. Diese Erkenntnis belastete ihn wie nie etwas zuvor. Er öffnete das Fenster und sog die laue Luft ein. Dann setzte er sich wieder und schrieb sieben weitere Namen auf das einzelne Blatt Papier.

Stunden später klopfte es an seine Tür. Bevor er darauf reagieren konnte, betrat der junge deutsche Offizier sein Büro, der am Vormittag an dem Treffen mit Krumey teilgenommen hatte.

»Ich habe den Auftrag, Sie jetzt gleich ins Hotel Astoria zu bringen. Obersturmbannführer Krumey möchte Sie sehen.«

Ernö Kahan nickte. Insgeheim hatte er damit gerechnet. Er erhob sich, nahm das Blatt Papier mit den acht Namen, faltete es und steckte es ein. Sie gingen durch die Sip utca und bogen rechts in die Rákóczi út ein, von der aus man das »Astoria« schon sehen konnte. Werner Krumey ließ den Hofrat vorangehen, hielt sich aber dicht hinter ihm, als gelte es, einen Fluchtversuch zu verhindern. Im Foyer des »Astoria« ging Werner Krumey vor und führte Ernö Kahan in das Café. Hermann Krumey saß allein an einem Fensterplatz. Er las den »Völkischen Beobachter« und blickte erst auf, als sie direkt vor seinem Tisch standen.

»Ah, der Herr Hofrat. Schön, daß Sie so schnell kommen konnten. Bitte ...«, er zeigte mit der Hand auf einen leeren Stuhl, dann bedeutete er seinem Sohn, sich ebenfalls zu setzen. »Möchten Sie einen Kaffee, oder etwas anderes?«

»Nein danke, nichts«, antwortete Ernö Kahan.

»Also gut. Ich habe Sie hergebeten, weil ich mit Ihnen noch über den Judenrat reden muß. Ich hoffe, Sie haben sich da schon Gedanken gemacht?«

Ernö Kahan griff wortlos in seine Tasche, entfaltete das Papier und reichte es Krumey.

»Sehr schön«, lobte der Obersturmbannführer, »sehr kooperativ. Sagen Sie mir etwas über die Personen?«

»Dr. Károly Brick leitet die orthodoxe Gemeinde in der Rombach utca. Er ist außerdem Mitglied im Vorstand der 1877 gegründeten Rabbinerschule in der József körút.«

Krumey lächelte. Er wußte, daß die Gestapo dort ein weiteres Quartier bezogen hatte. Ernö Kahan erläuterte noch die anderen Namen der Liste.

»Vielen Dank, Herr Hofrat«, bedankte sich Krumey. »Sie werden verstehen, daß ich diese Namen noch überprüfen lassen muß. Wir können selbstverständlich keine Saboteure im zentralen Judenrat dulden. Ich denke, daß ich das bis morgen früh erledigen kann. Falls es unsererseits keine Einwände gibt, können wir den Judenrat auf unserer morgigen Sitzung offiziell bestätigen. Einen Einwand habe ich allerdings schon jetzt. Eigentlich erst einmal eine Frage. Ihr Neffe, ich meine Paul Singer, was macht der eigentlich beruflich?«

»Er arbeitet in meinem Geschäft.«

»Was für ein Geschäft?«

»Lebensmittel«, antwortete Ernö Kahan, »Großhandel. Wir beliefern hauptsächlich Restaurants, aber auch Krankenhäuser und die Armee. In ganz Ungarn«, fügte er stolz hinzu.

»So, so. Und was ist die Aufgabe Ihres Neffen?«

»Er ist für die Finanzen der Firma zuständig. Paul hat Betriebswirtschaftslehre studiert.«

Hermann Krumey nickte beifällig.

»Und er ist außerdem Schatzmeister in einer zionistischen Organisation«, stellte der Obersturmbannführer nachdenklich fest.

»Das ist richtig.«

»Der Junge gefällt mir«, fuhr Krumey fort, »scheint über große Talente zu verfügen. Mein Einwand gegen Ihre Liste besteht lediglich darin, daß ich ihn darauf sehen möchte. Werfen Sie irgendeinen anderen raus. Ihr Neffe soll Mitglied des Judenrates werden. Ich glaube, wir können ihn brauchen.«

»Wenn Sie es wünschen.«

»Ja. Bitte entschuldigen Sie mich jetzt, ich habe noch zu tun.«

Nachdem Ernö Kahan sich verabschiedet hatte, winkte Krumey dem Kellner und bestellte zwei Bier.

»Ich werde immer durstig, wenn ich mit Juden reden muß«, sagte er zu seinem Sohn. »Es ist, als ob man sich Schmutz von der Zunge spülen muß.«

»Ich kann sowieso nicht verstehen, wie freundlich du mit ihnen umgehen kannst«, sagte Werner Krumey.

»Mein lieber Sohn, das muß am Anfang so sein. Sie müssen beruhigt werden, wir brauchen ihre Kooperation. Das macht vieles einfacher.«

Paul kam kurz vor sieben Uhr nach Hause. Eva erwartete ihn ungeduldig.

Paul setzte sich an den kleinen Tisch, wo schon das Essen bereitstand. Sie aßen schweigend, und als Eva abgeräumt hatte, berichtete er ausführlich von dem Treffen mit Obersturmbannführer Krumey und den Informationen, die Otto Stern ihnen im »Parisette« gegeben hatte.

»Ein zentraler Judenrat«, sagte Eva eindringlich und sah ihm fest in die Augen, »ich habe es geahnt. Paul, es ist ein Fehler, mit ihnen zu sprechen, sie sind unser Untergang. Sie werden uns vernichten, wie überall. Ihr dürft nicht mit ihnen verhandeln.«

»Was redest du?« antwortete Paul. »Wir haben doch gar keine Wahl. Krumey hat Onkel Ernö mit der Bildung dieses Rates beauftragt und ein weiteres Treffen befohlen.

Wir müssen morgen nachmittag im Hotel Astoria erscheinen.«

Eva stand vorsichtig auf und legte die Hände auf ihren Bauch.

»Ich weiß Bescheid«, sagte sie, »ich habe den Bericht gelesen.«

»Du hast was?«

»Ich habe den Bericht von Vrba und Wetzlar gelesen, das Auschwitzprotokoll. Ich habe alles gelesen.«

»Das durftest du nicht, das sind streng geheime Unterlagen, ich hatte dem Vorstand versichert, daß niemand, nicht einmal du ...«

Sie unterbrach ihn und funkelte ihn wütend an. »Was denkt ihr euch eigentlich, wie können solche Informationen geheim bleiben? Ihr habt Kenntnis von der Vernichtung unseres Volkes und erklärt diese Ungeheuerlichkeiten für geheim?«

Eva zitterte am ganzen Körper, und auf ihrer Oberlippe bildeten sich kleine Schweißperlen.

»Eva«, er versuchte zu beschwichtigen, »bitte beruhige dich. Selbstverständlich werden wir die Unterlagen weitergeben, vertraulich, an die Alliierten, den Vatikan, an die neutralen Staaten und viele andere Stellen.«

»Und wann?« schrie sie. »Wann wird etwas unternommen? Sag mir doch, wie es nun weitergeht?«

Er stand auf und nahm sie in die Arme. »Es wird etwas unternommen werden, die Welt wird nicht mehr lange tatenlos zusehen. Aber wir haben diesen Bericht doch erst vor ein paar Tagen bekommen. Und jetzt, nach dem Einmarsch der Deutschen, müssen wir in Ruhe überlegen, was wir mit ihm machen.«

»In Ruhe überlegen?« Sie riß sich aus seinen Armen los. »Du redest wahrscheinlich von vielen notwendigen Gesprächen, Sitzungen, Abstimmungen. Ihr müßt in Ruhe überlegen, während viele von uns zugrunde gehen!«

»Sprich leise, willst du, daß es alle im Haus hören? Wir

sind doch hier in Sicherheit. Eine Panik wäre das Schlimmste, was uns passieren kann.«

Eva sah ihren Mann sprachlos an. »Nicht eine Panik«, sagte sie schließlich, »die Vernichtung ist das Schlimmste, was uns bevorsteht. Und jetzt ist es soweit. Die Nazis werden uns nicht schonen. Paul! Wir sind verloren, wenn wir uns nicht wehren!«

»Ich weiß«, antwortete Paul, »das werden wir auch nicht mit uns geschehen lassen, das wird auch Horthy nicht dulden. Immerhin sind wir ein souveräner Staat.«

»Wir sind nicht mehr souverän«, sagte sie sehr leise, »hast du vergessen, daß die Deutschen gestern früh unser Land besetzt haben?«

»Das habe ich nicht vergessen.« Paul ging inzwischen in dem kleinen Zimmer auf und ab. »Ich weiß, daß die Situation sehr kompliziert ist. Aber zunächst müssen wir wissen, was die Deutschen vorhaben. Erst dann können wir planen. Verlaß dich darauf, wir werden nicht untätig bleiben.«

Eva trank ein Glas Wasser und setzte sich. Paul nahm ihr gegenüber Platz.

»Paul, wie ist der Bericht eigentlich hier angekommen? Wie konnten die beiden ihn überhaupt verfassen und aus dem Lager schmuggeln?«

»Sie haben ihn nicht aus dem Lager geschmuggelt. Sie sind geflohen und haben ihn anschließend geschrieben.«

Eva sah ihn erstaunt an. »Sie sind geflohen? Wie haben sie das geschafft?«

»Es gibt eine Untergrundorganisation in Auschwitz«, antwortete er, »und sie hat die Flucht der beiden eingefädelt.«

»Wie?« fragte Eva.

»Es ist eine Ironie des Schicksals, aber gerade die Bauarbeiten für eine neuerliche Erweiterung, die wohl mit der Aufnahme von uns ungarischen Juden zusammenhängt, haben dazu geführt, daß die beiden fliehen konnten.«

»Aber wie?«

»Abends werden in Auschwitz alle Häftlinge gezählt. Fehlt jemand, wird Alarm gegeben und eine äußere Postenkette gebildet, die auch den Lagerbereich einschließt, der nachts nicht bewacht wird, weil sich ja alle Häftlinge dann hinter den elektrischen Zäunen und den Wachtürmen des eigentlichen Lagers befinden. Wenn die äußere Postenkette gebildet worden ist, wird das gesamte Lager durchkämmt. Hat man die vermißten Häftlinge nach drei Tagen immer noch nicht gefunden, geht das Wachpersonal davon aus, daß sie sich bereits jenseits der Grenzen von Auschwitz aufhalten, und die Aufgabe, sie zu finden, wird den dort Zuständigen übergeben.«

Eva unterbrach ungeduldig. »Ja, das habe ich verstanden, aber wie gelang ihnen die Flucht?«

»Ich bin ja gerade dabei, es dir zu erzählen. Also ... Man erwartete Anfang April einen großen Stapel Holzplanken zum Bau einer neuen Laderampe. Diese Planken wurden zunächst in dem Teil des Lagers deponiert, der nachts unbewacht blieb, also außerhalb des eigentlichen Lagers. Angehörige der Untergrundbewegung haben die Häftlinge bestochen, die die Planken stapeln mußten, und die haben einen Hohlraum gelassen, der zwei Menschen Unterschlupf bot. Von außen war nichts zu erkennen, und von innen konnte man zwei Planken entfernen, um die Höhle zu verlassen. In diesem Hohlraum haben sich die beiden drei Tage versteckt. Danach konnten sie fliehen. Sie brauchten knapp zwei Wochen, um in Nachtmärschen ins slowakische Zilina zu kommen. Dort konnten sie untertauchen und ihren Bericht verfassen.«

»Wie oft sind Häftlinge aus Auschwitz geflohen?«

»Ich weiß von keinem anderen Fall«, antwortete Paul. Er hatte aber gehört, was mit den Bewohnern der Baracken geschehen war, wenn jemand zu fliehen versucht hatte ... Das Lagerleben erzog alle Häftlinge, darauf zu achten, daß niemand einen Fluchtversuch unternahm.

Ernö Kahan ging die Károly király út entlang und bog dann rechts in die Dohány utca ein. Inzwischen hatte die Dämmerung begonnen. Er betrat das Haus, in dem Paul wohnte, und stieg in den zweiten Stock. Als er vor Pauls Tür stand, hörte er laute Stimmen aus der Wohnung, es klang nach Streit. Kurz nach seinem Klopfen öffnete Eva. Sie, die immer glücklich war, wenn er zu Besuch kam, hatte große Mühe, ein freundliches Gesicht zu machen. Ernö Kahan setzte sich, und Paul stellte eine Flasche Wein auf den Tisch.

»Wir haben Sorgen wie noch nie in unserem Leben, und ihr streitet euch«, stellte Ernö Kahan fest, als die Gläser gefüllt waren und Paul ihm zuprosten wollte.

»Onkel Ernö«, begann Eva sofort, und er sah ihr an, daß sie sich sehr beherrschen mußte, »Paul hat mir gerade von dem Judenrat erzählt. Ihr wißt doch bestimmt, wo das hinführen wird. Wenn ihr diesen Judenrat gründet, werdet ihr mitschuldig an dem, was uns nun bevorsteht.«

Sie unterbrach sich und holte tief Luft.

»Eva«, antwortete Ernö Kahan, »ich habe heute nachmittag genau darüber sehr lange nachgedacht. Glaub mir, ich verstehe dich. Und ich bin sicher, daß auch Paul dich versteht. Aber wir haben gar keine Möglichkeit, die Gründung des zentralen Judenrates zu verhindern. Wir können uns weigern, darin mitzuarbeiten. Doch was wäre damit gewonnen? Nichts. Sie würden andere finden. Und gerade weil wir mehr wissen als andere, weil wir keine Illusionen darüber haben, was nun vermutlich in Gang gesetzt wird, genau aus diesem Grund dürfen wir uns nicht verweigern. Denn wir lassen uns nicht täuschen. Wir kennen die Ziele des Sonderkommandos. Und deshalb werden wir versuchen, Zeit zu gewinnen. Die russische Armee steht in den Karpaten und wahrscheinlich bald vor unserer Grenze. Hitlers Krieg ist verloren, die Frage ist nur, wie lange er sich noch halten kann. Deshalb müssen wir Zeit schinden, Geld und Güter für die Rettung vieler in Aussicht stellen, die Verhandlungen so lange wie irgend möglich hinauszögern, Finten schlagen. Oder hast du einen besseren Vorschlag?«

Eva war fassungslos. Sie weigerte sich, diesen Gedanken zu folgen. Aber sie schwieg und lief erregt ins Schlafzimmer.

»Da ist noch etwas«, fuhr Ernö Kahan an Paul gewandt fort. »Weshalb ich eigentlich hier bin: Ich komme gerade aus dem ›Astoria‹. Krumey hatte nach mir geschickt und wollte die Liste des zentralen Judenrates haben. Nachdem er sie gelesen hatte, befahl er mir, deinen Namen daraufzusetzen. Er will, daß du dem zentralen Judenrat angehörst.« Paul dachte mit Sorge daran, was Eva dazu sagen würde.

»Wir müssen darauf achten, daß Eva sich nicht zu sehr aufregt«, sagte Ernö Kahan und schüttelte leicht den Kopf, »bei so einem Ausbruch könnte sie das Kind verlieren.«

In diesem Moment kam Paul die Idee, wie man den Auschwitzbericht ins Ausland bringen könnte.

»Ich habe große Angst um sie und das Kind«, antwortete er, »und ich wollte dich sowieso nach deiner Meinung fragen. Seit gestern verfolge ich einen ganz bestimmten Gedanken. Ich ... ich möchte Eva in ein neutrales Land bringen, sagen wir in die Schweiz, oder nach Portugal. Es ist ja im Prinzip egal wohin. Verstehst du, es geht mir nicht um mein Glück. Es geht um unser Kind. Ich könnte es nicht ertragen, wenn ...«

Ernö Kahan holte tief Luft und stieß sie langsam wieder aus. Das tat er immer, wenn er auf etwas besonders Wichtiges zu sprechen kam. »Ich bin ganz deiner Meinung, nur wird es jetzt nicht mehr so einfach sein, sie hinauszuschaffen. Wenn es nur um das Geld gehen sollte, da mach dir keine Sorgen. Aber wird sie überhaupt wollen? Sie hat ihren eigenen Kopf, und dafür, Paul, solltest du dankbar sein. Wenn sie sich nun weigert, Ungarn zu verlassen, was dann?«

»Ich hoffe, daß der Gedanke an das Kind sie überzeugt.«

»Sprich mit ihr«, ermunterte ihn sein Onkel, »es wäre das beste. Für Eva, für das Kind, und auch für unsere Arbeit. Ich habe euch, ich meine jetzt dich und deine Mutter, vor ...«, er dachte kurz nach, »vor elf Jahren aus Deutschland hergeholt. Jetzt ist es an der Zeit, Eva in ein anderes Land zu bringen. Vielleicht sogar nach Palästina.«

Paul schaute seinen Onkel verwundert an.

»Palästina? Das sagst du?«

»Ja, obwohl es dich wundern wird. Palästina.«

3

Der große Speisesaal des »Astoria« wurde von zahlreichen Kronleuchtern erhellt. An der den Fenstern gegenüberliegenden Seite erstreckte sich über die gesamte Länge des Saals eine erhöhte, holzverkleidete Balustrade. Dort saßen Obersturmbannführer Krumey, sein Sohn, Dieter Wisliceny und Otto Hunsche. Sie waren erst erschienen, nachdem die fast 200 Vertreter der jüdischen Gemeinden und Organisationen Platz genommen hatten. Hermann Krumey blätterte noch in der ihm schon mittags zugestellten Liste der Anwesenden, und im Saal herrschte eine so angespannte Ruhe, daß fast alle das Rascheln der Papiere hören konnten. Schließlich stand er auf und blickte auf die versammelten Vertreter der ungarischen Juden hinab.

»Hofrat Kahan, meine Herren, ich danke Ihnen, daß Sie heute so zahlreich erschienen sind. Ich möchte meine und Ihre Zeit nicht über Gebühr in Anspruch nehmen und bitte Sie deshalb, nur dann Fragen zu stellen, wenn Sie etwas nicht verstanden haben sollten.«

Zunächst wiederholte er, was er am Vortag schon in kleiner Runde bekanntgegeben hatte. Dann gab er weitere Informationen.

»Der Sitz des nun für alle jüdischen Angelegenheiten zuständigen Sondereinsatzkommandos befindet sich ab sofort im Hotel Majestic auf dem Schwabenberg.

Wir haben auch einige kleinere Pensionen in der Nachbarschaft des »Majestic« und Privathäuser für unsere Arbeit bezogen, und ich muß leider sagen, daß nicht alle Räumlichkeiten so eingerichtet sind, wie wir uns das vorstellen.

Ich erteile Ihnen also den Auftrag, uns verschiedene Dinge zur Verfügung zu stellen, die uns den Aufenthalt dort erleichtern sollen. Herr Singer, Sie kümmern sich bitte darum, daß alles bis Freitag angeliefert wird. Insbesondere handelt es sich um Decken, Schreibmaschinen und Büromaterialien, Teppiche, Wandspiegel, Gemälde, Musikinstrumente, besonders einen Flügel, Toilettenartikel und Vorhänge. Ich gebe Ihnen nachher eine entsprechende Liste. Lassen Sie aber bitte bei Ihrer Auswahl guten Geschmack walten. Vor allem bei den Gemälden erwarten wir exzellente Werke, ich denke dabei an Künstler vom Range eines Watteau.

Aber kommen wir nun zu unseren politischen Angelegenheiten. Die jüdische Presse unterliegt ab heute unserer Zensur. Sie sollen dies nicht als Einschränkung verstehen, sondern als Hilfe, denn weder uns noch Ihnen ist damit gedient, wenn durch eine fehlgesteuerte Informationspolitik Unruhe oder gar Panik entsteht. Ferner sollen alle jüdischen Presseorgane in einer zentralen Zeitung zusammengefaßt werden. Auch dies dient dem Ziel einer eindeutigen und unmißverständlichen Information der jüdischen Bevölkerung. Ich erwarte bis spätestens Anfang nächster Woche dazu Ihre Vorschläge.

Weiter haben Sie alle beweglichen und unbeweglichen Güter zu erfassen, die sich in jüdischem Besitz befinden. Dazu gehören Immobilien, Firmen und Beteiligungen an Unternehmen, Konten, Bargeldvermögen, Kunstgegenstände, Auslandsguthaben, Aktienbesitz und so weiter. Auch hier ist Eile geboten.

Sie werden von zahlreichen Verhaftungen in den letzten Tagen gehört haben, von denen auch Juden betroffen waren. Ich möchte hier ausdrücklich erklären, daß kein Jude wegen seines Judentums verhaftet worden ist oder verhaftet werden wird. Wir stehen hier vor der Aufgabe, Feinde des Reiches zu neutralisieren, und die Feinde des Reiches sind auch Feinde Ungarns. Vergessen Sie nicht, daß Krieg in Europa herrscht, auch wenn Sie das hier in Budapest nicht so direkt spüren. Es wird Ihre Aufgabe sein, uns Feinde des Reiches anzuzeigen. Und je gründlicher Sie sich dieser Aufgabe annehmen, um so besser wird unsere Zusammenarbeit sein, und um so vorteilhafter für Sie.

Wir wissen, daß es hier starke antisemitische Strömungen in der Bevölkerung und in der Politik gibt. Aber wir werden keine Pogrome oder Verfolgungen dulden, die sich gegen das Judentum richten, weder in Budapest noch in der Provinz. Natürlich können wir nicht überall sein, sind also auch in dieser Frage auf Ihre Mithilfe angewiesen.«

Hermann Krumey unterbrach seine Rede, um die Liste mit den acht Namen hervorzuholen. Dabei bemerkte er, daß seine bisherigen Ausführungen gut aufgenommen worden waren. Gerade die letzten Sätze hatten beifälliges Gemurmel hervorgerufen.

»Ich komme jetzt zum Schluß und auch zum wichtigsten Punkt, der Einsetzung eines Zentralrates der ungarischen Juden. Herr Hofrat Kahan war so freundlich, uns diesbezügliche Vorschläge zu unterbreiten. Wir haben sie von unseren Sicherheitsdiensten überprüfen lassen, und ich kann Ihnen mitteilen, daß wir diesem Papier von Hofrat Kahan«, er hob die Liste hoch, »unsere Zustimmung nicht verweigern werden.«

Er verlas die acht Namen und registrierte das zustimmende Nicken der Anwesenden. »Damit«, fuhr er fort, »ist der Zentralrat der ungarischen Juden eingesetzt, und ich bitte die acht Mitglieder jetzt zu uns, um noch einige Details zu besprechen. Wenn niemand eine Frage hat, und ich sehe, daß dies nicht der Fall ist«, fügte er schnell hinzu, »dann erkläre ich das heutige Treffen für beendet.«

Wenig später saßen sie auf der erhöhten Balustrade des Speisesaals an einem großen Tisch zusammen: die deutschen SS-Offiziere, Ernö Kahan, Paul Singer, Dr. Otto Stern, Dr. Károly Brick und die vier anderen Mitglieder des Judenrates. Krumey kam auf einen Punkt zu sprechen, der ihm etwas Sorge zu bereiten schien.

»Wie ich vorhin schon gesagt habe, wir können nicht überall sein und werden selbstverständlich auch nicht über jede Verhaftung, über jede Vernehmung informiert. Wir haben deshalb für Sie Immunitäts-Karten ausfertigen lassen, auch für Ihre nächsten Angehörigen. Sollte man also versuchen, Sie zu verhaften oder zum Verhör einzubestellen, und das gilt gleichermaßen für deutsche und ungarische Stellen, zeigen Sie unverzüglich diese Karte vor. Die müssen Sie immer bei sich tragen. Man wird Sie dann nicht weiter belästigen.«

Er ließ die Immunitäts-Karten austeilen und ordnete ein Treffen im Hotel Majestic am 31. März an.

»Bis dahin haben Sie viel zu tun. Kommen Sie mit guten Ergebnissen.«

Mit diesen Worten entließ er den Zentralrat der ungarischen Juden.

»Siehst du nicht, daß alle Anordnungen nur ein Ziel haben?« fragte Eva, als Paul ihr den genauen Hergang des Treffens geschildert hatte.

»Ich sehe es genau wie du«, antwortete er, »aber ich konnte mich nicht verweigern, ich mußte die Berufung in den Rat annehmen.«

Eva schritt unruhig in ihrem kleinen Zimmer auf und ab, während Paul sein Brot aß.

»Jetzt wird dein Onkel den Bericht nicht veröffentlichen wollen, das würde die Gespräche mit den Nazis belasten. Habe ich recht?«

»So ist es. Aber nicht nur Onkel Ernö, auch der Rat wird den Bericht nicht veröffentlichen. Aus den gleichen Gründen. Wir müssen ihn ins Ausland schaffen, ihn dort veröffentlichen. Und zwar so, daß die Nazis nicht herausfinden, auf welchem Weg er ins Ausland gelangt ist.«

Eva setzte sich.

»Hast du eine Idee?«

»Du bringst den Bericht raus.«

»Bitte?« Eva traute ihren Ohren nicht. »Ich? Wie soll ich das tun? Wie soll ich hinauskommen? Außerdem will ich Ungarn nicht verlassen.«

»Eva, wenn die Alliierten und die neutralen Staaten den Bericht haben, wird es keine Deportationen mehr geben. Aber wir dürfen die Gespräche mit dem Sonderkommando nicht belasten. Wir wollen Zeit gewinnen, sie nicht reizen. Deshalb dürfen sie nicht erfahren, daß der Bericht durch unsere Hände gegangen ist.«

»Kann man nicht eine Abschrift anfertigen und sie in der Botschaft von Schweden oder der Schweiz abgeben?«

»Ja, auch das wäre möglich. Aber wenn jemand Wind davon bekommt, es den Nazis verrät? Eva, der Rat kann es sich jetzt nicht leisten, die Deutschen zu verärgern. Wir müssen Zeit rausschlagen, wir wollen sie hinhalten. In manchen Ländern haben die Deportationen Jahre gedauert. Und der Krieg sieht nicht mehr gut für die Deutschen aus. Die russische Armee steht bald an der Grenze. Noch droht keine Gefahr. Wir haben Zeit, alles in Ruhe zu überlegen. Du mußt den Bericht rausbringen. Wir finden schon einen Weg.«

Eva ging in die Küche und kam mit einem Glas Wasser zurück.

»Ich bin schwanger und könnte die Strapazen nicht durchhalten. Weißt du, es ist ... nein, bitte schickt jemand anderen.«

»Laß mich nachdenken, ja? Wir haben wirklich noch Zeit, müssen jetzt nichts überstürzen. Vielleicht fällt uns noch etwas Besseres ein.«

Paul wollte gar nicht mehr nach einer anderen Lösung suchen, aber er würde noch einige Male mit Eva darüber reden müssen. Das wußte er.

4

Am Morgen des 31. März verließ Paul seine Wohnung um sieben Uhr und ging zur Straßenbahn. Die Sonne versteckte sich hinter einer gleichmäßig fahlen Wolkenfläche, dichter Sprühregen näßte sein Gesicht. Die winzigen Tropfen waren kaum zu sehen, und diese Regenwand kam ihm wie ein tückischer Feind vor, der nicht zu greifen war. Ihm schien, als hätte ihn die Natur in einen Hinterhalt gelockt, aus dem es kein Entrinnen gab.

Als er über die Kettenbrücke fuhr, mußte er an seine zufällige und kurze Begegnung mit Adolf Eichmann und Hermann Krumey in der Rabbinerschule in der József Körút vor zwei Tagen denken. Obwohl die Gestapo die Rabbinerschule als Quartier belegt hatte, durfte er zu seiner Verwunderung ohne weitere Umstände die Bibliothek aufsuchen, nachdem er die Immunitäts-Karte vorgezeigt hatte. Das Sonderkommando wollte ein Verzeichnis aller jüdischen Gemeinden, Hilfsorganisationen, Kindergärten, Zeitungen und zahlreicher anderer Institutionen haben, und hier konnte er alles recherchieren. Als er die dazu notwendigen Nachschlagewerke und Dokumente herausgesucht hatte und an einem kleinen Tisch saß, kam Krumey in Begleitung eines anderen SS-Obersturmbannführers und des Direktors der Schule in den Lesesaal. Die beiden ließen sich Wiegendrucke und Manuskripte, Gebetbücher, Talmudtraktate und die Werke der jüdischen Philosophie zeigen und erläutern. Als Krumey Paul erkannt hatte, flüsterte er dem Fremden, der trotz des gleichen Ranges über Krumey zu stehen schien, ein paar Worte zu, worauf sie sich umsahen und auf ihn zukamen. Paul erhob sich, als sie vor ihm standen.

»Ich möchte Ihnen SS-Obersturmbannführer Adolf Eichmann vorstellen.«

Paul nickte und nannte seinen Nachnamen.

»Paul Singer, Mitglied des Judenrates?« fragte Eichmann.

»Ja, Herr Obersturmbannführer«, antwortete Paul und bemühte sich, seine Stimme ruhig und fest klingen zu lassen.

»Ich höre, Sie sind außerordentlich bewandert in finanziellen Angelegenheiten?«

»Nun, ich habe Wirtschaft studiert und bin für die Finanzen im Geschäft meines Onkels zuständig.«

»Und, ist es ein großes Geschäft?« fragte Eichmann weiter.

»Lebensmittelgroßhandel«, warf Krumey beflissen ein, »sie liefern an bedeutende Kunden in ganz Ungarn, sogar die Armee gehört dazu.«

Krumey war zufrieden. Er hatte Eichmann wieder einmal seine Detailkenntnis bewiesen.

»Na, ich bin sehr gespannt auf Ihre Fachkenntnisse«, fuhr Eichmann fort, »wir werden ja übermorgen sehen.« Er wandte sich an Krumey. »Ist der Judenrat eigentlich informiert, daß ich am Freitag die Sitzung leite?«

»Noch nicht, Sie hatten doch ...«

»Schon gut«, unterbrach ihn Eichmann, »also junger Mann, am Freitag werden wir uns unter anderem über finanzielle Dinge unterhalten. Dann lernen Sie auch unseren Finanzexperten kennen, der übrigens in Ihrem Alter sein dürfte.« Eichmann drehte sich um und betrachtete die bis an die Decke reichenden Buchregale. »Eine wichtige, hervorragende Bibliothek«, bemerkte er und schaute Paul wieder an.

»Eine der größten jüdischen Bibliotheken der Welt«, sagte Paul stolz.

»Die größte jüdische Bibliothek der Welt wird in Prag

entstehen«, stellte Eichmann fest, »ich lasse sie einrichten und habe vorhin veranlaßt, daß 4000 Werke von hier nach Prag gebracht werden. Also, wir sehen uns am Freitag.«

Eichmann und Krumey verschwanden mit dem Direktor der Bibliothek in einem anderen Saal, und Paul setzte sich wieder. Er wunderte sich, daß dieser Eichmann, obwohl Krumey sich ihm völlig unterzuordnen schien, keinesfalls bedrohlich und machtvoll wirkte, eher farblos und unscheinbar.

An dem kleinen Bahnhof der Zahnradbahn stieg Paul aus der Straßenbahn. Um halb acht traf das letzte Mitglied des Judenrates an dem vereinbarten Treffpunkt ein, und wenige Minuten später fuhren sie den Schwabenberg hinauf. Sie saßen schweigend auf ihren Sitzen. Auch Ernö Kahan schien bedrückt. Das Schicksal der ungarischen Juden stand heute auf der Tagesordnung, dessen waren sie sich sicher.

An der Station Svabhegy stiegen sie aus, bogen links in die Karthauzi út ein und standen bald vor der imposanten Fassade des vierstöckigen Hotel Majestic.

Ein uniformierter Portier wies ihnen Sitzplätze in einem langen Gang zu. Eine halbe Stunde später wurden sie in einen Sitzungsraum geführt, in dessen Mitte ein ovaler Konferenztisch stand. Inzwischen hatte der Himmel aufgeklart, und eine helle Morgensonne schien schräg in den Raum, so daß die Mitglieder des Judenrates etwas blinzeln mußten, wenn sie die vier Offiziere in SS-Uniformen anschauten, die an der Fensterseite des Tisches saßen und die Sonne im Rücken hatten. Ein zivil gekleideter Mann stand am Fenster und drehte ihnen den Rücken zu. Paul setzte sich Hermann Krumey gegenüber. Ernö Kahan nahm neben Paul Platz und musterte Adolf Eichmann aufmerksam. Neben Krumey saßen sein Sohn und Dieter Wisliceny. Rechts von Eichmann nahm der Zivilist Platz.

Paul glaubte zunächst an eine Sinnestäuschung, schloß die Augen und fuhr sich mit der Hand durch das Haar. Als er gleich darauf die Augen wieder öffnete, hatte sich eine kleine Wolke vor die Sonne geschoben, und er konnte ihn genau erkennen, Hans Müller; sein Freund aus Berlin und, wie er seit einigen Jahren wußte, sein Bruder! Eigentlich war Hans Müller nur sein Halbbruder, aber wenn er an ihn dachte, dann dachte er an ihn als seinen Bruder. Paul nahm seine Aktentasche und griff nach Papier und Stift, damit man das Zittern seiner Hände nicht bemerkte. Dann schaute er Hans noch einmal an. Ihre Blicke trafen sich, und obwohl Hans keinerlei Bewegung zeigte, wußte Paul doch, daß auch er ihn wiedererkannt hatte. Paul begriff sofort, daß weder seine Glaubensbrüder noch die Deutschen von ihrer Beziehung Kenntnis haben durften. Hans war also der junge Finanzfachmann der Deutschen, etwa in seinem Alter, von dem Eichmann vorgestern gesprochen hatte! Paul war so aufgewühlt, daß er die gegenseitigen Begrüßungen überhaupt nicht mitbekam. Schließlich beruhigte er sich. Niemand schien seine Verwirrung bemerkt zu haben.

Der Obersturmbannführer Adolf Eichmann klopfte ungeduldig mit einem Bleistift auf den Tisch, und alle Augen waren auf ihn gerichtet, als er das Wort ergriff. Er sprach mit ruhiger, sachlicher Stimme und völlig emotionslos, wie von einem normalen Geschäftsvorgang, der detailliert und präzise erörtert werden mußte.

Vielleicht spürte nur Paul diesen betörenden Unterton, der verführerisch um Verständnis warb und gleichzeitig Hoffnung wecken wollte. Eichmann forderte den Judenrat zunächst auf, etwa drei Millionen gelbe Sterne herstellen zu lassen. Dazu würde man nach seinen Berechnungen rund 70000 Meter Stoff benötigen. Ab dem 5. April müsse jeder Jude den gelben Stern tragen, und der Judenrat solle ihn für drei Pengö abgeben. Reiche Juden sollten für arme Familien mitbezahlen.

Dann verkündete er weitere Reisebeschränkungen, gab bekannt, daß Ungarns industrielle Kriegsproduktion ausgeweitet werden müsse und man dazu jüdische Arbeiter rekrutieren werde, die man aber gut behandeln würde.

Außerdem verlangte er eine genaue Aufstellung der jüdischen Populationen und Vermögenswerte sowie eine Landkarte mit allen jüdischen Institutionen.

Den Wunsch der orthodoxen Juden nach einer eigenen Zeitung lehnte er ab. In der »Magyar Zsidók Lapja« seien zwei Seiten für Informationen aus dem Leben des orthodoxen Judentums zu reservieren.

Zum Schluß machte Eichmann noch eine, wie er betonte, persönliche Bemerkung. Er sei kein Freund von Gewalt. Und nach dem Krieg wären die Juden wieder so frei wie zuvor und könnten unternehmen, was immer ihnen beliebe. Alle jetzt notwendigen Einschränkungen seien ausschließlich kriegsbedingt. Allerdings solle man nicht versuchen, ihn zu hintergehen. Er kenne sich in allen jüdischen Angelegenheiten inzwischen sehr gut aus und würde auf jeden Täuschungsversuch hart reagieren.

Sein letzter Hinweis galt möglichen Übergriffen deutscher oder ungarischer Behörden oder ungarischer Privatpersonen auf die jüdische Bevölkerung. Er würde so etwas jederzeit unterbinden. Kein Jude solle wegen seines Glaubens verhaftet oder bedrängt werden. Man solle ihm unverzüglich Bericht erstatten, falls dem nicht entsprochen würde. Er würde jedem Einzelfall nachgehen.

Den Mitgliedern des Judenrates stand Erleichterung ins Gesicht geschrieben. Sie waren mit den schlimmsten Erwartungen auf den Schwabenberg gekommen. Nun galt es zwar, Eichmanns Befehle auszuführen, womit ihnen eine schwere Aufgabe gestellt war, aber gerade die Vielzahl der Anweisungen, die aufwendige Reglementierung des gesamten jüdischen Lebens in Ungarn, dies alles deutete doch auf ein Verbleiben im Land hin, natürlich unter erschwerten Bedingungen, aber ein Bleiben in der Heimat! Sie verließen das »Majestic«, und in der hellen Morgensonne und der frischen Bergluft atmeten sie auf.

Nur Paul blieb zurück. Eichmann hatte ihn aufgefordert, mit seinem Sonderbeauftragten Dr. Müller die Details der Erfassung des jüdischen Eigentums zu besprechen. Als die beiden sich allein in dem großen Sitzungsraum gegenübersaßen, herrschte eine Weile Schweigen. Paul mochte unter keinen Umständen das Gespräch eröffnen. Hans befand sich zweifellos in der stärkeren Position, und er brach auch das Schweigen.

»Es sieht so aus, als hätten wir beide die gleiche Begabung von Vater geerbt.«

»Du weißt es also auch«, stellte Paul erleichtert fest. In dieser Situation hätte er Hans kaum offenbaren können, daß sie Brüder waren.

»Er erzählte es mir kurz vor seinem Tod.«

»Das wußte ich nicht, ich meine, daß er gestorben ist.« Es klang wie eine Entschuldigung.

»Woher solltest du auch? Es ist zwei Jahre her, das Herz machte nicht mehr mit.«

»Das tut mir leid. Und deine Mutter?«

»Ist im letzten November bei einem der Bombenangriffe auf Berlin ums Leben gekommen.«

Einen Moment herrschte wieder Schweigen.

»Es ist wohl besser, wenn niemand etwas von unseren Beziehungen erfährt«, sagte Paul.

»Ja«, antwortete Hans Müller sofort. »Lebt deine Mutter noch?«

»Auch gestorben.« Paul wollte mit Hans nicht über seine Mutter sprechen. »Du trägst keine Uniform?«

»Nein, ich bin so eine Art Sonderbeauftragter, zuständig für finanzielle Transaktionen.«

»Ich glaube, wir beide wissen«, sagte Paul nach kurzem Überlegen, »was jetzt geschehen wird. In Ungarn wird das gleiche geschehen wie in den anderen Ländern, oder?«

»Ja«, antwortete Hans, »das wird nicht zu verhindern sein.«

»Könnten wir nicht, ich meine, bevor alle Juden erfaßt

sind, könnten wir nicht bald eine größere Gruppe von uns ins neutrale Ausland schaffen? In die Schweiz oder nach Portugal? Dafür würde es selbstverständlich eine Gegenleistung geben. Geld. Oder was immer Eichmann haben will.«

»Euer Geld?«

»Ich meine Geld aus dem Ausland. Von Konten, an die ihr nicht herankommt. Oder Material. Ihr werdet doch irgend etwas dringend brauchen. Das ist jedenfalls mein Eindruck, wenn man die Frontberichte hört.«

Hans Müller stand auf und schaute aus dem Fenster.

»Ich könnte Eichmann diesen Vorschlag machen«, sagte er. »An wie viele Personen dachtest du?«

»Erst eine kleine Gruppe, vielleicht hundert, ziemlich schnell. Und dann fünftausend, etwas später. Sie könnten mit einem Zug ausreisen.«

»Gut, ich werde Eichmann fragen. Aber mach dir keine großen Hoffnungen.«

Sie schwiegen einen Moment.

»Wie geht es nun weiter?« fragte Paul.

»Wir erledigen unsere Arbeit«, antwortete Hans Müller, ohne sich umzudrehen. »Ich werde dich übrigens mit Herr Singer anreden, und du nennst mich bitte Doktor Müller.«

»Jawohl, Herr Doktor Müller«, sagte Paul.

Hans Müller drehte sich wieder um und schaute Paul prüfend an. Aber er konnte in seinem Gesicht keinen Sarkasmus entdecken.

»Gut, Herr Singer, dann sollten wir mit unserer Arbeit beginnen.«

»Dein Bruder? Du hast nie von einem Bruder oder Halbbruder gesprochen!« Eva ging in dem kleinen Wohnzimmer auf und ab.

»Ich mußte Mutter versprechen, keinem Menschen davon zu erzählen.«

»Das kann doch nicht wahr sein«, murmelte sie vor sich

hin, »da besetzen die Nazis Ungarn, fordern eine Aufstellung unserer Vermögen, mein Mann soll diese Übersicht erarbeiten, und derjenige, mit dem er später über die Plünderung unseres Eigentums verhandeln muß, ist sein Bruder aus Deutschland! Das ist doch grotesk, nein schlimmer, das ist ein Alptraum!«

Eva ging in die Küche und kam mit einer Flasche Pflaumenschnaps und zwei Gläsern zurück.

»Es ist noch nicht Abend«, sagte Paul verwundert.

»Es ist bereits tiefe Nacht!« versetzte Eva heftig und goß ein. Sie trank ihr Glas in einem Zug aus.

»Und wie ist er, dein Bruder, nett, seht ihr euch ähnlich?«

»Er hätte so tun können, als kenne er mich nicht.«

»Na, das zeichnet ihn ja geradezu aus.«

Sie goß sich noch ein Glas ein. Ihre Hände zitterten.

»Entschuldige«, sie schaute ihrem Mann in die Augen, »aber das ist zuviel für mich. Ich halte das nicht aus.«

Paul stand auf, stellte sich hinter sie und massierte ihre Schultern.

»Ich weiß auch nicht, wie ich das durchstehen soll. Aber ich kann es doch nicht ändern.«

»Nein«, sagte sie tonlos, »und was nun?«

»Eva, ich habe mit Hans über die Möglichkeit gesprochen, einige von uns ausreisen zu lassen. In ein neutrales Land.«

Sie drehte sich um.

»Ich habe dir schon gesagt, daß ich nicht vor den Nazis fliehen werde.«

»Und ich habe dir geantwortet, daß du nicht fliehen, sondern kämpfen sollst. Es können nicht alle an der gleichen Front kämpfen.«

»Wird es so werden wie überall in Europa?«

Paul nickte. Trotz Eichmanns heuchlerischer Rede machte er sich keine Illusionen mehr. Irgendwie hatten sie bisher in Ungarn auf einer Insel der Seligen gelebt. Um sie herum waren Städte und Länder in Schutt und Asche versunken, die jüdische Bevölkerung der meisten europäischen Staaten war buchstäblich verschwunden, und sie hatten geglaubt davonzukommen. Die anderen Mitglieder des Judenrates, außer vielleicht Onkel Ernö, glaubten es noch immer. Der Gedanke an die Vernichtung überstieg die Vorstellungskraft der ungarischen Juden.

»Ich muß hierbleiben, du gehst«, sagte er leise, aber mit großer Bestimmtheit.

»Selbst wenn es gelänge, mich hier herauszubringen, ich könnte nicht leben mit dem Gedanken, euch verlassen zu haben.«

»Du darfst nicht an mich, nicht an uns denken, nicht an das, was bald hinter dir liegen wird. Nur an die Zukunft darfst du denken, daran, daß du uns draußen besser helfen kannst. Du mußt dich überwinden, uns zu verlassen.«

Paul setzte sich wieder und goß nach. Als sie anstießen, gaben die dickwandigen Gläser einen dumpfen, kurzen Klang von sich.

Später, Eva war schon ins Bett gegangen, saß Paul allein am Tisch. Er hatte sich ein Glas Wein eingegossen und dachte an seine Kindheit in Berlin. Im Rückblick, das war ihm bewußt, neigt man dazu, weniger schöne Stunden zugunsten freundlicher Erinnerungen zu verdrängen. Und selbst schmerzliche Ereignisse deckt die Zeit mit einem milden Schleier zu.

Trotzdem, an unfreundliche Stunden konnte sich Paul kaum erinnern. Er war, behütet von seiner Mutter, in der großen Schlachtenseer Villa des Bankiers Wilhelm Müller aufgewachsen, gemeinsam mit dem zwei Jahre älteren Hans Müller, dessen Eltern nichts gegen die Freundschaft der beiden gehabt hatten. Und auf dem Gymnasium bildeten die judenfeindlichen Kräfte eine Minderheit, belächelt und von oben herab betrachtet von den großbürgerlichen Sprößlingen.

Um so weniger hatte Paul damals verstanden, weshalb er und seine Mutter Berlin so überstürzt verlassen mußten. Lange litt er unter der Trennung von dem Haus und von seinem Freund Hans.

Wenn er aber jetzt an ihn dachte, spürte er ein großes Unbehagen. Er nahm sich vor, unbedingt Situationen zu vermeiden, in der er ihm die Fragen stellen konnte, die zu stellen es ihn drängte. Denn Paul fürchtete sich vor den Antworten.

5

In der nächsten Zeit geschah, was Eva von Anfang an befürchtet hatte. Nachdem Adolf Eichmanns Sondereinsatzkommando Anfang April den Konzentrations- und Deportationsplan der ungarischen Juden entwickelt hatte, wurde das Land in fünf Flächenzonen und in die Stadtzone Budapest eingeteilt. Anschließend legten Eichmann und leitende Beamte des Innenministeriums auf einer langen Sitzung die Modalitäten und Termine der Deportationen fest. Kurz darauf gingen diese Pläne unter größter Geheimhaltung an die Polizei und Gendarmerie. Die ungarische Regierung verordnete offiziell das Tragen des gelben Sterns, verbot allen Juden das Reisen und verhängte für sie eine nächtliche Ausgangssperre. Alle in jüdischem Besitz befindlichen Telefonapparate wurden beschlagnahmt, dann jüdische Bankguthaben gesperrt, Geschäfte, Büros und Warenhäuser geschlossen, die persönlichen Besitztümer eingezogen. Der Raub jüdischen Eigentums ging schnell und systematisch vonstatten.

Schließlich begann die Konzentration der gesamten jüdischen Bevölkerung in der Zone 1, den Karpaten. Am 27. April verließ der erste Zug mit 1842 Juden das Internierungslager Kistarcsa. Drei Monate nach der Besetzung des Landes durch deutsche Truppen war die Deportation der ungarischen Juden nach Auschwitz bis auf das Gebiet westlich der Donau und Budapest abgeschlossen.

Die Verhandlungen über die Ausreise von fünftausend Juden zogen sich bis zu diesem Zeitpunkt hin. Der Auschwitzbericht der beiden Slowaken war längst über eine Gesandtschaft ins Ausland gelangt. Aber von dort war keine Hilfe gekommen.

»Wie ist es überhaupt möglich, dies alles zu beschaffen, da doch sämtliche Wertgegenstände längst beschlagnahmt wurden?« fragte Scharführer Werner Krumey empört und schaute der Reihe nach erst seinen Vater, dann Hans Müller, Dieter Wisliceny, Otto Hunsche und zuletzt Paul an. Im Besprechungsraum des »Majestic« lagen auf einem Tisch am Fenster drei offene Koffer mit Bargeld, Schmuck, Gold und wertvollen Münzen. An diesem 1. Juli war Paul von einem Mercedes der SS in der Sip utca abgeholt worden, denn er konnte die schweren Koffer unmöglich allein transportieren.

»Das ist doch jetzt nicht wichtig«, antwortete ihm Hans Müller und verschloß die Koffer wieder. »Wir haben eine Abmachung getroffen, und Herr Singer hat seinen Teil erfüllt. Jetzt sind wir dran.«

»Ich finde das sogar sehr wichtig«, ereiferte sich der junge Krumey, »das kann doch nur bedeuten, daß noch viel mehr illegales Geld vorhanden ist, als wir vermuten.«

»Wir sollten das jetzt nicht weiter vertiefen«, entschied Hermann Krumey, obwohl es ihm nicht leichtfiel, seinen Sohn in die Schranken zu weisen und Dr. Müller zuzustimmen, den niemand von ihnen leiden konnte. Aber immerhin ging es hier um sehr viel Geld, das erfreulicherweise zum größten Teil in ihren eigenen Taschen landen würde.

Paul ignorierte das Gesagte. »Herr Doktor Müller, wann geht der Zug und wieviel Personen fahren mit?«

»Mit dem Zug werden dreitausend Personen ausreisen können. Er wird in sieben Tagen, also am 8. Juli von Györ nach Wien eingesetzt«, antwortete Hans Müller knapp.

»Ich habe Ihnen vor zehn Tagen eine Liste mit über fünftausend Namen übergeben«, entgegnete Paul ruhig, »über diese Anzahl hatten wir gesprochen.«

»Ich bin mir dessen bewußt. Aber Sie wissen, daß höhere Stellen letztendlich über unsere Verabredungen entscheiden. Für diesen Transport muß es bei dreitausend Juden bleiben. Später«, fügte er schnell hinzu, »wenn Sie weiteres Geld aufgetrieben haben, wird es einen weiteren Zug geben. Das kann ich Ihnen versichern.« Er griff in seine Aktentasche und gab Paul einen dünnen Ordner. »Hier sind Ihre Listen. Sie müssen zweitausend Namen streichen.«

»Wieviel Zeit habe ich dazu?« fragte Paul resigniert.

»Bis morgen nachmittag. Diesen Termin sollten Sie unbedingt beachten, sonst können wir unseren Teil der Abmachung nicht einhalten.«

Paul fuhr direkt zum Büro seines Onkels in die Sip utca. Dort warteten Ernö Kahan und Samuel schon auf ihn.

»Nur dreitausend?« fragte Ernö Kahan, als hätte er sich verhört. »Aber das heißt doch, daß wir zweitausend Namen streichen müssen. Und fast alle haben uns Geld gegeben.«

»Wir müssen sie eben auf einen späteren Zug vertrösten.«

»Aber Paul«, protestierte sein Onkel, »an dieser Liste haben fast fünfzig Gemeindeführer aus dem ganzen Land mitgewirkt. Du weißt doch, daß die Listen immer wieder geändert werden mußten, weil viele inzwischen nach Auschwitz verschleppt worden sind. Und die, die noch hier sind, warten seit Wochen verzweifelt auf den Zug. Wir können bis morgen nachmittag unmöglich fertig sein. Es hat Wochen gedauert, die Liste zusammenzustellen.«

»Wir werden selbst streichen müssen«, antwortete Paul, »ohne Rücksprache, wir haben gar keine andere Möglichkeit.«

Ernö Kahan wurde aschfahl. Er wußte, daß Paul recht hatte. Sie allein mußten nun über das Schicksal von Tausenden entscheiden.

»Wann sollen wir die Auswahl treffen?« fragte Samuel.

»Nicht mehr heute«, bat Paul, »ich habe seit vierundzwanzig Stunden nicht geschlafen und bin hundemüde. Treffen wir uns morgen gleich um neun Uhr hier?«

Ernö Kahan nickte. »Laß mir die Liste hier. Ich werde sie noch einmal durchsehen.«

»Aber Eva bleibt drauf«, sagte Paul, »alles andere ist mir inzwischen fast egal. Und sie darf nicht erfahren, daß wir streichen müssen.«

Hermann Krumey saß in seinem Arbeitszimmer über Fahrpläne und Frachtpapiere gebeugt, als sein Sohn die Tür öffnete.

»Hast du einen Moment Zeit?«

»Habe ich«, antwortete Krumey und deutete auf die kleine Sitzgruppe, »setz dich. Ich wollte sowieso gerade Schluß machen. Trinken wir noch ein Bier zusammen.«

Er holte zwei Flaschen und ließ sich Werner gegenüber in den Sessel fallen.

»Mein Gott, so viele Transporte hatten wir noch nie zu organisieren. Also Prost, was hast du auf dem Herzen?«

»Weder dieser Singer noch Doktor Müller gefallen mir. Überhaupt gefällt mir gar nicht, daß wir so viele Juden ausreisen lassen. Ist Eichmann eigentlich informiert?«

Krumey nahm einen langen Schluck. Er überlegte, ob er seinem Sohn schon zumuten konnte, in welche Richtung seine Gedanken und die zahlreicher Kameraden gingen. Werner glaubte so inbrünstig an die nationalsozialistische Idee, daß ein Schock nicht auszuschließen war. Andererseits konnte er sowieso nicht mehr lange warten, denn die Situation spitzte sich immer mehr zu.

»Werner, du mußt noch viel lernen. Aber ich war in deinem Alter auch so ein Heißsporn. Also, Eichmann ist informiert. Ohne ihn läuft doch hier gar nichts. Hör mir mal ganz ruhig zu. Ich verrate dir jetzt etwas, das mußt du unbedingt für dich behalten, darfst mit niemandem außer mir darüber reden, verstehst du?«

Werner Krumey schaute seinen Vater neugierig an und nickte.

»Versprich mir erst, daß du mit niemandem darüber sprechen wirst.«

»Ich verspreche es«, sagte sein Sohn und hörte dann zu, ohne seinen Vater zu unterbrechen.

»Gut. Die Alliierten sind vor drei Wochen erfolgreich in der Normandie gelandet, und auch die Russen rücken immer weiter vor. An allen Fronten bröckelt es. Egal, was du im Rundfunk hörst und im ›Völkischen Beobachter‹ liest, diesen Krieg können wir nicht mehr gewinnen. Unsere Wunderwaffen werden nicht rechtzeitig, und falls doch, dann nicht in ausreichender Anzahl zum Einsatz kommen. Vielleicht gibt es irgendwann einen Waffenstillstand, vielleicht auch nicht. Vielleicht muß die Wehrmacht bis zum letzten Mann kämpfen. In jedem Fall müssen wir, die SS, vorsorgen. Wir haben uns jetzt auf einen langen Kampf vorzubereiten, denn nicht die Wehrmacht, wir allein kämpfen kompromißlos für den Nationalsozialismus. Aber dabei geht Klugheit vor blinden Tatendrang. Vor Kriegsende werden unsere Vorbereitungen abgeschlossen sein. Die Besten von uns gehen dann in den Untergrund. Viele ins Ausland, nach Südamerika, überallhin, in alle Länder der Welt. Und von dort werden wir unseren Krieg weiterführen. Mit allen Mitteln. Aber dazu brauchen wir Geld, viel Geld, immense Summen, falsche Papiere und ein internationales Verbindungsnetz. Viele von uns werden ihre Identitäten, ihre deutschen Namen aufgeben müssen. Wir werden neue Fronten aufbauen, einen unsichtbaren Krieg führen. Dazu brauchen wir einen langen Atem.

Und eines Tages werden wir auferstehen, irgendwann. Und dann werden wir vollenden, was wir begonnen haben. Doch jetzt müssen wir einen kühlen Kopf bewahren, unser Untertauchen gewissenhaft vorbereiten. Damit wir später um so schlagkräftiger kämpfen können.

Ich fürchte, daß ich nicht mehr erleben werde, wovon

ich jetzt rede, ich meine den wirklichen Endsieg. Wenn eine Schlacht verloren ist, ist noch lange nicht der Krieg verloren. Und auch wenn der Krieg verloren ist, lebt unsere Idee weiter. Du mußt diese Idee in deinem Herzen bewahren, immer für sie kämpfen. Mag sein, daß dies lange Zeit im verborgenen geschehen muß. Aber merk dir, nichts ist revolutionärer als die Geduld. Und nichts ist schädlicher für unser Ziel als jugendliche Unbeherrschtheit.

Deshalb pressen wir jetzt die letzten Diamanten, das letzte Gold aus den Juden heraus, nicht aus Sorge um unsere persönliche Zukunft, sondern damit die Besten von uns in Sicherheit überleben können. Denn wenn der Krieg verloren ist, wird zunächst die Zeit unserer Verfolgung kommen. Du kannst nicht wissen, welche großen Geldmengen wir schon beiseite geschafft haben, auf Auslandskonten transferiert, vergraben, dem Zugriff unserer Feinde verborgen. Und dabei hat uns dieser Doktor Müller sehr geholfen. Aber du wirst zu gegebener Zeit eingeweiht werden. Dein Name steht auf den geheimen Listen, die nur wenigen zugänglich sind. Du wirst mit mir untertauchen, in wenigen Monaten, vielleicht sogar schon früher, jedenfalls bevor es zu spät ist. Wir werden nach Argentinien gehen. Die Mutter kommt nach. Es ist alles vorbereitet. Die Pässe sind ausgestellt. Nur die Elite wird in den Untergrund gehen. Und du bist dabei.

Also laß die paar Juden ziehen. Wir holen sie uns später. Jetzt geht es nur darum, jedes Gramm Gold, jeden Diamanten aus Ungarn mitzunehmen. Und uns in Ruhe vorzubereiten auf die letzte, die alles entscheidende Schlacht.«

Werner Krumey hatte seinem Vater wie hypnotisiert zugehört. Das war eine Botschaft, eine Zukunftsperspektive! In ihm wuchs ein Gefühl tiefster Zustimmung. Denn, wenn er ehrlich war, gewisse Zweifel am Ausgang des Krieges hatten ihn in den letzten Wochen mehr und mehr befallen. Aber wenn es sich so verhielt! Er holte zwei weitere Flaschen Bier.

»Ich bin dabei«, sagte er im Stehen und feierlich. Krumey war stolz auf seinen Sohn.

»Aber«, fragte Werner seinen Vater, »wenn auch die Juden so denken, sich auf die Zeit nach dem Krieg vorbereiten, sitzen dann nicht die Besten von ihnen in diesem Zug?«

Werner gab nicht auf. Das imponierte Krumey.

»Mag sein. Laß sie doch. Wir brauchen auf jeden Fall ihr Geld. Und vergiß nicht, was ich dir sagte, wir holen sie uns später.«

»Ich möchte den Zug nach Györ begleiten«, bat Werner Krumey, »ich will sie sehen, die Elite der Juden. Kannst du das arrangieren?«

»Aber klar, das ist keine schlechte Idee, ich stelle dir eine Sondervollmacht aus. Dann kannst du dir alle ansehen. Und präge dir möglichst viele Gesichter gut ein. Sie haben das bestimmt auch getan.«

Werner Krumey prostete seinem Vater zu. Er bewunderte ihn. Und doch, so fand er jedenfalls, hatte er eine noch bessere Idee.

»Ist alles in Ordnung? Du wirkst so bedrückt.«

Eva hatte das Essen abgeräumt und setzte sich wieder zu Paul.

»Doch, doch, alles läuft nach Plan. Ich bin nur entsetzlich müde. Mach dir keine Sorgen. In einer Woche sitzt du im Zug nach Wien.«

»Weißt du, je näher der Zeitpunkt rückt, um so größer werden meine Zweifel. Ich fühle mich schon jetzt schuldig. Ich hatte doch nur zugestimmt, um den Bericht rauszubringen.«

»Eva, wir können die Listen nicht mehr verändern«, log Paul. »Es ist alles besprochen, miteinander abgestimmt und von Eichmann genehmigt. Das Geld ist aufgetrieben. Wir können nachträglich nichts mehr ändern. Dann fängt alles wieder von vorn an. Und ich glaube nicht, daß es dann noch einmal einen Zug geben wird. Gefährde jetzt nicht die Rettung von fünftausend Menschen.«

»Fünftausend«, lachte sie bitter. »Weißt du, was du da sagst?«

»Ich weiß es, Eva, bei Gott, ich weiß es.«

Sie beobachtete ihn, wie er am Tisch saß, das Gesicht in seinen Händen vergraben.

»Es sind viele Frauen und Kinder dabei«, sagte er, »und Schwangere.«

»Aber es gibt so viele Mütter und Kinder, so viele schwangere Frauen. Warum ich? Weil ich das Glück habe, mit dir verheiratet zu sein?«

»Weil wir nicht alle retten können. Und weil du wegen einer anderen Aufgabe schon vor über zwei Monaten auf die Liste gesetzt worden bist.« Er schaute sie an. »Und weil ich dich liebe und es nicht ertragen könnte, wenn dir etwas zustößt.«

»Aber das geht mir doch auch so.«

»Ich werde hier schon rauskommen«, lachte Paul, »um mich mach dir keine Sorgen. Aber jetzt laß mich bitte noch einen Moment allein. Ich muß nachdenken. Morgen wird ein harter Tag.«

Paul hatte das Fenster von innen abgedunkelt und eine Kerze angezündet. Er mußte sich sein Versagen, das Versagen des Rates eingestehen. Eva hatte von Anfang an recht gehabt. Zeit! Er hatte gedacht, sie würden genug Zeit haben. Vor acht Wochen hatten die Deportationen begonnen. Nach ihren Informationen waren inzwischen über 400000 Juden nach Auschwitz gebracht worden. Jetzt konnten statt der vereinbarten 5000 gerade einmal 3000 ausreisen. Und nur ein paar hundert würden im neutralen Ausland ankommen. Die Mehrzahl war für Arbeitslager in Österreich vorgesehen, Arbeitslager, die die meisten vermutlich nicht überleben würden.

Er hatte versucht zu verhindern, zu verzögern, Zeit zu

gewinnen, zu verhandeln, zu täuschen. Es hatte nichts genutzt. Vergebliche Mühe. Die Nazis waren immer einen Zug schneller, hatten immer die Nase vorn, ließen sich einfach nicht aufhalten.

Hans hatte ihm vorgeschlagen, er solle sich selbst auch auf die Liste setzen, Onkel Ernö ihn beschworen, diesem Vorschlag zuzustimmen. Aber wie hätte er dann noch einem Menschen in die Augen sehen können? Er würde mit den Budapester Juden gemeinsam den letzten Weg gehen. In dem Bewußtsein, daß schon Hunderttausende vor ihm den gleichen Weg gegangen waren.

›Wenigstens Eva soll überleben‹, dachte er, ›sie und das Kind.‹

6

Als Paul am Nachmittag den Sitzungssaal des »Majestic« betrat, wartete Hans allein auf ihn. Das war ungewöhnlich. Nach dem ersten Zusammentreffen am 31. März hatte Paul bei allen Gesprächen mindestens zwei Mitgliedern des Einsatzkommandos gegenübergesessen.

»Setz dich doch«, forderte Hans seinen Bruder auf, »heute können wir uns in Ruhe unterhalten. Krumey und die anderen sind unten in der Stadt. Hast du die überarbeitete Liste?«

»Ja«, antwortete Paul und reichte sie ihm. »Es war ... nicht einfach, zweitausend Namen zu streichen.«

»Ich weiß. Es war auch nicht einfach, euch dazu zu zwingen.«

Paul schaute ihn irritiert an.

Hans steckte die Liste ein und zündete sich eine Zigarette an. »Du fragst dich bestimmt, wie ich zu dieser Arbeit gekommen bin, mit welcher Einstellung ich sie erledige. Ich will es dir heute sagen. Vielleicht haben wir nie mehr die Möglichkeit, darüber zu reden. Nein, schweig«, wehrte Hans ab, als er sah, daß Paul etwas sagen wollte, »hör einfach zu. Und sag nichts. Ich will dein Urteil gar nicht hören.

Also ... als Vater starb, stand seine Bank kurz vor dem Bankrott. Ich arbeitete bereits seit über einem Jahr in der Bank seines Bruders, den du nie kennengelernt hast. Vater war zwar so klug, seine Stimme nie offen gegen die Nazis zu erheben, aber er hat eine Zusammenarbeit immer abgelehnt, ist allen Geschäften mit ihnen aus dem Weg gegangen. Er dachte, er könne auch so überleben. Aber letztlich ist er finanziell und dann auch gesundheitlich daran zerbrochen.

Sein Bruder ist ein ganz anderer Mensch. Er sah den Aufstieg der Nazis voraus und trat der Bewegung früh bei. Seine Bank florierte, und so ist es noch heute.

Nach Vaters Tod hatten wir nichts mehr. Die Bank pleite, unser schönes Haus verkauft. Onkel Friedrich ließ uns bei sich wohnen, Mutter und mich. Und in seinem Haus verkehrten sie, die Spitzen der nationalsozialistischen Bewegung. So lernte ich die ganze Bande kennen.

Onkel Friedrich war von meinen Leistungen sehr angetan. Ich arbeitete im Auslandsgeschäft, und kurz nach Vaters Tod übernahm ich die Abteilung. Dort hatte ich viel mit jüdischen Auslandsvermögen zu tun, in allen möglichen Ländern. Es war ein Schreibtischjob, verstehst du?«

Er hob seine Arme und streckte Paul die Handflächen entgegen.

»Keine schmutzigen Hände, trotz schmutziger Geschäfte. Vor ein paar Wochen gab Onkel Friedrich ein großes Fest zu seinem sechzigsten Geburtstag. Eichmann war auch eingeladen. Friedrich schwärmte von meinen Kenntnissen im Umgang mit ausländischen Geldern; ich sei sehr geschickt, kenne mich bestens aus, habe viele Kontakte zu ausländischen Bankhäusern, insbesondere nach Österreich und in die Schweiz, sei mit dem Transfer jüdischer Vermögen bestens vertraut ... und so weiter.

Den Rest kannst du dir denken. Eichmann bat Onkel Friedrich, mich für eine besondere Aufgabe abzustellen, hier in Budapest. Und Friedrich stimmte sofort begeistert zu. Ich hatte keine Wahl, konnte mich unmöglich verweigern. Das ist alles.«

Hans stand plötzlich auf und verließ den Raum.

7

Paul und Eva saßen an ihrem Tisch im Wohnzimmer. Auf dem Boden stand ein kleiner Koffer. Mehr durfte sie nicht mitnehmen.

»Hast du das Geld versteckt?«

Ernö Kahan hatte amerikanische Dollar aufgetrieben, die Eva den Start in Palästina erleichtern sollten.

»Wie du gesagt hast, ich habe die Scheine gut an meinem Körper versteckt.«

»Und hast du die Adressen, die Onkel Ernö dir gegeben hat?«

»Sie sind im Koffer.« Eva zögerte einen Moment. »Ich … habe heute gehört, daß die Deportationen in Westungarn begonnen haben.«

»Ja, vor über einer Woche«, antwortete Paul, »bleibt nur noch Budapest.«

»Paul, wie viele sind es bisher?«

»Ich weiß es nicht, niemand außer den Nazis weiß es genau«, wich er aus. Über 400000 ungarische Juden waren wohl inzwischen nach Auschwitz transportiert worden. Aber sie wußten nicht, wie viele noch am Leben waren.

»Und Budapest?« fragte sie.

»Sie werden es nicht wagen«, gab er zu bedenken.

»Sie fürchten sich vor niemandem.«

»Eva, ich halte das alles hier nur deshalb aus, weil ich weiß, daß du bald in Sicherheit sein wirst.«

»Und ich weiß nicht, ob ich es aushalten werde, in Sicherheit zu sein.«

»Wir haben so oft darüber gesprochen«, sagte Paul, »bitte nicht noch einmal, nicht jetzt.«

»Ich habe solche Angst«, sagte sie.

Er griff nach ihren Händen.

»Ich habe auch schreckliche Angst.«

Es klopfte an die Tür. Paul ließ Onkel Ernö ein.

»Laßt uns noch einen Tee zum Abschied trinken«, bat der Onkel und setzte sich an den Tisch. Er sah den Koffer neben Eva stehen.

»Du bist fertig?«

»Jedenfalls habe ich gepackt«, antwortete sie.

»Eva«, sagte Ernö Kahan, nachdem Paul Tee eingegossen hatte, »du hast in den letzten Monaten viel gesehen und gehört, auch gelesen. Und nicht alles war für deine Augen und Ohren bestimmt. Bitte vergiß nichts von alledem. Schreib es auf, wenn du in Sicherheit bist, jede Kleinigkeit. Wir geben nicht auf, aber sei du unser Gedächtnis, für alle Fälle.«

Sie saßen noch einige Minuten schweigend beisammen und tranken langsam ihren Tee. Dann sah Ernö Kahan auf die Uhr.

»Es ist Zeit.«

Es war Evas Wunsch, von Onkel Ernö begleitet zu werden. Sie wollte sich von Paul in der Wohnung verabschieden, in der sie vier Jahre zusammengelebt hatten, nicht auf dem Bahnhof. Ernö Kahan ging in den Flur und wartete.

Paul und Eva umarmten sich fest.

»Wir werden uns wiedersehen«, flüsterte er ihr ins Ohr, »und der Gedanke an dich und unser Kind wird mir helfen, bis dahin zu überleben.«

»Ja«, antwortete sie ihm, »ich werde für euch beten.«

Der Zug nach Györ transportierte fast 1500 Budapester Juden. Am Schluß des Zuges war ein Abteilwagen für die Wachmannschaft angehängt. Dank seiner Sondervollmacht konnte Werner Krumey es sich nach der Abfahrt in einem eigenen Abteil bequem machen. Er ließ sich eine Flasche Wein bringen und dachte nach.

In Budapest hatte er die Juden in den Zug einsteigen sehen und sie dabei genau beobachtet. Ihre Gesichter interessierten ihn nicht. Er wollte sie sich nicht merken, auch wenn sein Vater ihn aufgefordert hatte, genau dies zu tun. Viel wichtiger war ihm die Bestätigung seiner Vermutung, daß dies hier besondere Juden waren. Er hatte in den letzten Wochen eine ganze Reihe von Transporten gesehen. Aber diese Budapester Juden waren nicht mutlos, ihrem Schicksal ergeben, in den Zug gestiegen. Sie legten eine unverschämte Haltung an den Tag, beschwerten sich sogar über ihre Unterbringung! Werner Krumey hatte auch die Namenslisten gelesen. Unter ihnen befanden sich Rabbiner, Kaufleute, Ärzte und Rechtsanwälte, ja sogar ehemalige Parlamentsabgeordnete. Die würden später sicherlich Anklage erheben, wenn alles schiefgehen sollte, denn sie besaßen entsprechende Möglichkeiten und Verbindungen. ›Aber, wie heißt es noch‹, dachte er vergnügt und schon etwas angetrunken, ›erstens kommt es anders, und zweitens als man denkt.‹

Am späten Nachmittag traf der Zug auf dem Güterbahnhof von Györ ein. Dort herrschten chaotische Zustände. Aus den verschiedenen Teilen Westungarns trafen Züge mit Deportierten ein, aus denen die Transporte nach Auschwitz zusammengestellt wurden. Am Rande des Güterbahnhofs sah er viele wartende Juden. Werner Krumey wußte sofort, daß es sich um diejenigen handelte, die für den Zug nach Wien ausgesucht und aus den verschiedenen Landesteilen nach Györ gebracht worden waren. Er sah es ihren selbstbewußten Gesichtern und ihrer Kleidung an. Sie unterschieden sich von den anderen Juden, glichen denen, die mit ihm nach Györ gefahren waren.

Er stieg aus dem Zug und winkte einem Bahnbeamten zu.

»Wer ist hier für die Transporte zuständig!« herrschte er den erschrockenen Beamten an.

»Der Direktor«, antwortete der Beamte, nachdem er Haltung angenommen hatte, und zeigte auf ein niedriges Gebäude auf der anderen Seite der Gleise.

»Sie führen mich sofort zu ihm!«

Einige Minuten später saß er dem Direktor gegenüber, einem unrasierten Mann mit trüben Augen und einer verknitterten Uniform. Als er Werner Krumeys Vollmacht sah, knöpfte er den Kragen zu, stand auf und entschuldigte sich für sein Aussehen.

»Ich habe zwei Nächte nicht geschlafen«, lamentierte er, »die Transporte sind kaum zu bewältigen.«

Krumey erlaubte ihm, sich zu setzen, und nahm selbst auf einem Stuhl Platz, der inzwischen gebracht worden war. Mit ruhiger Stimme erteilte er unmißverständlich seine Befehle. Der Bahnhofsdirektor zuckte nur mit den Schultern. Er tat, wie ihm befohlen.

Am nächsten Morgen wurde Eichmann ein dringender Anruf durchgestellt. Er hörte sich das Anliegen des Anrufers ruhig an.

»Nein«, antwortete er, »ich brauche nicht nachzuschauen, ich habe die Zugnummern im Kopf. Warten Sie einen Moment.« Er überlegte. Am anderen Ende der Leitung herrschte Schweigen. »Der Zug fährt weiter«, entschied er schließlich, »wozu viel Aufheben davon machen? Wir kommen sonst in Zeitverzug. Und das können wir uns nicht leisten. Es geht sowieso alles viel zu langsam. Haben Sie mich verstanden?«

Nachdem der Anrufer die Anweisung sicherheitshalber vollständig und korrekt wiederholt hatte, legte Eichmann auf. ›Schicksal‹, dachte er und wandte sich wieder seiner Arbeit zu.

8

Eine milde Sonntagssonne schien in das Wohnzimmer. Die Hitzeperiode hatte endlich nachgelassen, in der Nacht war sogar etwas Regen gefallen. Frische Luft zog durch das offene Fenster. Paul räumte gerade sein Frühstücksgeschirr in die Küche, als es an der Tür klopfte.

»Du?« fragte er erstaunt, trat zur Seite und ließ Hans ein. Noch nie hatte Hans ihn in seiner Wohnung aufgesucht. Sie trafen sich immer im »Majestic«, nur einmal war er mit Krumey in der Sip utca aufgetaucht. Er zeigte ins Wohnzimmer. »Setz dich«, forderte er Hans auf und nahm am Tisch Platz. Aber Hans blieb stehen.

»Paul, es ist etwas schiefgegangen, ein Irrtum. Der Zug ... ich meine, der Zug nach Wien ist umgeleitet worden.«

»Umgeleitet? Der Zug nach Wien? Ich verstehe nicht.«

Pauls Magen krampfte sich augenblicklich zusammen. Er konnte im Gesicht von Hans lesen, daß etwas Entsetzliches geschehen sein mußte.

»Glaube mir, es war nicht so geplant.«

»Was ist los? Rede endlich!«

Hans Müller atmete tief durch. »Der Zug, in dem Eva saß, ist in Györ nach Auschwitz umgeleitet worden, ist nicht nach Wien gefahren.«

Paul hielt sich an der Tischkante fest.

»Dann muß man ihn wieder zurückschicken, hörst du, der Zug muß doch nach Wien fahren!«

»Ich habe es vorhin erst von Eichmann erfahren. Es ist zu spät. Der Zug ist schon in Auschwitz angekommen. Verstehst du, er ist schon entladen.«

»Schon entladen?« Paul schloß die Augen. »Und Eva, kannst du sie zurückholen?«

»Ich habe bereits mit Auschwitz telefoniert. Paul, sie war hochschwanger. Du weißt doch, was das bedeutet. Sie steht nicht auf der Liste der Lagerinsassen.«

Paul riß die Augen auf und erhob sich. »Das heißt …?« Er fühlte einen tiefen Schmerz.

»Das ist nicht wahr!« schrie er. Er schrie nicht Hans, er schrie die Welt an. »Das kann unmöglich wahr sein!«

Dann sah er Hans ins Gesicht und begriff, daß es wahr war.

»Ihr seid doch so perfekt«, fuhr er Hans an, »ihr Deutschen seid doch so unheimlich, so unmenschlich perfekt, wie konnte das passieren?«

»Ich weiß es nicht«, antwortete Hans, »die Sache wird noch untersucht. Ich kann dir im Moment nur sagen, daß es mir unendlich leid für dich tut.«

»Und Eichmann«, flüsterte Paul, »tut es Eichmann auch so unendlich leid?« Er mußte sich zusammennehmen, am liebsten hätte er sich auf Hans gestürzt und ihn mit seinen eigenen Händen erwürgt.

»Paul, es ist geschehen, so schrecklich es ist. Und es ist nicht mehr rückgängig zu machen. Ich kann jetzt nur noch versuchen herauszufinden, wie es dazu kommen konnte. Entschuldige mich jetzt bitte. Ich lasse dich besser allein.«

Paul sah dem Todesboten nach, und als die Tür hinter Hans ins Schloß gefallen war, warf er sich aufs Bett, von Krampfen geschüttelt.

Drei Tage später kam Hans noch einmal. Er berichtete, daß zwei Züge verwechselt worden seien, ein fürchterlicher Irrtum, aber keine Absicht. Dreitausend Juden seien immerhin in Wien gelandet, dreitausend, für Auschwitz bestimmt, waren unverhofft dem sicheren Tod entgangen.

Paul saß mit geschlossenen Augen am Tisch und zitterte am ganzen Körper. Noch vor wenigen Tagen hatte er gedacht, er würde die Nazis hassen. Aber jetzt erst wußte er, was Haß war. Nachdem Hans die Nachricht von Evas Tod gebracht hatte, wollte er sich umbringen. In Paul hatte sich ein Schuldgefühl festgesetzt, das ihm den Atem nahm, ihm den Schlaf raubte. Aber wenn nicht er, wer dann würde Evas Tod rächen, den Tod der anderen?

Als Hans mit seinem Bericht fertig war, hielt Paul die Augen geschlossen.

»Wer ist für diesen Irrtum verantwortlich?«

»Ich weiß nicht«, antwortete Hans leise.

»Dann gehst du jetzt besser.«

In den nächsten Wochen erledigte Paul seine Aufgaben für den Rat wie gewohnt. Äußerlich war ihm nichts anzumerken. Aber wenn er allein war, in seiner kleinen Wohnung, dann schwamm er durch das Meer seiner Vergangenheit, lebte auf der Insel seiner Erinnerungen. Dort begegnete er seiner Mutter, Eva, Hans. Manchmal nahm seine Insel die Gestalt Berlins an, meistens aber wanderte er durch die Straßen und Gassen von Budapest. Fast immer war Eva an seiner Seite. Sie besuchten Cafés, gingen ins Kino, stöberten in Buchhandlungen oder schlenderten über die Andrássy út. Am liebsten aber verbrachten sie ihre Zeit im Palatinus Strandbad auf der Margareteninsel.

Wenn vormittags die Sonne schien, lag er auf dem Boden seines Wohnzimmers, hörte das Gekreische der badenden Kinder und roch den Duft des Sommers. Abends spazierten sie dann am Donauufer zurück in die Altstadt, um in einem kleinen Restaurant in der Dob utca zu essen.

Ende August schloß der rumänische König Mihai mit den Alliierten einen Waffenstillstand und erklärte Deutschland und Ungarn den Krieg. Daraufhin setzte Horthy gegen Veesenmayers Einspruch mit General Geza Lakatos einen Ministerpräsidenten ein, der nicht gewillt war, mit dem Reich zusammenzuarbeiten. Lakatos lockerte sofort die

Ausgangssperre für Juden, gestattete unter bestimmten Voraussetzungen die Wiedereröffnung jüdischer Betriebe und löste Ende September sogar Eichmanns Einsatzkommando auf. Veesenmayer entging nicht, daß nun auch Ungarn insgeheim über einen Waffenstillstand mit den Alliierten verhandelte.

Als Anfang Oktober die Rote Armee nach Südungarn vorstieß und einhundertfünfzig Kilometer vor der Hauptstadt stand, entsandten die Deutschen die 24. Panzerdivision nach Budapest, um Horthy und Lakatos zu stürzen. Am Morgen des 15. Oktober nahm eine SS-Einheit Horthys Sohn fest und brachte ihn in das Konzentrationslager Mauthausen. Noch am gleichen Tag, während Horthy einen Aufruf zum Waffenstillstand vorbereitete, drohte Veesenmayer ihm mit der Erschießung seines Sohnes. Daraufhin traten Horthy und Lakatos zurück.

Veesenmayer hatte gewonnen und setzte den Führer der faschistischen Pfeilkreuzlerbewegung, Ferenc Szalasi, als Ministerpräsident ein. Die Budapester Juden standen vor ihrer letzten Prüfung.

9

Hans Müller saß den ganzen Tag in seinem Büro im Hotel Majestic und erfuhr erst beim Abendessen mit einigen Offizieren, daß Horthy Stunden vorher zurückgetreten war und Szalasis Ernennung zum neuen Ministerpräsidenten beschlossene Sache sei. Die Stimmung war entsprechend ausgelassen, denn nun, darin war man sich einig, würde es endlich auch den Budapester Juden an den Kragen gehen.

Hans entschuldigte sich gleich nach dem Essen wegen großer Kopfschmerzen und ging auf sein Zimmer. Dort öffnete er eine Flasche Rotwein und setzte sich mit einem Glas an den Schreibsekretär, der aus dem Haushalt eines jüdischen Advokaten stammte. Dann nahm er den kleinen Schlüssel aus der Westentasche, öffnete einige Schubfächer und packte seine Aktentasche.

Er wußte, daß die Zeit gekommen war, mit seinem Bruder aus Budapest zu fliehen, und hatte sich sorgfältig darauf vorbereitet. Viel Bargeld und Schmuck war in den letzten Monaten durch seine Hände gegangen, und obwohl er große Beträge an die leitenden Offiziere des Sonderkommandos abgeführt hatte, konnte er genügend für sich behalten.

Am nächsten Morgen stand er sehr früh auf, nahm seine Aktentasche, meldete sich bei Krumey ab und fuhr mit der Zahnradbahn in die Stadt hinunter. Unterwegs betrachtete er die langsam vorbeiziehende Landschaft mit den Augen eines Reisenden, der sich freut, endlich wieder unterwegs zu sein. An der Endhaltestelle nahm er eine Straßenbahn, die über die Margaretenbrücke in den sechsten Bezirk fuhr. Dann ging er in die Seitenstraße, in der er eine kleine

Garage gemietet hatte. Die ganze Zeit achtete er darauf, daß ihm niemand folgte.

Er schloß die Garagentür auf und öffnete den Kofferraum des Mercedes. Der Koffer lag noch da. Gut! Dann fuhr er in die Rákóczi út und parkte dort. Bis zu Pauls Wohnung brauchte er keine fünf Minuten.

Paul öffnete. »Du? Komm rein, ich frühstücke noch. Magst du auch etwas essen? Oder einen Kaffee?«

»Nur einen Kaffee, wir haben nicht viel Zeit.«

»Wir?« Paul verstand nicht.

»Du hast von Horthys Rücktritt gehört?«

»Allerdings«, antwortete Paul, »und von Szalasi.«

»Und du weißt auch, was das bedeutet.«

»Ja. Sie werden mit der Deportation beginnen.«

»Genau deshalb werden wir heute fliehen, nach Wien, ich habe alles vorbereitet.«

Paul sah seinen Bruder erstaunt an. »Fliehen? Ich werde nicht fliehen. Mein Platz ist hier.«

Hans hatte diese Reaktion vorausgesehen. »Paul ... ich habe dir wegen Eva nicht die ganze Wahrheit gesagt. Ich habe es erst vor kurzem erfahren, der Zug wurde nicht zufällig vertauscht. Es war Absicht. Und ich weiß, wer dafür verantwortlich ist.«

Paul schloß die Augen, unvermittelt drang die Erinnerung an ihren Abschied in sein Bewußtsein, hier in diesem Zimmer. Er sah Eva vor sich, erinnerte sich an ihre Worte, den letzten Kuß. Paul spürte, wie sich ein unbezähmbarer Haß in ihm ausbreitete. Es gab jemanden, der verantwortlich war! Er schaute Hans ins Gesicht.

»Wer?«

»Der junge Krumey, Werner Krumey. Er hat die Züge vertauschen lassen.«

»Warum?«

»Hör zu, Paul, wir haben keine Zeit mehr. Ich kann dir jetzt nicht alles erklären. Wir müssen sofort weg, raus aus Budapest, nach Wien, verstehst du?«

Paul schüttelte den Kopf.

»Wo ist Werner Krumey?«

»Geflohen«, log Hans. »Ich kann dir helfen, Krumey zu finden. Aber jetzt müssen wir weg. Sonst ist es zu spät. Wir müssen heute abend in Wien sein. Ich habe ein Auto. Wir können, nein, wir müssen sofort los.«

Paul war verwirrt. Jetzt fliehen? Nach Wien? Er hatte nie an Flucht gedacht, oder daran, sich in Sicherheit zu bringen. Aber jetzt dachte er darüber nach, es war seine Chance, Eva zu rächen.

»Hans, ich muß mir das in Ruhe überlegen, ich kann doch nicht von einer Sekunde zur anderen so eine Entscheidung treffen. Warum hast du mir das nicht schon früher gesagt?«

»Das zu erklären ist jetzt keine Zeit. Pack ein paar Sachen ein, nur das Notwendigste. Und zieh einen anständigen Anzug an. Ich habe im Auto einen Paß für dich. Nimm aber sicherheitshalber auch deine Immunitäts-Karte mit. Hast du die noch?«

Paul ging zu seinem Schreibtisch und holte die Karte aus der Schublade.

»Gut, unser Auto steht in der Rákóczi út. Unterwegs erkläre ich dir alles.«

Paul fragte nicht weiter, nahm einen Koffer aus dem Schrank und wollte seine persönlichen Sachen einpacken, Briefe, Fotografien, Dokumente.

»Das kannst du unmöglich mitnehmen. Wenn wir an der Grenze kontrolliert werden, sieht man sofort, daß du Jude bist.«

»Fahren wir über Györ?«

»Ja.«

»Wir können den Koffer bei einem Bekannten von mir deponieren. Er hat einen kleinen Bauernhof bei Rábapatona.«

»Na gut, aber mach schnell.«

Paul brauchte keine fünf Minuten. Dann schaute er sich

noch einmal in der Wohnung um. Er mußte viel zurücklassen.

Sie waren gerade ein paar Meter gelaufen, als Paul stehenblieb.

»Halt, ich muß mich noch von Onkel Ernö verabschieden.«

Hans wollte Paul diesen Einfall am liebsten ausreden, denn er wußte, daß der Hofrat übermorgen einen Termin mit Werner Krumey hatte. Aber er war sich sicher, daß er Paul nicht davon abbringen würde. »Gut, aber sag ihm nichts von Werner Krumey. Wenn der aus irgendwelchen Quellen erfährt, daß du ihm auf der Spur bist, wirst du ihn nie erwischen, verstehst du?«

»Ich verstehe, kein Wort über Krumey.«

»Mach schnell, ich warte im Auto auf dich.«

Paul bog die nächste Straße links ein und eilte im Gemeindehaus die Treppen zum Büro seines Onkels hinauf.

Im Vorzimmer war niemand. Er öffnete die Tür und atmete erleichtert auf. Onkel Ernö saß an seinem Schreibtisch. Der alte Hofrat schaute von seinen Papieren auf.

»Paul, was machst du hier? Sind wir verabredet, habe ich es vergessen?«

Er stand auf, kam um den großen Schreibtisch herum und nahm Paul in die Arme. »Du siehst besser aus, dabei haben wir uns erst vor drei Tagen gesehen.«

»Ja«, antwortete Paul, »ich fühle mich auch wieder besser. Setzen wir uns einen Moment, ich habe nicht viel Zeit.«

Dann erzählte er, daß er wisse, wer für Evas Tod verantwortlich war, und daß er dem Täter auf der Spur sei. Deshalb müsse er Budapest sofort verlassen und nach Wien fliehen.

»Dann weißt du mehr als ich«, sagte der Hofrat erstaunt, »woher?«

»Von Hans ... Hans Müller.«

Ernö Kahan blickte seinem Neffen prüfend ins Gesicht. »Du weißt es also?«

»Ja, Mutter hat es mir kurz vor ihrem Tod erzählt. Ich habe ihn am 31. März sofort wiedererkannt.«

»Ich auch«, sagte sein Onkel nachdenklich, »obwohl ich ihn nur einmal gesehen habe, 1933, als ich euch hierher brachte. Ihr seht euch ähnlich. Kannst du ihm vertrauen?«

»Ich glaube schon.«

»Wann hat er dir von dem Zug erzählt?«

»Vorhin.«

»Dann hat er dir ein neues Ziel gegeben.«

Sie schwiegen ein Weile.

»Du willst Rache.«

»Ich will Gerechtigkeit.«

»Nur Gott ist gerecht.«

Paul antwortete nicht. Was sollte er darauf sagen? Daß Gott weit weg sei, sich von seinem Volk abgewandt hatte, daß Paul nicht mehr auf die göttliche Gerechtigkeit warten wollte? So konnte er mit seinem Onkel nicht reden. Also schwieg er.

»Ja«, sagte sein Onkel, »dann mußt du jetzt gehen. Hast du, was du brauchst?«

»Hans hat alles organisiert.«

»Ich werde für dich beten«, sagte Ernö Kahan, so wie Eva bei ihrem Abschied, und in diesem Moment ahnte Paul, daß er seinen Onkel nie wiedersehen würde. Er nahm seine Hand, küßte sie und verließ das Büro. Keine Worte konnten ausdrücken, was er empfand. Und er wußte, daß es seinem Onkel ebenso ging.

»Dein Paß, präge dir die Angaben genau ein. Du mußt sie im Schlaf aufsagen können.«

Hans reichte Paul das Dokument, bevor er losfuhr. Es war ein österreichischer Paß, ausgestellt auf den Namen Robert Pape, der am 6. Februar 1918 in Wien geboren war.

»Das ist ja mein Geburtsdatum!«

»Na, siehst du, da brauchst du nicht so viel zu lernen«, lachte Hans.

»Woher hast du den Paß?«

»Von einem österreichischen Kurierfahrer mit guten Beziehungen zum Wiener Paßamt. Der hat täglich den ›Völkischen Beobachter‹ aus Wien zum Budapester Pressegrosso gebracht. Ich lernte ihn zufällig kennen. Ich habe einige Pässe von ihm bezogen.«

»Auch für dich?«

»Ja, auch für mich. Meinst du, ich würde unter meinem Namen reisen? Ach, übrigens, ich heiße jetzt Franz Hartung, das solltest du dir auch merken. Wir beide haben ein Weingeschäft in Wien und beliefern die SS in Ungarn. Wir kommen gerade von einer Handelsreise zurück.«

»Und Werner Krumey, hast du auch für ihn einen Paß besorgt?«

»Nein, aber er hat ihn von der gleichen Quelle, wie eine ganze Reihe der hohen Herren.«

»Also, warum?«

»Bitte?« Hans verstand die Frage nicht.

»Warum hat Werner Krumey das getan?«

»Ach so. Wochenlang glaubte ich an ein Versehen, aber eines Abends fand eine Feier im ›Majestic‹ statt, Wisliceny hatte Geburtstag. Sie artete in ein wüstes Besäufnis aus. Eichmann und Krumeys Vater waren schon gegangen. Da brüstete sich Werner Krumey plötzlich vor seinen Kumpanen, er habe, ausgestattet mit einer Sondervollmacht seines Vaters, in Györ befohlen, die Züge zu vertauschen, um die Flucht der jüdischen Oberschicht zu verhindern. Lieber sehe er einen Haufen von Provinzjuden in Palästina als einflußreiche Juden mit internationalen Kontakten, die von dort aus dem Reich bestimmt schaden würden. Er erhielt großen Beifall.«

Hans schaute seinen Bruder an, der starr nach vorn blickte und kein Wort dazu sagte. Sie hatten die Vororte von Budapest hinter sich gelassen und fuhren durch Kleinstädte und Dörfer. Überall erinnerten verschlossene Synagogen und Gemeindehäuser, Geschäfte und Werkstätten mit eingeschlagenen Fensterscheiben an das einstige jüdische Leben. Hans fuhr ziemlich schnell.

»Ich habe Eichmann vor unserem ersten Treffen im ›Majestic‹ zufällig in der Bibliothek der Rabbinerschule kennengelernt. Er sagte, daß er viertausend der wertvollsten Bände nach Prag schaffen lassen wolle, um dort die größte jüdische Bibliothek der Welt einzurichten. Ich habe das nicht verstanden. Warum?«

»Es ist die perverse Phantasie eines kranken Geistes«, antwortete Hans. »Eichmann plant oder plante, das weiß ich nicht genau, die Errichtung eines riesigen Museums in Prag, ein Museum für eine ausgestorbene Rasse.«

Paul schüttelte fassungslos den Kopf. Er beschloß, Hans keine weiteren Fragen zu stellen, jedenfalls keine Fragen mehr zu dem, was geschehen war. Er mußte sich jetzt auf die Zukunft konzentrieren.

»Und du meinst, mit den Pässen kommen wir sicher über die Grenze?«

»Aber sicher«, antwortete Hans, »wir haben sogar einen Begleitbrief, der uns als Handelsreisende ausweist, unterschrieben von Eichmann. Stempel und Papier sind echt, die Unterschrift habe ich gefälscht.«

Hans mußte laut loslachen, als er Pauls verblüfftes Gesicht sah, und er freute sich so sehr über seinen kleinen Geniestreich, daß er sich vor Lachen verschluckte. Er rieb sich die Tränen aus den Augen. Er lachte noch, als er die scharfe Linkskurve zu schnell nahm und der Wagen ins Schleudern geriet. Paul preßte seine Arme gegen das Armaturenbrett, als der Mercedes eine kleine Böschung hinunterraste und sich mehrfach seitlich überschlug.

Die Fahrertür stand offen. Erst blieb Paul wie benommen sitzen, dann stieg er aus. Seine linke Schulter schmerzte, aber gebrochen schien nichts. Hans lag an der Böschung, vielleicht vierzig Meter entfernt. Er mußte schon beim ersten Überschlag aus dem Auto geschleudert worden sein.

»Hans!«

Paul rannte zu ihm. Er lag auf dem Rücken, und sein Atem rasselte.

Paul wollte ihm hochhelfen, aber sein Bruder machte eine abwehrende Bewegung. Hans knöpfte sein Jackett auf, und da sah Paul die Spitze einer Chromleiste, die sich in den Rücken seines Bruders gebohrt hatte und aus dem Bauch hervorstach. Blut pulsierte aus der tiefen Wunde. Hans griff nach Pauls Hand.

»Ich habe dich belogen, weil ich dich nicht gefährden wollte, Werner Krumey ist noch in Budapest, nein, hör jetzt zu«, sagte er gepreßt, als Paul ihn beruhigen wollte. »In meinem Koffer ist viel Geld, euer Geld, das Geld für die Züge. In einem Lederbeutel. Und eine Liste mit den Pässen, den neuen Namen und den alten, auch von Krumey, verstehst du?«

Paul nickte.

»Alles chiffriert, aber du kriegst es schon raus.« Hans lachte kurz auf. »Ich habe sie von meinem Österreicher gekauft, für viel Geld, mit eurem Geld. Sie wissen nichts davon, hörst du, sie haben keine Ahnung, daß ich ihre neuen Namen habe.«

Hans hustete. Seine Gesichtszüge verzerrten sich vor Schmerz.

»Und Fotos, Lebensläufe, Dokumente. Habe ich insgeheim gesammelt. Ist alles in dem Koffer. Fahr nicht nach Budapest zurück, fahr nach Wien. In Budapest bist du verloren. Krumey nicht. Die werden sich rechtzeitig absetzen. Nach dem Krieg kannst du ihn suchen.«

Hans krampfte sich zusammen.

»Aber sieh dich an der Grenze vor. Die Kontrollen sind streng. Und du kennst dich nicht aus. Dein Paß ist in Ordnung, aber sie dürfen das Geld, die Listen, die Dokumente nicht finden.«

Seine Stimme wurde leiser. Paul konnte ihn kaum noch verstehen. Er hielt ein Ohr an die Lippen seines Bruders. Doch seine letzten Sätze ergaben für ihn keinen Sinn mehr.

Paul ließ die Hand seines Bruders los und schloß ihm die Augen. Er bedeckte den Leichnam mit Zweigen, Steinen und Sand. Dann stand er lange vor dem kleinen Grabhügel und sprach das Kaddisch für seinen Bruder.

Als ihm bewußt wurde, daß er nun ganz auf sich gestellt war, daß es kein Zurück gab und er allein über die Grenze gehen mußte, ohne Hans, da konnte er seinen Schmerz hinausweinen. Er erinnerte sich, was Ernö Kahan bei ihrem Abschied zu Eva gesagt hatte. Nun mußte er, Paul Singer, das Gedächtnis sein, und er hatte Werner Krumey zu finden, irgendwann.

Er riß sich von dem Grab los und ging zum Auto zurück. Dort öffnete er den Koffer. Er fand den Lederbeutel, darin Bargeld in mehreren Währungen, hauptsächlich amerikanische Dollar, und warf einen flüchtigen Blick auf die Dokumente, die Hans gesammelt hatte. Eine Fotografie zeigte Werner Krumey gemeinsam mit seinem Vater, Otto Hunsche und Hans. Er wußte, daß er das Gesicht von Werner Krumey nie vergessen würde. Er fand auch die chiffrierten Listen und weitere persönliche Dokumente von Krumey und anderen. Dann steckte Paul ein Bündel Geldscheine in die Hosentasche, verschloß den Kofferraum und setzte sich auf den Fahrersitz. Der Motor startete noch. Er fuhr vorsichtig die Böschung hoch und bog die Straße in Richtung Györ ein. Wenig später kam er durch Komárom. Bis zur Grenze waren es noch knapp 100 Kilometer.

Paul überlegte hin und her. Sollte er auf Hans hören, oder konnte er es wagen, den Lederbeutel über die Grenze zu schmuggeln? Er beschloß, kein Risiko einzugehen, seine Suche nach Krumey nicht zu gefährden.

Hinter Györ bog er links in die Straße nach Csorna ein

und hielt an. Er öffnete den Kofferraum und packte den Lederbeutel in seinen Koffer um. Fünfzehn Minuten später war er am Ziel. Am Südrand des Dorfes, direkt an der Rába, die träge an Rábapatona vorbeifloß, lag der Hof von Richard Schwalbe. Paul fuhr durch das offene Tor und hielt vor dem kleinen Wohnhaus. Das Anwesen machte einen heruntergekommenen Eindruck. Als er ausstieg, öffnete sich die Haustür, und Richard Schwalbe schaute neugierig heraus.

»Das ist aber eine Überraschung!« rief Richard, als Paul sich zu ihm umdrehte. »Wie kommst du denn hierher?« Er ging Paul entgegen und umarmte ihn. Dann musterte er das Auto. »Mein Gott, was ist passiert? Ach, ich stelle lauter Fragen. Komm doch erst mal rein. Hast du Hunger?«

Paul wurde erst in diesem Moment bewußt, daß er nicht einmal gefrühstückt hatte, und jetzt war es schon drei Uhr nachmittags. Trotzdem spürte er keinen Hunger. Sein Magen war wie zugeschnürt.

Richard führte Paul in die Wohnküche. Er stellte frisches Landbrot, Butter, Käse, Milch und Obst auf den Tisch. Dabei beobachtete Paul seinen alten Bekannten. Richard war Mitte Dreißig, hochgewachsen und trug abgewetzte Baumwollhosen. Seine Eltern waren vor über fünfzig Jahren aus Deutschland gekommen und hatten den Hof aufgebaut. Nach ihrem Tod mußte Richard allein wirtschaften. Aber er tat nur das Allernötigste, um sich zu versorgen. Meist saß er am Klavier und komponierte, auch ohne Erfolg. Niemand wollte seine Stücke aufführen.

Dann aß Paul doch ein wenig, und als er fertig war, erzählte er ausführlich von den Ereignissen der letzten Monate. Nur von dem Geld und den Dokumenten sagte er nichts.

Richard sagte kein Wort, er hörte nur zu.

»Hör mal«, sagte Paul, »mir fällt gerade ein, daß ich noch einen Koffer mit lauter persönlichen Sachen im Auto habe. Hans warnte mich davor, ihn mit über die Grenze zu nehmen, obwohl nichts Besonderes darin ist, nur Erinnerungsstücke. Kann ich den Koffer bei dir lassen? Irgendwann möchte ich alles wiederhaben, verstehst du?«

»Du kannst ihn auf dem Dachboden abstellen. Nach dem Krieg, und das ist ja wohl nicht mehr lange hin, kannst du den Koffer wieder abholen. Aber wo wirst du bleiben?«

»Ich fahre noch heute nach Wien, obwohl ich Todesangst habe, erwischt zu werden. Hans hat dort eine Wohnung gemietet, frag mich nicht, wie er das hingekriegt hat. Vermutlich mit viel Bargeld. In Wien bin ich sicher, sagte Hans. Und sobald es geht, hole ich den Koffer. Danke … Wie ist es dir in letzter Zeit ergangen?«

Richard antwortete nicht. Er stand auf und schaute aus dem Fenster. »Wir sollten wenigstens die gröbsten Unfallspuren beseitigen und den Wagen waschen, damit er an der Grenze nicht so auffällt.«

Zwei Stunden später sah der Mercedes wieder halbwegs annehmbar aus. Wie durch ein Wunder war bei dem Unfall nur ein kleines Seitenfenster zersplittert. Sie hatten sämtliche Glasreste entfernt und alle anderen Scheiben geputzt. Man würde nur bei genauem Hinsehen bemerken, daß eine Scheibe fehlte.

Sie umarmten sich zum Abschied, und dann stieg Paul wieder in den Wagen. Richard winkte ihm nach. Paul nahm die Hauptstraße nach Sopron. Um acht Uhr erreichte er den Grenzübergang.

Während Paul auf dem Weg zur österreichischen Grenze war, saß Richard in der Küche und trank seinen klaren, selbstgebrannten Schnaps. Die ganze Geschichte, die Paul ihm erzählt hatte, klang ziemlich unwahrscheinlich. Also … daß Paul in diesem Judenrat war, das hatte er aus Budapest schon gehört. Aber der Halbbruder, der tödliche Unfall, die falschen Pässe, die Flucht? Einen Unfall hatte der Wagen allerdings gehabt, das konnte man ja sehen.

Paul hatte erzählt, sein Bruder wäre zu schnell gefahren. Warum? Weil sie es so eilig hatten, nach Wien zu kommen? Was war tatsächlich in dem Koffer? Persönliche Sachen? Oder versteckte Paul etwas? Vielleicht hatte er einen Unfall gehabt, weil er zu schnell gefahren war, weil er beispielsweise verfolgt wurde, etwas außer Landes bringen wollte. Und wenn man tatsächlich hinter ihm her war, vielleicht sogar die Gestapo, hatte ihn jemand gesehen, als er hier auf den Hof fuhr? Wenn die Gestapo nach dem Koffer sucht, dann findet sie ihn auch. Da könnte er ihn noch so gut verstecken.

Richard leerte ein weiteres Glas. ›Mein lieber Paul‹, dachte er, ›das kannst du mit mir nicht machen. Mich mit diesem Koffer in Gefahr bringen.‹

Richard stand auf. Er wollte jetzt wissen, was in dem Koffer war. Sonst würde er keine Minute mehr Ruhe haben. In diesem Moment hörte er draußen ein Auto. ›Verdammt‹, dachte er, ›hier fahren nicht mehr viele Autos. Wer besitzt schon noch eins. Jetzt ist es zu spät!‹

Aber das Auto fuhr vorbei.

Richard atmete auf. Er trank noch einen Schluck zur Stärkung und stieg die Leiter zum Dachboden hoch. Da stand das Ding. Er trug den schweren Koffer hinunter in die Küche. Als er ihn öffnete, fand er seine Befürchtungen bestätigt. Lauter Bilder, Briefe, persönliche Sachen. Von Paul und seiner Frau. Sah doch jeder sofort, daß das Juden waren. Mein Gott, wenn die Gestapo diesen Koffer finden würde, hier bei ihm, dann würden sie ihn fragen, wo denn der Jude sei, dem der Koffer gehörte. Das würden sie ihn ganz gewiß fragen! Und nicht nur fragen. Man wußte ja allerhand über die Methoden der Gestapo. Die sind nicht zimperlich. ›Paul, Paul‹, dachte Richard, ›du bist mir vielleicht ein Freund. Wie konntest du mich in diese Gefahr bringen!‹

Richard goß sich noch ein Glas ein und zündete eine Zigarette an, zog den Rauch tief in die Lunge. Da hatte er aber noch mal Schwein gehabt. Er legte seine Zigarette auf die Tischkante.

Dann öffnete er den schwarzen Lederbeutel und schüttete den Inhalt auf den Tisch. Er starrte mit offenem Mund auf die Bündel Geldscheine. Er stand eine ganze Weile so, dann fegte er den Papierkram auf die Seite. Er sortierte die Geldbündel nach Dollar, Franken und Reichsmark. Dann begann er zu zählen. Als er damit fertig war, setzte er sich, sah, daß seine Zigarette inzwischen ein großes Loch in die Tischdecke gebrannt hatte. ›Egal‹, dachte er, ›kaufe ich mir eben eine neue.‹

»Weißt du, was das hier ist?« redete er laut mit sich selbst und nickte. »Ja, genau, das ist deine Zukunft!«

Wien, Berlin
1999

Montag, 3. Mai 1999

Die Sonnenfelsgasse in Wiens erstem Bezirk ist, obwohl zentral gelegen, eine eher ruhige Wohnstraße. Das Papierschild an der Klingel einer dieser Wohnungen im dritten Stock war so verblichen, daß man den Namen nicht mehr entziffern konnte. Nur bei genauem Hinsehen entdeckte man Spuren, die darauf hinwiesen, daß das Schild früher einmal beschriftet gewesen sein mußte. Falls der Postbote vor der Pensionierung vergessen sollte, seinem Nachfolger den Namen des Bewohners mitzuteilen, würde dessen Post mit dem Vermerk »unzustellbar« zurückgehen müssen. Der Mieter dieser Wohnung erhielt allerdings kaum Post. Er hieß Paul Singer und wohnte unter dem Namen Robert Pape seit fünfundfünfzig Jahren in diesem Haus.

Paul Singer saß lesend in einem Sessel, als das Telefon klingelte. Er erschrak bei dem Geräusch, denn in den letzten Jahren waren auch Telefonanrufe immer seltener geworden. Er legte sein Buch beiseite, erhob sich und ging langsam in die Diele, wo das Telefon auf einer kleinen Anrichte stand. Er meldete sich wie immer mit »Pape«.

»Hier ist Johann«, meldete sich eine fremde Männerstimme, »deine Nichte hat am 6. Mai Geburtstag. Du solltest nicht vergessen, sie anzurufen.«

Paul atmete tief durch und antwortete, wie er es gelernt hatte. »Wann ist mein Engel denn zu Hause?«

»Um fünfzehn Uhr. Vorher ist sie noch bei Martha. Du erinnerst dich doch an Martha, aus der Bahnhofstraße 112?«

»Selbstverständlich. Ich werde es nicht vergessen«, sagte Paul, ehe er den Hörer wieder auf die Gabel legte. Er blieb einen Moment neben der Anrichte stehen. Plötzlich stachen wieder diese heftigen Schmerzen in der Brust. ›Noch nicht‹, bat er, ohne genau zu wissen, wen er ansprach, und fuhr sich über die schweißnasse Stirn, ›noch nicht jetzt‹. Nach einigen Minuten waren die Schmerzen vorbei, und er beruhigte sich. Seit über zehn Jahren war er nicht mehr von ihnen angerufen worden. In drei Tagen, am 6. Mai, würde er also um fünfzehn Uhr jemanden treffen, im »Hilton«, Zimmer 112. Er hatte die Decknamen für die fünf Hoteltreffpunkte nicht vergessen, die Bahnhofstraße stand für das »Hilton«.

Er drehte sich um und schaute in den hohen Spiegel. Seine schlohweißen, hinter die Ohren gekämmten Haare fielen in dichten Locken fast bis auf die Schultern. Die dunklen Augen in dem ovalen, faltigen Gesicht bildeten einen auffälligen Kontrast zu seinen Haaren. Er war alt geworden, aber er fand, daß er sich einigermaßen gehalten hatte. Auf einundachtzig Jahre würde ihn vermutlich niemand schätzen.

Endlich hatte die größte Hitze nachgelassen. Die Sonne stand bereits tief, sie schien genau auf die Dachterrasse eines Neubaus am Stadtrand von Jerusalem.

Die zwei Männer, die auf nicht besonders bequemen Gartenstühlen saßen, konnten kaum gegensätzlicher sein. Der jüngere von ihnen war hochgewachsen, schlank, und machte einen durchtrainierten Eindruck. Er trug einen hellen Anzug und ein eng sitzendes, dunkelbraunes Hemd, unter dem sich eine starke Brustmuskulatur abzeichnete. Seine schwarzen Haare waren kurzgeschnitten, und er würde als attraktiver Mann gelten, wenn nicht diese Narben in seinem Gesicht wären. Er war noch ein kleines Kind gewesen, als während des Jom-Kippur-Krieges im Golan eine Granate dicht neben ihm explodiert war. Nur durch ein Wunder und das schnelle Eingreifen eines Militärarztes hatte er überlebt.

Der andere Mann war von massiger Statur, wirkte aber trotz seines hohen Alters sehr lebendig und wachsam, wozu seine sich ständig in Bewegung befindlichen Augen erheblich beitrugen. Er trank roten Karmelwein in kurzen Zügen und schwitzte trotz der nun einsetzenden Abendfrische in seiner Felduniform, die zu tragen er sich nicht abgewöhnen konnte, jedenfalls nicht in seinen eigenen vier Wänden.

Nathan Tal schaltete sein Handy aus und schaute den seit vielen Jahren pensionierten, aber nach wie vor sehr einflußreichen alten Mann nachdenklich an. Sie nannten ihn immer noch den »General« und benutzten diese Anrede wie einen Eigennamen.

»Wird er kommen?«

»Ganz bestimmt«, antwortete der General und fuhr sich mit der Hand über den kahlen Schädel, »selbstverständlich wird er kommen. Auf diese Worte hat er immer gehört und wird es auch in Zukunft tun.«

Nathan Tal dachte an Paul Singers Alter und lächelte. »Und Sie wissen wirklich nicht, um was für Dokumente und Unterlagen es sich handelt?« fragte er, obwohl er wußte, daß ihm diese Frage eigentlich nicht zustand.

»Nein«, log der ehemalige Chef des Mossad, »aber ich nehme an, es sind alte Familiendinge. So sagte er damals jedenfalls. Ich schlage vor, daß Sie ihm den Brief überlassen, ihn persönlich überbringen.«

Nathan Tal verstand, daß dieser Vorschlag als Anweisung zu verstehen war. Sein direkter Vorgesetzter, der amtierende Mossad-Chef, dessen persönlicher Assistent er war, hatte ihm mit auf den Weg gegeben, in dieser Sache allen Wünschen des Generals zu entsprechen.

»Selbstverständlich«, antwortete er deshalb, »und wie ist dann weiter zu verfahren?«

Der General zuckte mit den Schultern. »Sie kommen zurück nach Jerusalem. Nichts weiter.«

Nathan Tal lockerte ärgerlich seine Krawatte. Er sollte

eine Reise nach Wien unternehmen, ohne zu wissen warum, den Brief übergeben und wieder zurückfliegen. Ein harmloser Ausflug also? Die Sache schmeckte ihm nicht. Er stand auf. »Noch etwas?«

»Geben Sie Paul Singer eine Nummer, unter der er Sie erreichen kann. Vielleicht meldet er sich noch einmal bei Ihnen, um etwas in Erfahrung zu bringen. Dann erledigen Sie bitte die entsprechenden Recherchen.«

»Mehr können Sie mir nicht sagen?« fragte Nathan Tal.

»Mehr möchte ich Ihnen nicht sagen«, antwortete der General. »Es handelt sich um eine alte, persönliche Angelegenheit, die für den Mossad bedeutungslos ist. Und vergessen Sie nicht mitzunehmen, was ich Ihnen aufgetragen habe.«

Dann verabschiedete er seinen Gast.

Der General blieb noch lange auf der Terrasse sitzen. Er betrachtete den Sonnenuntergang und dachte an Paul Singer, der schon seit Jahrzehnten unter dem Namen Robert Pape in Wien hockte wie eine hungrige Spinne in einem zerrissenen Netz.

Donnerstag, 6. Mai 1999

Paul Singer schloß die Wohnungstür wie immer sorgfältig ab und machte sich auf den Weg zum »Hilton«. Es war halb drei, und eine helle, kräftige Maisonne hatte die Wiener Gassen und Höfe, die Plätze, Häuser und ihre Bewohner bereits seit einigen Tagen verwöhnt – es war sehr warm, und Paul schwitzte in seinem dünnen Mantel. Er ging die Sonnenfelsgasse in Richtung Stubenring. Am Museum für Angewandte Kunst begegnete er einer Gruppe von fünf oder sechs jungen Frauen mit Büchern und Schreibblöcken unter dem Arm, wohl Studentinnen, die das Museum besucht hatten. Sie lachten miteinander, trugen kurze Röcke und enge T-Shirts. Er blieb stehen, drehte sich um und sah ihnen nach. Er beobachtete ihren leichten Gang, hörte ihre langsam verklingenden, hellen Stimmen und wünschte sich, ein junger Mann zu sein, ein Mann ohne seine Vergangenheit. In diesem Moment schien ihm, als wäre er blitzschnell gealtert, als hätte er das Leben in einem Schnellzug durcheilt, rastlos, ohne erinnerungswürdige Aufenthalte. Diese Frauen wirkten so unbeschwert, die Leichtigkeit ihrer Schritte weckte seinen Neid. Aber er war ein alter Mann und hatte vieles in seinem Leben verpaßt. Resigniert stellte er fest, daß diese Frauen kein Begehren in ihm auslösten. Sie gehörten einer anderen Welt an, einer Welt, die ihm fremd geworden war, in der nur noch eine Aufgabe auf ihn wartete.

Wenig später betrat er das Hotel, das sich für ihre Treffen schon früher hervorragend geeignet hatte, weil dort fast immer ein unübersichtliches Kommen und Gehen herrschte. Die Lobby wimmelte von Touristen, und niemand achtete auf den alten Herrn, der mit dem Fahrstuhl in den ersten Stock fuhr. Als er am Zimmer 112 anklopfte, öffnete ein junger Mann mit dunklem, kurzgeschnittenem Haar und ließ ihn ein. »Nathan Tal; wie soll ich Sie nennen, Paul Singer oder Robert Pape?«

Er sprach perfekt deutsch. An seiner Stimme erkannte Paul Singer den Mann, der ihn am Mittwoch angerufen hatte. Er zuckte mit den Schultern.

»Ich habe mich in den letzten Jahrzehnten an Robert Pape gewöhnt«, lächelte Paul, »aber eigentlich ist es mir egal, ich bin mit beiden Identitäten vertraut.«

Er schätzte Nathan Tal auf Anfang Dreißig. Der Agent war etwas kleiner als er, aber Paul bemerkte seine kräftige Muskulatur. Nathan Tal war gut durchtrainiert.

»Also gut, sagen wir Paul Singer, und bitte gestatten Sie mir, daß ich gleich zur Sache komme. Ich nehme an, daß Sie sich an Richard Schwalbe erinnern?«

›Volltreffer‹, dachte Paul und spürte, wie sich sein Herzschlag beschleunigte. »Ja«, antwortete er ruhig.

»Gut. Dieser Herr Schwalbe ist vor sechs Wochen in Berlin gestorben ... eines natürlichen Todes«, fügte er schnell hinzu. »In seinem Nachlaß fand sich ein versiegelter Umschlag, adressiert an das israelische Konsulat in Berlin. In diesem Umschlag fand der Konsul einen an ihn gerichteten Brief und einen weiteren versiegelten Umschlag. Und auf dem steht nur Ihr Name, Paul Singer, keine Anschrift. In dem Brief an den Konsul steht sinngemäß, daß es sehr wichtig ist, den an Sie adressierten Umschlag zuzustellen, daß er, also Schwalbe, aber nicht wisse, ob und wo Sie unter dem Namen Paul Singer lebten. Ja, ihm sei nicht einmal bekannt, ob Sie überhaupt noch am Leben seien. Kurz, irgendwann wurden wir mit dem Fall betraut und konnten Sie schnell identifizieren, was nicht schwer war, wie Sie sich vorstellen können.«

Paul nickte.

»Hier also ist der Brief.« Nathan Tal legte einen schmalen Aktenkoffer auf den Couchtisch, hob den Deckel leicht an und entnahm ihm einen weißen Briefumschlag. Er schob ihn Paul hin, der ihn neugierig betrachtete. In blauer Tinte stand sein Name auf der Vorderseite. Die Rückseite war mit rotem Siegellack verschlossen. Paul steckte den Brief in seine Jackettasche.

»Und was steht in dem Brief?« fragte er Nathan Tal.

Nathan lächelte.

»Wie Sie bemerkt haben, ist das Siegel nicht erbrochen.«

»Sie wären ein miserabler Agent ...«, erwiderte Paul.

»Also gut. Schade um die Mühe. Ein Koffer steht für Sie in Berlin bereit, im Archiv der Martin-Buber-Stiftung für deutsch-jüdische Zusammenarbeit. Ein Koffer, den Sie offensichtlich seit langem vermissen.«

Mit seiner letzten Bemerkung wollte er Paul aus der Reserve locken.

»Seit fünfundfünfzig Jahren«, murmelte Paul undeutlich.

»Bitte?« fragte Nathan.

»Ach, nichts.«

»Richard Schwalbe war kein Jude«, fuhr Nathan Tal nach einer kurzen Pause fort, »sondern ein deutschstämmiger Ungar, der es nach dem Krieg in Berlin zu großem Wohlstand gebracht hat. In Ungarn gehörte ihm nur ein kleiner Bauernhof.«

Nathan wartete auf eine Antwort, eine Erklärung, aber Paul schwieg.

»Wie dem auch sei. Der Koffer kann nur von Ihnen persönlich abgeholt werden. Dazu brauchen Sie einen Paß, ich meine, ausgestellt auf den Namen Paul Singer. Haben Sie einen?«

»Nein, das wissen Sie doch.«

»Na, dann war wenigstens diese Mühe nicht umsonst.« Nathan griff noch einmal in den Aktenkoffer und gab Paul einen österreichischen Paß, einen alten, der sehr gebraucht aussah. Paul steckte ihn ein, ohne hineinzuschauen. Er wußte, daß er sich auf das Dokument verlassen konnte.

»Hier ist eine Liste aller Angestellten der Stiftung. Damit Sie wissen, mit wem Sie es zu tun haben. Vielleicht ist sie Ihnen nützlich.«

Er reichte Paul ein Papier.

»Danke. Gibt es irgenwelche Anweisungen für mich?«

»Nein«, antwortete Nathan, »nichts. Können wir noch etwas für Sie tun? Ich soll Ihnen behilflich sein, falls Sie es möchten.«

»Sagt der General?«

»Ja, der General. Brauchen Sie vielleicht Unterstützung? Ich könnte Ihnen zwei Leute geben.«

»Haben Sie ein Wasser für mich?«

»Oh, Entschuldigung, selbstverständlich.«

Nathan ging zur Minibar. Paul dachte nach. Vielleicht würde er Hilfe brauchen. Schwer zu übersehen. Andererseits würde dieser Nathan dann vermutlich über jeden seiner Schritte informiert sein. Das könnte stören. Ein großer Aufwand, der hier betrieben wurde. Dahinter steckte also der General. Was war der Grund? Dankbarkeit, oder gab es in dieser Angelegenheit Aspekte, die ihm unbekannt waren? Er schloß die Augen und lehnte sich zurück. Mußte er sich jetzt entscheiden?

»Hier, bitte.« Nathan stellte eine Flasche Mineralwasser und ein Glas auf den Tisch. Paul wollte noch ein wenig Zeit gewinnen. Er warf einen Blick auf die Liste der Angestellten der Stiftung. Als er auf den Namen Konrad Staub stieß, begannen seine Hände zu zittern. Der Name und das Geburtsdatum, kein Zweifel! Er legte das Dossier auf den Tisch. Kleine Schweißperlen traten auf seine Stirn. Im Gegensatz zu Nathan Tal bemerkte er es nicht.

Paul hatte nicht damit gerechnet, in seinem Leben noch einmal auf Konrad zu stoßen, Konrad Staub, Marions Sohn, der ausgerechnet als Archivar für diese Stiftung in Berlin tätig war!

»Was sind das für Männer?« fragte er.

»Profis, freie Mitarbeiter, sehr effizient. Wir arbeiten oft mit ihnen zusammen. Auf den ersten Blick ein wenig skurril, aber, wie gesagt, sehr effizient.«

»Ja«, sagte Paul Singer nachdenklich, »vielleicht könnte ich zwei Männer brauchen, wenn die beiden meinen Anweisungen folgen ... nur meinen Anweisungen.«

»Selbstverständlich«, antwortete Nathan Tal, »es sind Ihre Männer.«

»Gut.« Paul stand auf. »Wann kann ich sie treffen?«

»Frühestens Montag. Sagen wir wieder hier, um fünfzehn Uhr?«

»Das paßt. Übrigens«, inzwischen hatte sich Paul seinen Plan überlegt, »ich brauche noch einen Paß, einen österreichischen, ausgestellt auf den Namen Heinz Sommer.«

»Noch einen Paß? Wozu?«

»Ach wissen Sie, das ist eine sehr lange Geschichte, und nicht einmal besonders interessant. Können Sie mir den Paß bis Montag besorgen?«

»Ich werde sehen«, antwortete Nathan Tal unbestimmt.

»Es ist sehr wichtig«, sagte Paul und gab ihm die für den Paß benötigten Angaben. Nachdem Nathan Tal alles notiert hatte, begleitete er Paul zur Tür.

»Um meine Fahrt nach Berlin kümmere ich mich selbst. Aber wenn Sie mir ein Zimmer reservieren würden?«

Nathan Tal nickte.

»Und vielen Dank. Sie haben mir womöglich sehr geholfen.«

Nathan Tal lächelte nur.

Paul Singer holte eine Flasche Bier aus dem Kühlschrank, setzte sich mit dem Brief in der Hand in seinen Sessel und brach das Siegel auf. Die Blätter waren handgeschrieben und gut lesbar.

»Lieber Paul, alter Freund,

wenn Du diese Zeilen liest, falls Du sie je zu Gesicht bekommst, bin ich schon tot, seit kurzem oder schon lange, aber was spielt das noch für eine Rolle?

Ich weiß sehr wohl, daß Du sehr enttäuscht von mir sein mußt, ich wußte es immer, all die vielen Jahre. Aber verzeih mir, es hat mich nicht so sehr belastet, wie Du vielleicht glaubst. Du erinnerst Dich sicher noch an den Abend des 15. Oktober 1944, als Du mich auf meinem schäbigen Hof besucht hast. Ich will jetzt nicht alle Einzelheiten unserer Begegnung auffrischen. Ich möchte Dir nur sagen, was mit mir passiert ist, als Du Dich wieder auf den Weg gemacht hattest, auf den Weg nach Wien.

Deine Geschichte kam mir so unglaubwürdig vor. Und dann der Koffer! Darin sollten sich nur persönliche Dinge befinden? Ich trank einen Schnaps nach dem anderen, und dann bekam ich Angst, verstehst Du? Einfach Angst, daß in dem Koffer etwas wäre, was mir schaden würde, falls man ihn bei mir entdeckt hätte. Dann habe ich den Koffer wieder vom Dachboden geholt.

Lange habe ich vor dem Koffer gesessen, und an mein Versprechen gedacht, ihn für Dich aufzubewahren, bis Kriegsende, bis Du wiederkommen wolltest, ihn abzuholen. Aber dann habe ich über meine Zukunft nachgedacht. Und glaube mir, eine lausige Zukunft lag damals vor mir. Neidisch betrachteten die ungarischen Dorfbewohner täglich meine heruntergekommene Landwirtschaft. Sie warteten nur auf das Kriegsende.

Und dann stand da dieser Koffer, dieser geheimnisvolle Koffer, dessen Geheimnis mit jedem Glas Schnaps größer wurde. Ich erinnerte mich an Deine Stimme, sie klang so merkwürdig, als Du mich gebeten hast, ihn aufzubewahren. Kurz, ich konnte nicht widerstehen und schaute hinein. Das war ganz einfach, er war ja nicht verschlossen. Kannst Du Dir mein Erschrecken vorstellen, als ich neben Deinen persönlichen Erinnerungsstücken das Geld und diese merkwürdigen Unterlagen und Dokumente fand? Schon allein Deine Unterlagen, ich hatte in unserem Gespräch darüber gar nicht nachgedacht, immerhin die Sachen eines (entschuldige) Juden, der auf der Flucht war? Mein Gott, Paul, Du hattest vielleicht Nerven! Stell Dir nur vor, die Gestapo hätte den Koffer eines Juden bei mir gefunden. Was meinst Du, was die damals mit mir angestellt hätten?

Und kannst Du Dir vorstellen, kannst Du ermessen, was ich gefühlt habe, als ich das viele Geld entdeckte? In dem Koffer lag eine komplett ausgestattete Zukunft, meine! Das war mein erster Gedanke – und mein einziger. Sollten doch meine Nachbarn den Hof an sich reißen, jetzt war es mir egal.

Ich habe nicht lange nachgedacht, bin am nächsten Morgen abgehauen, habe alles stehenlassen. Es wurde eine rechte Irrfahrt, mit der ich Dich nicht langweilen möchte. Schließlich landete ich 1947 in Berlin und habe dort mein Geschäft aufgebaut, mit Deinem Geld, falls es überhaupt Deines war.

Sicher, ich habe Dein Vertrauen mißbraucht. Aber Du hast mich in Gefahr gebracht. Und hast mich außerdem auf eine Probe gestellt, der ich nicht gewachsen war. Ich bin kein Heiliger, wollte es nie sein. Du hast mir eine Rolle zugedacht, die zu spielen ich nicht in der Lage war. Und deshalb lastet meine Schuld nicht allzu schwer auf mir. Vielleicht kannst Du das verstehen. Vielleicht auch nicht.

Aber lassen wir die alten Geschichten, es ist alles lange her. Hier in Berlin gibt es die Martin-Buber-Stiftung für deutsch-jüdische Zusammenarbeit. Und in dieser Stiftung arbeitet ein Archivar namens Konrad Staub. Jedenfalls steht dort der Koffer, mit dem ich aus Ungarn abgehauen bin. Du kannst ihn jederzeit abholen. Er ist auf Deinen Namen deponiert. In ihm findest du Deine gesamten persönlichen Unterlagen und diese merkwürdigen Dokumente, von denen ich nicht weiß, was sie für Dich bedeuten. Und Geld. Ich habe die damalige Kaufkraft des Geldes ungefähr auf die heutigen Verhältnisse umgerechnet. Es ist also eine Menge Geld in dem Koffer.

Also, lieber Paul, denk daran – wenn Du diese Zeilen liest, spricht ein Toter zu Dir. Verzeih mir, wie auch ich Dir verziehen habe, daß Du mich in Versuchung geführt hast.

Dein Richard«

Paul legte den Brief auf den Tisch und ging zum Fenster. Er schaute auf den asphaltierten Hof und die gegenüberliegenden Fenster. Er kannte seine Nachbarn nur vom Sehen. An dem Haus war nicht viel gemacht worden, seitdem er in Wien lebte, seit fünfundfünfzig Jahren. Der Putz hatte Risse, die Spuren notdürftiger Ausbesserungen zogen sich über die ganze Hauswand bis zum Dach hoch. Das Haus war mit ihm alt geworden.

›Das Haus ließe sich allerdings wieder herrichten ...‹, Paul Singers Gedanken schweiften zurück.

Von Oktober 1944 bis zur Eroberung Wiens durch die Rote Armee im April 1945 hatte er sich hier verbergen müssen. Danach nutzte er die erste Gelegenheit, nach Rábapatona zu fahren, um den Koffer abzuholen. Doch er traf seinen Freund Richard Schwalbe nicht an. Die Ungarn, die den Hof in Besitz genommen hatten, erzählten ihm, Schwalbe sei Mitte Oktober 1944 über Nacht und ohne Nachricht verschwunden. Da wußte er, daß Richard Schwalbe mit dem Geld geflohen war.

In Budapest erfuhr Paul, daß sein Onkel von den Pfeilkreuzlern ermordet worden war. Bei einem Besuch im Café Parisette hatte er zufällig Samuel Blau allein am Tresen stehen und Bier trinken sehen. Die Luft im »Parisette« war rauchgeschwängert wie immer, lautes Stimmengewirr erfüllte den Raum. Die beiden begrüßten sich mit großer Freude, und Samuel erzählte, er würde in den nächsten Tagen nach Wien fahren und sich dort den »Nokmim« anschließen. Paul hatte von ihnen noch nichts gehört. Samuel erklärte mit leiser Stimme, daß die »Nokmim« nicht auf die Justiz vertrauten, daß sie in Italien, Österreich und Deutschland untergetauchte Angehörige der SS und Gestapo suchten, auf eigene Faust, ohne staatlichen Auftrag. Nazi-Funktionäre, die sie ausfindig machten, wurden ohne viel Aufhebens hingerichtet. »Gerechtigkeit«, sagte Samuel, »bekommt man nicht, weder von Gott noch von den Menschen. Gerechtigkeit nimmt man sich. Das habe ich gelernt.«

Paul entschloß sich sofort, bei den »Nokmim« mitzuarbeiten, seine Wohnung in der Wiener Sonnenfelsgasse diente in der ersten Zeit als konspirativer Treffpunkt.

Später machte Samuel Karriere beim Auslandsgeheimdienst und stieg bis zum Chef des Mossad auf. In all den Jahren arbeitete Paul für den Dienst, immer auf der Suche nach Werner Krumey.

Paul nahm den Brief noch einmal in die Hand und mußte darüber lächeln, wie Richard sich selbst das Gewissen erleichtert hatte. Aber es war ein Fehler gewesen, ihn damals nicht einzuweihen. Und vielleicht hatte er ihn wirklich in Gefahr gebracht. Richard konnte ja nicht wissen, daß es ihm nur auf die Dokumente, die Fotografien, Namenslisten und seine Erinnerungen an die Mutter, Onkel Ernö und Eva angekommen, daß ihm das Geld egal gewesen war. So wie ihn heute der Koffer voller Geld nicht interessierte. Aber die Dokumente ... in wenigen Tagen würde er sie in den Händen haben.

Paul Singer ging in die Küche, um sein Abendbrot zuzubereiten. Er fühlte sich mindestens zwanzig Jahre jünger und aß mit großem Appetit. Danach ging er spazieren. Der Abend war lau und die Welt plötzlich so verheißungsvoll.

In den nächsten Tagen kaufte Paul einen Reiseführer, einen Stadtplan und einen Bildband über Berlin, brachte Wäsche in die Reinigung, holte seinen Koffer aus dem großen Schrank im Schlafzimmer und überlegte, ob er schon eine Fahrkarte buchen sollte. Aber dann entschied er sich, das Treffen mit den beiden Männern abzuwarten.

Er war fast fünfzig Jahre nicht in Berlin gewesen, hatte

diese lange Zeit in Wien gehockt und die Jobs erledigt, die Samuel Blau, der General, ihm aufgetragen hatte. Nach der Lektüre des Reiseführers und dem Studium des Stadtplanes wußte er, daß er Berlin kaum wiedererkennen würde. Aber dem maß er keine Bedeutung bei. Er hatte sich die wichtigsten Veränderungen eingeprägt, die Namen der Berliner Bezirke und ihre Lage aufgefrischt und sich in dem Bildband markante Bauwerke der Stadt angeschaut. Dies mußte zur Vorbereitung reichen. Außerdem konnte er sich auf seinen guten Orientierungssinn noch immer verlassen.

Montag, 10. Mai 1999

Als er an diesem strahlenden Frühlingstag Punkt 15.00 Uhr an die Tür des Zimmers 112 klopfte, war er für seine Reise gewappnet. Nathan Tal ließ ihn lächelnd ein. In der kleinen Sitzgruppe am Fenster saßen zwei Männer.

»Darf ich vorstellen«, sagte Nathan Tal, »Big und Ben, Paul Singer.«

Paul konnte sich seinerseits ein Lächeln nicht verkneifen. Man erfuhr in solchen Teams nur in Ausnahmefällen die richtigen Namen. Und seinen Namen mußte Nathan Tal den beiden nennen, denn er würde in Berlin als Paul Singer auftreten müssen, schon um den Koffer zu holen. Aber Big und Ben – diese Tarnnamen kamen ihm ein wenig skurril vor. Wie nannten sie sich bei anderen Einsätzen? Laurel und Hardy, Don und Sancho?

Die beiden erhoben sich. Wer von ihnen Big und wer Ben war, brauchte nicht erläutert zu werden. Der Dunkelhaarige mit dem unpassenden Schnauzbart maß fast zwei Meter und mußte im Flugzeug bestimmt zwei Plätze buchen. Ben dagegen reichte seinem Partner gerade bis zur Brust, trug einen blonden Kurzhaarschnitt und machte einen sehr drahtigen Eindruck.

Pauls Hand verschwand vollständig in Bigs Pranke, doch Paul spürte nur einen leichten Druck. Vermutlich sah Big sich lediglich vor. Die drei musterten sich freundlich, aber aufmerksam. Es war eine Situation, die Paul oft erlebt hatte. Die ersten Sekunden entschieden darüber, ob man gut miteinander klarkommen würde oder nur gemeinsam einen Job erledigte. Er schätzte Big und Ben auf höchstens dreißig Jahre und hatte noch kein klares Bild von ihnen.

»Ich schlage vor, wir nennen dich Paulus, ich meine, auf dem Handy und so«, sagte Ben. Big nickte zustimmend und zündete sich eine Zigarette an. Paul mußte wieder über die beiden lächeln. Seine langen, weißen Haare hatten Ben wohl an den christlichen Apostel erinnert. Nathan Tal kramte in seinem Aktenkoffer und reichte jedem ein Handy.

»In allen Handys sind die Nummern der anderen schon gespeichert, die eigene auch. Außerdem findet ihr einen Anschluß, unter dem ich im Notfall zu erreichen bin. Alle Nummern sind geheim. Niemand außer uns kennt sie.«

Big und Ben waren mit den Geräten vertraut. Sie fanden auf Anhieb alle Funktionen. Paul mußte sich den Apparat von Nathan Tal erklären lassen.

»Ich habe ab morgen im Palace-Hotel am Zoo drei Einzelzimmer gebucht«, informierte Nathan Tal, nachdem Paul alle wesentlichen Handyfunktionen begriffen hatte. »Das liegt zentral in der westlichen City. Big und Ben sind als Bernd Groß und Benjamin Wolf gemeldet.«

Paul prägte sich die Namen ein.

»Ihr reist am besten getrennt an, jedenfalls im Hotel. Paul, wenn ich richtig informiert bin, kannst du nicht Auto fahren.«

Paul wunderte sich nicht, daß Nathan ihn nun auch duzte. Spätestens in diesem Stadium einer Operation ging man immer zum Du über. Er nickte.

»Für euch beide steht jedenfalls ein Mercedes am Flughafen Tegel bereit, auf den Namen Bernd Groß.«

Dann entnahm er seinem Aktenkoffer zwei Umschläge. Einen gab er Ben.

»Hier sind eure Papiere, Pässe, Führerschein, Flugtickets und so weiter.« Den anderen Umschlag schob er Paul über den Tisch zu. »Hier hast du deine Hotelreservierung … und worum du mich gebeten hast. Das wäre alles. Oder gibt es noch Fragen?«

Jetzt war der kritische Punkt erreicht, auf den Paul gewartet hatte. Es blieb zu klären, wer die Operation leiten würde. Nathan hatte alles organisiert, das ging in Ordnung. Aber dabei mußte es bleiben. Paul spürte, daß Big und Ben abwarteten.

»Vielen Dank für deine Hilfe«, begann Paul vorsichtig und schaute Nathan an, »ich glaube zwar nicht, daß wir deine Handynummer brauchen werden, aber für alle Fälle ist es schon besser. Ben, wann geht euer Flug?«

Ben öffnete den Umschlag und holte die Tickets heraus.

»Um zehn Uhr fünfundzwanzig mit der Lufthansa.«

»Gut«, sagte Paul, »ich nehme den Nachtzug. Dann bin ich morgen früh in Berlin. Mit gefällt es sowieso besser, mit der Bahn zu reisen. Ruft mich an, wenn ihr im Hotel seid.«

Dann wandte er sich noch einmal an Nathan.

»Gibt es für Big und Ben irgendwelche Anweisungen von dir oder vom General?«

Nathan schüttelte den Kopf. »Es sind deine Leute.«

»Habt ihr noch Fragen?« Paul blickte Big und Ben abwechselnd an.

»Nur eine Kleinigkeit«, Big räusperte sich, »worum geht es eigentlich?«

»Hat euch Nathan das nicht gesagt?«

»Nein«, antwortete Ben.

»Wir holen einen Koffer ab, der auf meinen Namen bei einer Berliner Stiftung deponiert ist. Erst wenn ich den habe, wissen wir, ob der Job erledigt ist oder nicht.«

»Und wenn nicht?« hakte Big nach.

»Dann sehen wir weiter, ich weiß noch nicht. Ist das alles?«

Big und Ben schauten sich an, nickten und standen auf. Sie verabschiedeten sich mit einem lässigen »Ciao Paulus«.

Paul schüttelte Nathan Tal zum Abschied die Hand. Er hatte das Gefühl, daß sie sich wiedersehen würden.

Paul ging in ein Reisebüro am Ring und buchte ein Einzelabteil im Schlafwagen. Es war kurz nach fünf. Er hatte noch genug Zeit, denn sein Koffer war schon gepackt, und der Nachtzug fuhr erst um halb zehn.

Danach bummelte er zum Graben, bog in die Dorotheergasse ein und saß wenig später bei »Trzesniewski« an einem der kleinen Tische, vor sich einen Teller mit Broten und einem kleinen Bier, das man hier »Pfiff« nannte. ›Trzesniewski‹, dachte Paul zufrieden, ›ist ein Grund, in Wien zu leben.‹ Es freute ihn, daß er noch genug Zeit hatte, hier in Ruhe zu essen, denn in Berlin, das wußte er, gab es kein Trzesniewski, und wie lange er in Berlin bleiben mußte, das würde sich noch zeigen.

Später, im Speisewagen, als der Zug durch Wiens Vorortbezirke fuhr, fiel ihm ein, daß er die Stadt lange nicht verlassen hatte. Es war schon eine merkwürdige Beziehung, die ihn mit Wien verband. In dieser Donaustadt fühlte er sich immer noch als Gast. ›Es ist der gleiche Fluß‹, dachte Paul, ›aber es sind ganz verschiedene Städte.‹

Am Nebentisch unterhielten sich zwei Geschäftsreisende in breitem Wienerisch über die Zielvorgaben, die ihnen ihr Chef mit auf die Reise gegeben hatte, zeigten sich Fotos von ihren Kindern, um endlich bei ihrer liebsten Freizeitbeschäftigung zu landen, dem Tennis. Paul beneidete diese Menschen um ihre alltäglichen Sorgen und Freuden. Es war ihm nie vergönnt gewesen, ein normales Leben zu führen. Statt dessen hockte er in seiner Wohnung im Hinterhof und wartete. Er wartete schon so lange, und darüber war er ein alter Mann geworden.

Dienstag, 11. Mai 1999

Als der Nachtzug aus Wien morgens in Berlin-Wannsee eintraf, hatte Paul schon gefrühstückt und schaute neugierig aus dem Fenster. Auf der Fahrt zum Bahnhof Zoologischer Garten prägte er sich die vorüberziehende Stadtlandschaft genau ein.

Die Junior Suite im achten Stock des Palace-Hotels bestand aus einem geräumigem Zimmer mit Doppelbett, einer einladenden Sitzecke, einem Schreibtisch und einem zusätzlichen Ankleidezimmer, das von der Diele abging und in dem er sich mit seinem kleinen Koffer etwas verloren vorkam. Paul wunderte sich, daß der Mossad ihm diesen Luxus spendierte. Er öffnete ein Fenster und dachte, daß er es nachts wohl schließen müsse. Solchen Straßenlärm war er nicht gewohnt. Dafür entschädigte ihn die Aussicht auf den Zoologischen Garten. Gegenüber sah er einen großen Zooeingang im ostasiatischen Pagodenstil, dessen reich verziertes, geschwungenes Eingangsportal von mächtigen Elefanten aus Sandstein getragen wurde.

Nachdem er seine Sachen eingeräumt hatte, setzte er sich mit seinem Notizbuch ans Telefon.

»Martin-Buber-Stiftung, Fritsch, guten Tag«, meldete sich eine helle Frauenstimme.

»Singer, guten Tag, ich möchte Herrn Staub sprechen.«

»Oh, das wird schwierig«, antwortete sie, »Herr Staub kommt erst gegen Mittag und ist dann sehr beschäftigt. Und um sechzehn Uhr beginnt seine Abschiedsfeier. Heute ist sein letzter Arbeitstag.«

»Das wußte ich nicht«, antwortete er verdutzt.

»Worum geht es denn, vielleicht kann Ihnen jemand anders helfen? Oder soll ich Herrn Staub etwas ausrichten?«

»Nein danke, es ist eher eine private Angelegenheit. Ich werde ihn zu Hause anrufen.«

»Gerne, auf Wiedersehen.«

»Auf Wiedersehen.«

Im Telefonbuch war zum Glück nur ein Konrad Staub verzeichnet, in der Uhlandstraße. ›Das ist er‹, dachte Paul, denn die Adresse stand auf Nathans Liste. Es meldete sich nur ein Anrufbeantworter. Paul hinterließ keine Nachricht. Nach einem Blick auf die Uhr schaltete er den Fernseher an und legte sich aufs Bett.

Sollte er versuchen, Konrad schon heute nachmittag zu treffen, oder am Abend? Oder wäre es unpassend, ihn an seinem letzten Arbeitstag aufzusuchen? Er beschloß, zunächst Big und Ben auf ihn anzusetzen. Es würde nichts schaden. Sie könnten ihm unauffällig folgen, etwas über ihn in Erfahrung bringen. Dann hätten sie auch etwas zu tun. Morgen würde sich bestimmt eine Gelegenheit zum Gespräch mit Konrad ergeben.

Sein Handy weckte ihn aus dem Schlummer, in den er trotz des laufenden Fernsehapparates gefallen war.

»Ja?«

»Hier ist Ben. Wir sind jetzt im Hotel. Wie geht es weiter?«

»Wieso treffen wir uns nicht im Zoo?« sagte Paul. »Es reicht, wenn du allein kommst. In einer halben Stunde vor dem Pandakäfig.« Er hatte in einem Reiseführer gelesen, daß der chinesische Staatspräsident dem Berliner Zoo vor Jahren ein Pandapaar geschenkt hatte.

Paul wartete am Fenster, bis er sah, wie Ben die Straße überquerte. Niemand schien ihm zu folgen. Dann verließ auch Paul das Hotel. An der Kasse kaufte er einen Zooführer und entnahm dem Plan auf der hinteren Umschlagklappe, daß das Pandagehege gleich am Ende der breiten Allee lag, die vom Elefantentor zum Raubtierhaus führte. Er hielt sich zunächst links, schlenderte dann eine Viertelstunde durch das Gelände und näherte sich schließlich den Pandas aus der anderen Richtung. Ben saß allein auf einer Bank vor dem Raubtierhaus und rauchte eine Zigarette. Paul setzte sich neben ihn und legte den Zooführer auf die Bank.

»Können Sie mir eine Zigarette spendieren?«

»Selbstverständlich«, antwortete Ben und reichte ihm die Schachtel. Sie plauderten ein wenig, als wären sie zufällig ins Gespräch gekommen.

»In dem Zooführer liegt ein Zettel mit der Dienst- und Privatanschrift von Konrad Staub. Dem folgt ihr, wenn er sein Büro verläßt.« Er erklärte Ben, was er am Telefon erfahren hatte. »Versucht etwas über ihn rauszubekommen und haltet mich bis morgen auf dem laufenden. Ich will immer wissen, wo er sich gerade befindet.«

»Kein Bild, keine Beschreibung?«

»Nein. Ich habe keine Ahnung, wie er aussieht.«

Ben grunzte nur.

»Ist Nathan eigentlich auch in Berlin?« fragte Paul.

Ben sah ihn überrascht an.

»Nein ... also ich weiß nicht. Keine Ahnung. Warum?«

»War nur eine Frage«, antwortete Paul. Wenn es zwischen Nathan und den beiden Verabredungen gab, von denen er nichts wissen sollte, hatte sich Ben keine Blöße gegeben. Paul verabschiedete sich und ließ den Zooführer liegen. Dann machte er sich auf den Weg zum Jüdischen Museum, über das er schon so viel gelesen hatte.

Wie durch ein Wunder hatten sie einen Parkplatz direkt vor der Martin-Buber-Stiftung am Savignyplatz gefunden.

»Na los, du feiner Pinkel, mach dich an die Arbeit.«

Big grinste so breit wie ein Flußpferd. Ben sah wirklich sehr elegant aus. Er trug einen cremefarbenen Baumwollanzug mit Weste, Fliege und Brusttuch. Ein Panamahut bedeckte seine etwas unpassende Haarfrisur.

Ben sagte nichts, nahm den großen Blumenstrauß vom Rücksitz und stieg aus.

Der Portier hielt ihm die Tür auf und wies auf den Fahrstuhl. »Zweite Etage links.« Eine Mitarbeiterin der Stiftung nahm Ben im zweiten Stock den Blumenstrauß ab. Um nicht in Gespräche verwickelt zu werden, bewegte er sich mit einem Glas Sekt in der Hand langsam durch die Räume. Hier und da nickte er jemandem unverbindlich zu. Nach einer Viertelstunde drängten sich die Gäste in einen Sitzungsraum, der zu klein war, um alle Anwesenden zu fassen. Ben hatte von der Tür aus einen guten Blick auf das Stehpult. Nach drei langweiligen, nichtssagenden Reden kündigte ein älterer Herr, der sich als Vorsitzender des Stiftungsrates vorstellte, Konrad Staub an, der an das Pult trat. Ben schätzte ihn auf Mitte Vierzig. Im Unterschied zu den meisten Gästen war er eher leger gekleidet. Unter einem zweiteiligen, dunkelgrauen Anzug trug er ein bordeauxrotes Strickhemd mit offenem Kragen. Seine halblangen, dunkelbraunen Locken umrahmten ein sehr schmales Gesicht mit einer markanten Nase und dunklen Augen. Er war mittelgroß und auffallend schlank.

Ben hatte den Worten der Vorredner entnommen, daß Konrads Abschied nicht freiwillig war. Dennoch gab es in seiner Rede keine diesbezüglichen Anspielungen oder bitteren Untertöne. Er streute hier und da eine launige Bemerkung ein, und insgesamt wirkte seine Rede auf Ben und die anderen Gäste eher heiter. Am Ende erhielt er lauten und langanhaltenden Beifall. Nachdem er vom Rednerpult getreten war, ging er zu einem Rollstuhlfahrer, der besonders lange geklatscht hatte und ihm begeistert die Hand schüttelte. Ben blieb noch gut fünf Minuten. Dann verließ er die Stiftung und setzte sich zu Big ins Auto. Nachdem er sich im Schutz der getönten Fensterscheiben eilig umgezogen hatte, berichtete er Big und beschrieb Konrad Staub.

Paul brauchte nur eine Viertelstunde auf die Besuchergruppe zu warten, und als er den Museumsführer fragte, ob er sich der Besichtigung anschließen könne, erhielt er eine zustimmende Antwort. Allerdings finde die Führung nur in französischer Sprache statt. Es gäbe leider keine Zeit für Erläuterungen in deutsch. Paul verstand zwar kaum Französisch, aber er wollte trotzdem an der Führung teilnehmen. Er bedankte sich bei dem Portier, der ihn darauf aufmerksam gemacht hatte, daß das Jüdische Museum nur auf Voranmeldung zu besuchen sei, und ihn auf die bevorstehende Führung hingewiesen hatte. Dann folgte er der französischen Besuchergruppe durch das barocke Gebäude des ehemaligen Berlin-Museums in den Neubau des Architekten Daniel Libeskind.

Ein kahler, leicht ansteigender Gang führte zu einer unscheinbaren Tür, hinter der sich, wie er verstand, der Holocaust-Turm befand. Mit den anderen betrat er schweigend den dreieckigen, sehr hohen und spitz zulaufenden Raum, dessen Fußboden und Wände aus Beton bestanden. Er hatte kein Fenster, aber ganz oben, unerreichbar, ließ ein schmaler Spalt Licht einfallen. An einer Wand hing, scheinbar sinnlos, eine Metallciter so hoch, daß man sie ohne Hilfsmittel nicht erklimmen konnte. Sie führte zum Tageslicht, aber niemand konnte dorthin gelangen. Durch den Spalt drangen Straßengeräusche, Menschenstimmen, wie aus weiter Ferne. Man spürte die Außenwelt, aber man war, solange die Tür abgeschlossen blieb, von ihr abgeschnitten. Paul begriff die Absicht des Architekten auch ohne Erläuterungen.

Eineinhalb Stunden verbrachte er mit der Gruppe in einem der merkwürdigsten Gebäude, das er je betreten hatte. Schräge Böden, endlose Treppen, schiefe Wände, spitz zulaufende Räume mit überraschenden Grundrissen und immer wieder völlig unerwartete Ausblicke durch schmale Fenster, mal auf die Straßen, Bäume, Menschen und Autos, mal nur in den Himmel. Die absolute Leere des ganzen Hauses ließ in ihm ein Gefühl der Beklemmung entstehen, aber auch eine Faszination, ein sprachloses Einverständnis mit diesem Museum, das noch keines war, jedenfalls beherbergte es noch keine Exponate. Paul fragte sich, wie man in diesem Bau Ausstellungen gestalten sollte. Das Gebäude an sich schien ihm auszureichen, als Mahnmal, als Gedenkstätte.

Nachdem er wieder die Straße betreten hatte, eine mehr oder weniger gewohnte Stadtlandschaft, das Singen der Vögel hörte, das Rauschen der Bäume und den Straßenverkehr, spürte er einen ungewöhnlichen Kontrast, wußte, daß ein besonderes Erlebnis hinter ihm lag.

Er ging die Wilhelmstraße entlang, bog rechts in die Leipziger ein, kam am Postdamer Platz vorbei, der ihn nicht interessierte, um sich schließlich das Gelände anzuschauen, auf dem das Holocaust-Mahnmal errichtet werden sollte. Er betrachtete die riesige Brachfläche, versuchte, sich das Mahnmal an diesem Ort vorzustellen. Still stimmte er dem Vorhaben zu, aber dann dachte er wieder an das Jüdische Museum. Die Konsequenz dieses Bauwerkes würde sich hier wohl kaum wiederholen.

Nachdenklich näherte er sich dem Brandenburger Tor, aber erst jetzt bemerkte er, daß die große Menschenmenge, die er vorher kaum wahrgenommen hatte, sehr erregt schien. Plötzlich fielen ihm auch die vielen Polizeiautos, Blaulichter und rotweißen Absperrgitter auf. Als eine Polizeikette vor ihm auftauchte, direkt vor der Tordurchfahrt, begriff er die Ursache des Menschenauflaufes.

Das Ende eines Demonstrationszuges marschierte unter dem Brandenburger Tor in Richtung Pariser Platz, gefolgt von einer doppelten Polizeikette, die die Demonstranten abschirmte. Er hörte die Sprechchöre: »Hier marschiert der Nationale Widerstand!«, sah schwarz-weiß-rote Fahnen mit neofaschistischen Symbolen und Transparente, auf denen »Stoppt das Mahnmal« geschrieben stand. Viele der Demonstranten waren jung, trugen olivgrüne Jacken, hochgekrempelte Jeans und schwarzglänzende Stiefel, hatten ihre Haare kurzgeschoren. Die Polizeikette hatte Mühe, eine aufgeregte Menge von Gegendemonstranten fernzuhalten. Sprechchöre schrien gegen den Aufzug der Rechtsradikalen an. Langsam begriff er die Symbolik des Geschehens: Zum ersten Mal seit 1945 marschierten wieder Nazis durch das Brandenburger Tor.

Hinter ihm drängten die Menschen in Richtung Pariser Platz, und er wurde mit vielen anderen gegen die Polizeikette geschoben. Paul spürte Panik in sich aufsteigen. Über Lautsprecher wurden die Gegendemonstranten aufgefordert, stehenzubleiben, und zu Pauls Erstaunen folgten sie der Anweisung. Als der erste Redner der Neonazis ein Podest betrat, breitete sich unheimliche Ruhe aus. Paul konnte ihn kaum verstehen, aber nach ein paar Minuten hörte er nicht weit entfernt eine Gruppe Skinheads rufen: »Ruhm und Ehre der Waffen-SS.« Paul beobachtete, wie daraufhin eine Spezialeinheit der Polizei oder des Bundesgrenzschutzes zum Einsatz gebracht wurde. Sie isolierte die kleine Gruppe von den übrigen Demonstranten und führte sie ab. Dies ging unter großem Geschrei, aber ohne Gewalt vor sich.

Paul bahnte sich hastig einen Weg durch die Menge. Er konnte den Anblick der Neonazis nicht mehr ertragen, schon gar nicht an diesem Ort. Vor allem konnte er nicht verstehen, daß eine solche Demonstration überhaupt zulässig war, in Deutschland, in dessen Hauptstadt. Erst in der S-Bahn beruhigte er sich ein wenig. Als er am Savignyplatz ausstieg, las er an einer langen Brandwand »Wir sind die Hautkrankheit der Erde«.

Gegen halb neun verließ Konrad in Begleitung von zwei Frauen und drei Männern das Haus. Einer war der Rollstuhlfahrer, der Ben schon in den Räumen der Stiftung aufgefallen war. Sie gingen durch die Grolmanstraße in Richtung Kurfürstendamm. Ben folgte ihnen zu Fuß, während

Big sich mit dem Auto immer in der Nähe hielt. Big und Ben waren ein eingespieltes Team und solche Beschattungen Routine. Sie kannten einander gut, und ihre Jobs ähnelten sich sehr. Dieser hier stellte keine besonderen Anforderungen.

In der Uhlandstraße betraten Konrad und seine Begleitung eine Bar, und Ben überlegte, ob er ihnen folgen solle. Aber das Risiko, daß einer von ihnen sich an ihn erinnern könnte, schien ihm zu groß. Deshalb wartete er, bis Big mit dem Wagen kam und sie einen Parkplatz gefunden hatten, von dem der Eingang zur Bar zu überblicken war. Danach ging Ben zu Konrads Wohnhaus. Paulus hatte ihm die Adresse gegeben. Es war das Haus Ecke Ludwigkirchstraße, nur hundert Meter von ihrem Parkplatz entfernt. Dem Klingelschild nach wohnte Konrad in der fünften Etage, im Dachgeschoß. Ben schlenderte zurück zum Wagen.

»War doch bisher alles ganz easy«, sagte Big, nachdem Ben sein Notizbuch wieder eingesteckt hatte.

»Aber auch ziemlich langweilig.«

»Was willst du denn, eine Schießerei auf der Straße?«

»Unsinn«, murrte Ben, »aber für diesen langweiligen Job hätten sie auch zwei Studenten anheuern können.«

»Abwarten. Und wennschon, stell dich nicht so an. Wir konnten Nathan keinen Korb geben, er ist unser wichtigster Kunde. Dann ist es eben leicht verdientes Geld. Aber jetzt habe ich Hunger. Willst du auch einen Hamburger?«

Ben schüttelte den Kopf.

»Dann geh ich mal«, sagte Big, »bin in zwanzig Minuten wieder hier. Wenn was los ist …«

»Rufe ich an«, unterbrach ihn Ben.

Aber es ereignete sich nichts, während Big bei Burger King am Kurfürstendamm zwei Doppelwhopper verschlang. Sie mußten noch bis Mitternacht warten. Dann kam Konrad mit einer der beiden Frauen aus der Bar. Sie verschwanden in dem Eckhaus in der Ludwigkirchstraße.

Mittwoch, 12. Mai 1999

Obwohl Konrad Staub viel später als üblich ins Bett gekommen war, wachte er wie jeden Morgen um sieben Uhr und mit fast völlig klarem Kopf auf. ›An den Getränken haben sie jedenfalls nicht gespart.‹ Doch eigentlich wunderte er sich nicht über den guten Riesling. Schließlich waren alle Vorstandsmitglieder zu seiner Abschiedsfeier gekommen. Und warum sollte Sperber am Wein sparen, wenn der gesamte Vorstand sich die Ehre gab?

In diesem Moment wurde ihm Christines Anwesenheit bewußt. Sie lag auf dem Rücken und schnarchte leise und regelmäßig.

Er ging leise zur Wohnungstür, um die Tageszeitung zu holen. Dann ließ er sich Badewasser ein. Er überlegte, ob er weitere Zeitungen abonnieren sollte, denn die vergleichende Lektüre im Büro gehörte nun der Vergangenheit an. Doch zunächst wollte er sich am Kiosk versorgen und vielleicht damit beginnen, in dem kleinen Café schräg gegenüber zu frühstücken.

Während das Wasser in die Wanne rauschte, las er den Wirtschaftsteil und die politischen Nachrichten. Auf Seite drei fand er einen langen Artikel über einen einundvierzigjährigen, in Jamaika geborenen Engländer, der vor einigen Jahren Deutschland besucht hatte und im Berliner Umland wegen seiner dunklen Hautfarbe von Neonazis so brutal zusammengeschlagen worden war, daß er seitdem querschnittsgelähmt sein Leben im Rollstuhl verbringen mußte. Konrad wollte diesen Artikel erst überschlagen, las ihn nun aber doch. Er fand, daß er es diesem Mann schuldig war.

Dann nahm er das Feuilleton zur Hand. Er war überrascht, als er die Überschrift »Martin-Buber-Stiftung jetzt ohne Archivar« und eine kurze Mitteilung auf dem Titelblatt entdeckte: »Gestern wurde im Rahmen einer Feierstunde der Archivar der Martin-Buber-Stiftung für deutsch-jüdische Zusammenarbeit, Konrad Staub (50), verabschiedet. Der gesamte Stiftungsvorstand dankte dem Archivar für seine fast zwanzigjährige Tätigkeit in der Stiftung. Einer Pressemitteilung, die der Geschäftsführer der Stiftung Friedhelm Sperber herausgab, ist zu entnehmen, daß man sich im Hinblick auf die finanzielle Situation der Stiftung in beiderseitigem Einvernehmen getrennt habe und die Stelle nicht neu besetzt werde. Friedhelm Sperber konnte wegen einer unaufschiebbaren Dienstreise gestern nicht an der Verabschiedung teilnehmen.«

Er legte die Zeitung auf dem weißen Beistelltisch ab und rutschte bis zum Hals in das heiße Badewasser. Dann schloß er die Augen und genoß die Wärme. In beiderseitigem Einvernehmen! Sperber hatte ihm keine Wahl gelassen. Er würde zwar noch sieben Monate Gehalt beziehen, bis zum Jahresende. Aber dann? Erst die Trennung von Martina, und nun auch noch arbeitslos!

Plötzlich fiel ihm wieder Christine ein, Christine Sperber. Ein Lächeln huschte über sein Gesicht. ›Selbst schuld, Friedhelm Sperber, daß du nicht auf meine Abschiedsfeier gekommen bist, dich feige gedrückt, deine Dienstreise nicht verschoben hast.‹

Konrad zog den Stöpsel aus der Wanne und trocknete sich mit einem großen Handtuch ab. In weniger als 15 Minuten war er angezogen. Ein Blick ins Schlafzimmer zeigte ihm, daß Christine noch schlief.

Er nahm eine Leinentasche, zog den Sommermantel über und machte sich auf den Weg zum Markt. Es war halb neun.

»Da ist er, es geht wieder los.« Als Ben nicht sofort wach wurde, stieß Big ihm den Ellenbogen in die Rippen. Dann stieg er aus, schlug die Autotür hinter sich zu, überquerte die Uhlandstraße und folgte Konrad. Aus den Augenwinkeln sah er den Mercedes vorbeifahren und an der nächsten Ecke in zweiter Spur halten. Big folgte Konrad auf einen Wochenmarkt am Hohenzollerndamm, Ben rief Paulus an.

»Er geht gerade einkaufen, ist jetzt auf einem Wochenmarkt am Hohenzollerndamm, Höhe Fasanenstraße. Big ist bei ihm.« Dann berichtete Ben ausführlich von ihren Eindrücken und Beobachtungen. »Paulus, was ist eigentlich dran an diesem Mann? Der ist so unauffällig wie eine Kiefer am Wannsee.«

»Gut«, antwortete Paul, »vielleicht werde ich Konrad Staub heute schon treffen. Ich halte mich im Hotel bereit. Ihr informiert mich über jeden seiner Schritte.«

»Wird gemacht.«

Sie wechselten einander ab, folgten Konrad zum Supermarkt, zum Fleischer und zu einem Weinladen. Nachdem er, schwer beladen mit zahlreichen Einkaufstüten, in seinem Wohnhaus verschwunden war, langweilten sich Big und Ben wieder gemeinsam in ihrem Auto.

Auf dem Küchentisch fand Konrad eine Nachricht von Christine.

»Lieber Konrad,

ich konnte nicht mehr auf Dich warten, Friedhelm kommt heute zurück. Wir sehen uns am Samstag zu Deiner Buchpräsentation. Dann habe ich wieder Zeit, auch nachts. Es war sooo schön mit Dir.

Christine«

Neben der Unterschrift leuchtete rot ihr Lippenabdruck. Konrad verstaute seine Einkäufe und ging ins Wohnzimmer. Er schaute aus dem Fenster. Die Blätter der Straßenbäume reflektierten das Sonnenlicht in unzähligen Farbschattierungen. Er beobachtete das Straßenleben, die Passanten mit ihren Einkäufen und den Autoverkehr. Dann setzte er sich auf die Couch und zündete nachdenklich eine

Pfeife an. Eigentlich war es gar nicht seine Eigentumswohnung, sondern die seiner Frau, die in der Berliner Zentrale einer Frankfurter Großbank arbeitete und schon jetzt wesentlich mehr verdiente. ›Nennt man das überhaupt arbeiten?‹ überlegte er. Wenn Martina von ihrer Tätigkeit erzählte, und das geschah sehr selten, redete sie nur von strategischen Entscheidungen, die sie aber nie konkretisierte, weil er die Zusammenhänge sowieso nicht verstand. Wenn sie über ihre Arbeit redeten, dann meistens über seine.

Vor einer Woche hatte Martina ihm eröffnet, daß sie verliebt sei, in einen Frankfurter Banker, und daß sie mit ihm auf einen Segeltörn gehen würde. Seiner Frage, was das für ihre Ehe bedeute, war sie ausgewichen. Warum hatte er gestern mit Christine geschlafen, aus Rache, aus Wut?

Er ging in die Küche und packte die Einkäufe, die er für Stefan erledigt hatte, in eine Tüte. Dann ging er eine Treppe tiefer und klingelte. Wie immer öffnete Stefan sofort mit einem Impulsgeber, der an seinem Rollstuhl befestigt war. Konrad rief laut »Hallo, ich bins!« und ging in die Küche, um die Einkäufe abzulegen.

Stefan Brandt hatte vor zwei Tagen seinen 60. Geburtstag mit Konrad und einigen Freunden und Kollegen in seiner Wohnung gefeiert. Allerdings war seine Stimmung an diesem Montag nicht die beste gewesen. Das lag nicht an dem runden Geburtstag, der ja nach landläufiger Vorstellung einen besonderen Einschnitt im Prozeß des Älterwerdens darstellt, sondern an der beiläufigen Bemerkung des Rektors der Universität bei seinem Glückwunschtelefonat am frühen Morgen, man würde seitens der Uni Stefan nichts in den Weg legen, wenn er sich entschließen sollte, seine Emeritierung zu beantragen, »weil doch die Belastung für Sie enorm ist, lieber Brandt«.

Stefan Brandt war vor knapp zehn Jahren aus Münster nach Berlin gekommen und hatte an der Humboldt-Universität den Lehrstuhl für Ägyptologie übernommen. Nur wenige Monate danach war er während einer Exkursion in der Nähe der Oase El Khârga so unglücklich vom Kamel gestürzt, daß er seitdem querschnittsgelähmt war. Inzwischen gab es eine Reihe von Kollegen, nicht nur in Berlin, die es kaum abwarten konnten, daß er seinen Lehrstuhl aufgab. Aber Stefan dachte überhaupt nicht daran.

Nach seinem Krankenhausaufenthalt und der anschließenden Rehabilitation war er in die von einem Vormieter behindertengerecht ausgebaute Wohnung unter Konrads Dachetage gezogen, und so hatten sie sich kennengelernt und bald angefreundet.

»Setz dich. Hast du Spargel bekommen?«

Stefan saß an dem großen Eßtisch aus Pinienholz, der wie immer mit Büchern und Manuskripten bedeckt war.

»Ja, herrlichen Spargel aus Beelitz«, antwortete Konrad, »wie du wolltest, acht weiße Stangen. Ich habe gestern nacht mit Christine Sperber geschlafen«, teilte er seinem Freund übergangslos mit, nachdem er sich an die andere Seite des Tisches gesetzt hatte.

»Na ja, ihre Avancen gestern abend in der Bar waren auch kaum zu übersehen. Ich bin mit deinen Kollegen noch ziemlich versackt. Diese Cocktails schmecken phantastisch. Und, hast du ein schlechtes Gewissen?«

»Wegen Martina?«

»Natürlich, doch nicht wegen deinem ehemaligen Chef.«

»Wieso sollte ich? Sie kreuzt gerade mit ihrer neuen Liebe durch die Ostsee. Also?«

Stefan sah Konrad prüfend an. »Ich glaube, du hast trotzdem ein schlechtes Gewissen.«

»Ach, lassen wir das Thema lieber.«

»Du hast angefangen.«

»Weil du sowieso danach gefragt hättest.«

Plötzlich mußten beide lachen.

»Wie ein altes Ehepaar«, sagten sie im Chor. So hatten einige Geburtstagsgäste vor zwei Tagen ihren Umgangston kommentiert.

»Wie sieht es mit deiner Zeit heute aus?« fragte Konrad.

»Ich muß unbedingt am ›Tempel von Edfu‹ arbeiten. Der Verlag mahnt inzwischen fast wöchentlich. Und in der Frage habe ich ein schlechtes Gewissen. Was hast du vor?«

»Eigentlich nichts. Es ist ein merkwürdiges Gefühl, der erste Tag ohne Arbeit, es fühlt sich so still an.«

»Möchtest du lieber hierbleiben?«

»Ach was«, protestierte Konrad, »ich werde spazierengehen. Wie sagt man: den Freiraum genießen. Arbeite du ruhig an deinem Buch. Vielleicht schaue ich morgen mal vorbei.«

»Ich bitte darum«, sagte Stefan.

Konrad klopfte seine Pfeife vorsichtig aus und hörte der Musik der Doors zu. »Never saw a woman so alone. Motel money murder madness, let's change the mood from glad to sadness.« Jim Morrisons betörende Stimme machte ihn melancholisch. Er stellte die Musik aus, nahm seinen Mantel und verließ die Wohnung.

»Er geht in den Zoo.«

»Bitte?« Paul war so verwundert, daß er nachfragte.

»Er steht gerade in der Schlange am Elefantentor«, berichtete Ben.

Paul sah auf die Uhr. Halb eins. Er gab Ben seine Anweisungen. Eine Viertelstunde später betrat er den Zoo, und kurz danach traf er Ben vor dem Löwengehege.

»Das ist er.« Ben nickte kurz in Konrads Richtung, der die Löwen betrachtete. »Der schlanke Mann mit den dunklen Locken.« Paul wußte sofort, wen Ben meinte.

»Gut, du kannst jetzt gehen. Wo ist Big?«

»Im Hotel, ist ja nicht weit.«

»Bleibt in der Nähe, vielleicht brauche ich euch heute noch.«

»Wird gemacht«, antwortete Ben und verzog sich.

Konrad saß allein auf einer Bank in der Nähe der Zebras. Der Himmel hatte sich inzwischen zugezogen, und der Zoo war nicht besonders gut besucht. Er sah einen alten, weißhaarigen Mann auf die Bank zukommen und war erstaunt, als der nicht Platz nahm, sondern vor ihm stehen blieb.

»Konrad Staub?« fragte ihn der Unbekannte.

»Ja«, antwortete Konrad verwirrt und stand auf. Er konnte sich nicht erinnern, den Alten jemals gesehen zu haben. Dabei verfügte er über ein sehr gutes Personengedächtnis. Der Mann gab ihm die Hand.

»Mein Name ist Paul Singer«, sagte er, »ich bin dein Vater.«

Konrad starrte den alten Mann sprachlos an. Es mußte eine Verwechslung sein, oder der Alte war nicht mehr ganz beisammen. Aber dieser Paul Singer sah ihn an, als wäre er seiner Sache sehr sicher. Und irgendwie kam ihm der Name bekannt vor.

»Entschuldigen Sie, aber Paul Singer ist nicht der Name meines Vaters, Sie müssen sich irren.«

»Ich irre mich keinesfalls«, antwortete Paul mit fester Stimme, »wollen wir uns nicht einen Moment setzen? Wenn du jetzt Zeit hast, kann ich dir alles erklären.«

Konrad war so verdutzt, daß er dem Vorschlag des Alten folgte.

»Deine Mutter Marion hat mich 1948 hier in Berlin unter dem Namen Heinz Sommer kennengelernt und nie erfahren, wie ich richtig heiße.«

Bei der Erwähnung von Heinz Sommer zuckte Konrad zusammen. Das war der Name seines Vaters!

Und dann erzählte Paul seine Geschichte. Er begann mit seiner Jugend in Berlin, der Emigration nach Budapest, schilderte ausführlich die Ereignisse nach der Besetzung Ungarns durch die Deutschen, die Geschichte von dem Zug, der nie in Wien angekommen war, und die Umstände seiner Flucht nach Wien unter dem Namen Robert Pape.

»Gleich nach dem Krieg habe ich mich den ›Nokmim‹ angeschlossen, dann ...«

»Wer oder was sind die ›Nokmim‹?«

Paul erklärte es ihm kurz und fuhr dann fort. »Später habe ich für den israelischen Geheimdienst gearbeitet. Wien war eine Hochburg der Spionage, und keine Aufgabe schien mir sinnvoller, als nach untergetauchten Nazis zu suchen. Zumal ich immer gehofft habe, den Mörder meiner Frau und der vielen anderen Insassen in dem Todeszug zu finden. 1948 hatte ich für mehrere Wochen einen Auftrag in Berlin. Ich reiste unter dem Namen Heinz Sommer. Und wenige Tage nach meiner Ankunft lernte ich deine Mutter kennen. Wir haben uns sofort ineinander verliebt – ein Überlebender des Holocaust auf der Suche nach Naziverbrechern und eine deutsche Frau, deren Vater in einer SS-Einheit gedient hatte.«

Konrad nickte. Seine Mutter hatte ihm von ihrem Vater erzählt.

»Ich will nicht zu lange an diese alten Geschichten rühren«, sagte Paul, »jedenfalls wußte ich, daß unsere Verbindung keine Zukunft haben würde. Nicht wegen deiner Mutter«, fügte er schnell hinzu, »sondern weil der Dienst meine Beziehung zu einer Deutschen nicht akzeptiert hätte, nicht in dieser Zeit. Also habe ich deine Mutter belogen, ihr von Anfang an den wirklichen Grund meines Aufenthaltes verschwiegen, irgend etwas erfunden. Daß ich für eine chemische Fabrik in Basel tätig sei, damit sie meine Spuren nicht zurückverfolgen konnte. Und dann, als mein Auftrag erledigt war, habe ich mich nach Wien davongestohlen. Verstehst du, ich mußte Evas Mörder finden, nur das war wichtig. Mein persönliches Glück durfte keine Rolle spielen. Daß deine Mutter schwanger war, habe ich erst viel später zufällig erfahren. Aber es hätte auch nichts geändert. Ich will mich nicht herausreden.«

»Ben sagt, Paulus trifft sich gerade mit Konrad Staub im Zoologischen Garten.« Nathan Tal, nachdem er den Telefonhörer wieder aufgelegt hatte, informierte Jakob Halevi und Chaim Wrangel: »Jedenfalls geht die Sache voran. Mal sehen, was sich daraus entwickelt.«

Von Anfang an, schon während seines ersten Gespräches mit dem General, war ihm dieser Fall merkwürdig vorgekommen. Es gab keinen konkreten Anhaltspunkt. Trotzdem war er das Gefühl nicht losgeworden, daß der Mossad sich einmischen sollte. Und sein Instinkt hatte ihm selten einen Streich gespielt. Er wußte zwar noch nicht, was Paul Singer mit dem geheimnisvollen Koffer im Sinn hatte und was für Dokumente der Koffer enthielt. Um das Geld ging es jedenfalls nicht, dessen war sich Nathan sicher. Ob die ganze Angelegenheit für den Mossad wirklich »bedeutungslos« war, wie der General gesagt hatte? Nathan wollte es herausbekommen. Er traute dem alten Fuchs nicht über den Weg. Und er wußte, daß es seinem Chef ähnlich ging. Der hatte ihm allerdings erst nach langem Zögern die Erlaubnis gegeben, auch nach Berlin zu fliegen.

»Aber halte dich im Hintergrund. Du bist nur in Berlin, um Paul Singer zu beobachten. Finde heraus, ob etwas Wichtiges hinter der Sache steckt. Nimm ein paar zuverlässige Männer mit. Und kein Wort zum General!«

So lauteten seine knapp formulierten Anweisungen.

»Was tun wir jetzt?« fragte Wrangel, der sich lieber Berlin angeschaut hätte, als untätig in der kleinen Pension in der Meinekestraße zu sitzen.

»Wir warten«, antwortete Nathan Tal, »wir bleiben erst einmal hier sitzen und warten.«

Konrad Staub saß wie betäubt auf der Parkbank und schaute Paul Singer immer noch ungläubig an. »Und unter welchem Namen leben Sie heute? Sie haben bestimmt einen Paß?«

»Sicher«, Paul lächelte und griff nach seiner Brieftasche.

»Nur ... ein Paß würde die Situation nicht klären. Ich habe deshalb alle drei Pässe mitgebracht. Hier, du kannst dich überzeugen.«

Konrad überprüfte nervös alle Angaben. Die Eintragungen in dem auf den Namen Heinz Sommer ausgestellten Paß stimmten mit dem überein, was er von seiner Mutter wußte. Nachdenklich gab er die Dokumente zurück. Der Name Paul Singer ging ihm nicht aus dem Sinn. Plötzlich erinnerte er sich.

»Paul Singer, jetzt habe ich es! Für Sie steht ein Koffer in unserem Archiv. Sie sind dieser Paul Singer?«

»Ja, und deshalb bin ich auch in Berlin, um den Koffer zu holen.«

»Den Koffer hat Richard Schwalbe bei uns schon vor Jahren deponiert. Ich dürfe ihn nur einem Mann namens Paul Singer aushändigen, und der könne erst auftauchen, wenn er, Richard Schwalbe, gestorben sei. Er ist vor einigen Monaten gestorben.«

»Ich weiß«, sagte Paul und zog den Brief aus der Tasche, den er von Nathan bekommen hatte. »Lies selbst.«

»Das ist Schwalbes Handschrift«, stellte Konrad nach einem ersten Blick fest. »Richard Schwalbe war Mitglied im Förderkreis der Stiftung. Daher kannte ich ihn ganz gut.« Dann las er den Brief.

»Sie sind also gekommen, um Ihr Geld zu holen«, sagte Konrad enttäuscht. Die Gewißheit, daß der verschollene Vater nach langer Zeit endlich aus der Vergangenheit aufgetaucht war, hatte langsam in ihm zu reifen begonnen. Und nun dieser Grund!

»Nein.« Paul zündete sich eine weitere Zigarette an. »Es ist nicht mein Geld, es gehört den Nachfahren derjenigen, die in Auschwitz ermordet worden sind. Das werde ich spenden, vielleicht eurer Stiftung oder der hiesigen jüdischen Gemeinde. Ich bin gekommen, um die Dokumente zu holen.«

»Was für Dokumente?« fragte Konrad.

»Auf unserer Flucht aus Budapest ist mein Bruder Hans ums Leben gekommen. Kurz vor seinem Tod konnte er mir noch sagen, daß er nicht nur für sich und mich, sondern auch für zahlreiche Offiziere der SS Pässe besorgt hatte. Und daß sich eine Namenliste in dem Koffer befindet, eine Liste mit den richtigen und den falschen Namen.«

Konrad verstand sofort. »Er hat auch für Werner Krumey Papiere fälschen lassen.«

»Jedenfalls steht Krumeys neuer Name auf der Liste.«

»Und nun hoffen Sie, daß Sie mit diesen Namen Krumeys heutige Identität enthüllen können?«

»Ja, das hoffe ich. Es ist meine letzte Chance.«

»Und dann, ich meine, wenn Sie ihn finden sollten?«

Paul Singer schaute auf die Uhr. »Es ist schon fast Abend, ich bekomme langsam Hunger. Wollen wir etwas essen?«

»Wir können zu mir gehen. Ich habe heute früh eingekauft. Es ist nicht weit von hier.«

»Ich weiß«, sagte Paul und erhob sich.

Ben stürzte sofort aus seinem Zimmer, als er Paulus mit Konrad Staub aus dem Zoo kommen sah. Er nahm sein Handy und informierte Nathan.

»Folge ihnen in großer Entfernung. Aber Vorsicht! Kein Risiko eingehen. Sie dürfen dich nicht bemerken. Ruf mich sofort an, wenn du ihr Ziel hast.«

Ben grinste. Er würde schon keinen Fehler machen. Er trug einen Jogginganzug und ein Baseballcap, dazu hatte er eine Sonnenbrille aufgesetzt. In diesem Aufzug hatte Paulus ihn noch nicht gesehen. Außerdem hielt er sich weit genug entfernt. Er informierte Big, der sein Steak stehenließ und zum Auto ging. Vom Kurfürstendamm Ecke Meinekestraße rief Ben Nathan noch einmal an.

»Sie sind in die Meinekestraße eingebogen, kommen gleich an eurem Hotel vorbei. Es sieht so aus, als gingen sie in Konrads Wohnung. Ist vielleicht besser, wenn deine Jungs jetzt übernehmen. Hier sind nicht mehr so viele Leute auf der Straße.«

Nathan verständigte Chaim Wrangel und Jakob Halevi.

Während sein Vater im Wohnzimmer saß, bereitete Konrad Spargel mit Kalbsfilet zu. Er goß ein Glas Riesling ein und prostete sich selbst zu. Wie oft hatte er gehofft, seinen Vater kennenzulernen! Und plötzlich ... Konrad schüttelte den Kopf. Er konnte es noch nicht richtig fassen. Da fiel ihm ein, daß er seinem Vater noch gar nichts angeboten hatte.

»Was möchtest du trinken?« rief er laut aus der Küche.

Paul Singer lächelte. ›Na also, jetzt sagt er endlich du zu mir.‹

»Am liebsten ein Bier, falls du hast.«

Konrad fand eine Büchse im Kühlschrank, füllte ein Glas und brachte es Paul.

»Es ist aber nur dieses Glas da. Soll ich noch Bier holen?«

»Nein, das reicht mir, danke.«

»Wie ist Richard Schwalbe hier in Berlin eigentlich zu Geld gekommen?« fragte Paul seinen Sohn nach dem Essen. Sie hatten es sich im Wohnzimmer bequem gemacht.

»So viel kann ich dir darüber gar nicht erzählen«, antwortete Konrad. »Nach allem, was ich weiß, ist er nach dem Krieg in den Brennstoffhandel eingestiegen, erst Kohle und Holz, später Öl. Damals ein sehr lukrativer Markt. Dann eröffnete er einen Zulieferbetrieb für die Bauindustrie, Kiesgruben, Zement, Sand. Später hat er sein Geld in Häuser und Grundstücke gesteckt. Er muß ziemlich reich gewesen sein. Vor zwei oder drei Jahren hat er plötzlich alles verkauft und sich aus dem Geschäftsleben zurückgezogen. In dieser Zeit lernte ich ihn kennen. Wir hatten gerade den Freundeskreis der Stiftung gegründet und waren auf der Suche nach finanzstarken Mitgliedern mit guten Verbindungen. Er selbst spendete eine größere Summe, vor allem aber betätigte er sich seitdem erfolgreich für die Stiftung als Foundraiser. Bist du ihm noch böse?«

»Böse?« Paul zuckte mit den Schultern. »Richard hat mir fünfundfünfzig Jahre meines Lebens gestohlen. Ich weiß nicht, was ich jetzt für ihn empfinde. Es gibt wohl kein Wort dafür. Na, lassen wir das. Was sind eigentlich die Aufgaben eurer Stiftung?«

»Wie der Name schon sagt, wir bemühen uns, die deutsch-jüdische Zusammenarbeit auf allen Ebenen zu verbessern, auf dem Gebiet der Kunst, der Wissenschaft, der Wirtschaft und der Politik. Wir veranstalten Tagungen, Ausstellungen, Seminare, organisieren und finanzieren ein Jugendaustauschprogramm und so weiter.«

In diesem Moment klingelte Pauls Handy. Er entschuldigte sich, ging in Konrads Arbeitszimmer und meldete sich.

»Hallo Paulus, hier ist Ben. Hast du eigentlich im Moment etwas für uns zu tun?«

»Nein. Ich glaube, ich brauche euch heute nicht mehr.«

»Na gut, dann gehen wir ins Kino. Wenn was ist, klingelst du uns einfach raus. Und morgen?«

»Ich melde mich wieder.«

»O. K. Also bis dann.«

Paul steckte sein Handy ein und kehrte zu Konrad zurück.

»Wie ich gestern telefonisch von einer Mitarbeiterin erfahren habe, bist du jetzt nicht mehr für die Stiftung tätig?«

»Richtig«, antwortete Konrad.

»Darf man fragen warum?«

»Ganz einfach. Die Stiftung hat seit einem halben Jahr einen neuen Geschäftsführer. Und zwischen uns stimmt, wie man so sagt, die Chemie nicht – wir können uns einfach nicht leiden. Hauptsächlich aber gefällt ihm der Schwerpunkt unseres Archivs und unserer Bibliothek nicht. Er möchte vor allem die Aktivitäten der Stiftung archiviert wissen, so genau wie möglich. Und mit dem alten Geschäftsführer war ich einig, daß es zu unseren Aufgaben gehört, ein umfangreiches Archiv zum Holocaust anzulegen. Also bin ich entlassen worden. Ich beziehe mein Gehalt noch bis zum Jahresende. Dann bin ich offiziell arbeitslos.«

»Und was willst du dann tun?«

Konrad zuckte mit den Schultern. »Ich weiß nicht, es ist alles im Moment so schwierig. Meine Frau hat sich von mir getrennt ...« Er unterbrach sich, denn seine Stimme begann ein wenig zu zittern.

»Ich würde den Koffer gern morgen früh holen.«

»Das geht nicht«, antwortete Konrad, »morgen ist Feiertag, Himmelfahrt. Da ist die Stiftung geschlossen.«

»Hast du noch die Schlüssel?«

»Meine Büroschlüssel?«

Paul nickte.

»Ja«, antwortete Konrad, »ich habe noch ein paar persönliche Sachen dort. Am Montag bin ich mit dem Geschäftsführer verabredet. Dann ist Schlüsselübergabe.«

»Na«, freute sich Paul, »dann können wir den Koffer doch jetzt noch schnell abholen. Es ist ja nicht weit, und ich möchte keine Zeit verlieren.«

»Das geht nicht«, widersprach Konrad, »ich kann doch nicht einfach den Koffer herausholen, ohne Zeugen, außerhalb der Bürozeiten. Schon gar nicht jetzt, wo ich weiß, was in dem Koffer ist. Das viele Geld. Und wem er gehört, meinem eigenen Vater.«

»Warum denn nicht? Es ist mein Eigentum. Du hast es selbst gesagt. Warum sollten wir warten?«

Konrad zögerte noch.

»Ich weiß nicht. Das gibt bestimmt Ärger. Und ohne Zeugen geht es wirklich nicht.«

»Hattest du eine Sekretärin?« fragte Paul.

»Ja, wieso fragst du?«

»Dann ruf sie an. Vielleicht hat sie Zeit. Dann haben wir eine Zeugin.«

Konrad sah auf die Uhr.

»Es ist schon nach acht. Ich kann sie doch jetzt nicht anrufen.«

»Warum denn nicht?« fragte Paul ein wenig ärgerlich. »Es ist einen Versuch wert.«

Konrad seufzte, ging in sein Arbeitszimmer und suchte die private Nummer seiner Sekretärin aus dem Telefonbuch. Er hatte sie noch nie zu Hause angerufen. Zu seiner Verwunderung sagte sie sofort zu.

»Na siehst du«, triumphierte Paul, »dann laß uns aber ein Taxi nehmen. Ich möchte jetzt nicht mehr laufen.«

Chaim Wrangel und Jakob Halevi saßen in dem dunkelblauen Lieferwagen, der gegenüber von Konrads Haustür parkte. Sie kannten sich von Kind auf. Ihre Eltern waren gemeinsam 1938 aus Deutschland emigriert und nach einigen Umwegen in Palästina gelandet. Aber zahlreiche Mitglieder ihrer Familien waren in Auschwitz umgekommen. Sie waren beide 43 Jahre alt, Nachkriegskinder, kannten den Holocaust nur aus Erzählungen, Filmen, Dokumenten. Beim Mossad waren sie eher zufällig gelandet. Sie sprachen fließend deutsch und kannten sich im Heimatland ihrer Eltern gut aus. Als sie ihre Militärzeit absolvierten, suchte der Mossad gerade Agenten für Einsätze in Deutschland. Deshalb wurden sie angeworben. Sie haßten die Deutschen nicht, jedenfalls nicht die Angehörigen ihrer Generation. Aber sie nahmen ihren Job verdammt ernst.

»Ich habe immer noch keine Ahnung, weshalb wir eigentlich hier sind«, sagte Chaim.

»Geht mir genauso. Nathan sagt kein Wort.«

»Dann muß es ziemlich wichtig sein.«

Jakob nickte und drückte seine Zigarette aus.

»Wir werden es schon noch erfahren.«

»Da sind sie!«

Jakob Halevi startete den Wagen, als Konrad und Paul in ein Taxi einstiegen.

»Ruf Nathan an und sag ihm Bescheid«, bat er Chaim. Dann folgte er dem Taxi.

Gerda Heinrich traf zehn Minuten nach ihnen in der Stiftung ein. Nachdem Konrad die beiden miteinander bekannt gemacht hatte, erklärte er ihr, weshalb er sie gebeten hatte, um diese Zeit noch vorbeizukommen.

»... und weil Herr Singer morgen schon wieder nach Wien zurückfahren muß, dachte ich, wir erledigen die Übergabe des Koffers noch heute.«

Gerda Heinrich hatte nichts dagegen einzuwenden. Während Paul wartete, bis Konrad den Koffer aus dem Archiv geholt hatte, schrieb sie das Übergabeprotokoll. Sie fragte Paul nach seinem Ausweis, und er gab ihr das auf den Namen Paul Singer ausgestellte Dokument. Als Konrad mit einem Lederkoffer sein Büro betrat, wurde das Protokoll gerade ausgedruckt. Konrad las es durch.

»Sehr gut«, lobte er seine Sekretärin. »Dann unterschreiben Sie bitte hier.«

Paul leistete seine Unterschrift, und auch Konrad und Frau Heinrich zeichneten das Papier ab.

›Der alte Mann ist erstaunlich schnell‹, dachte Nathan Tal, als Chaim ihm berichtet hatte, daß Paul Singer nun mit dem Koffer in Konrad Staubs Wohnung eingetroffen war. Die Beziehung zwischen Paul Singer und dem Archivar war ihm allerdings ein Rätsel. Er hatte die Kollegen in Jerusalem intensiv recherchieren lassen, aber ohne jedes Ergebnis. Trotzdem mußten sie sich kennen! Erstens erinnerte sich Nathan genau an Paul Singers plötzliches Erstaunen beim Betrachten der Liste der Angestellten der Stiftung in Wien. Bestimmt war ihm der Name Konrad

Staub aufgefallen. Und außerdem mußte es eine Erklärung dafür geben, daß die beiden sich wie selbstverständlich in Konrads Wohnung trafen und sogar den Koffer dorthin gebracht hatten!

Nathan nahm sein Handy und rief Big an. Er gab Nathan seine Anweisungen für den nächsten Tag. Dann telefonierte er mit Chaim und verordnete ihnen eine Nachtschicht. Er würde diesen Paul Singer nicht mehr aus den Augen lassen.

Der Koffer stand auf dem Wohnzimmertisch. Er war mit einem dünnen Seil mehrfach verschnürt. Auf beiden Seiten prangten jeweils zwei rote Siegel.

›Richard hatte offensichtlich ein Faible für Siegel‹, dachte Paul. Er erinnerte sich an den versiegelten Brief, den Nathan ihm gegeben hatte. Paul schnitt die Schnüre durch und ließ die Verschlüsse aufschnappen. Die vielen Bündel Geldscheine legte er achtlos beiseite. Vorsichtig nahm er seine persönlichen Dinge aus dem Koffer. Einen Moment betrachtete er sein Hochzeitsfoto. Dann legte er es behutsam auf den Tisch.

»Eva?« fragte Konrad.

Paul nickte nur. Schließlich fand er am Boden des Koffers, was er fünfundfünfzig Jahre gesucht hatte: den großen Lederbeutel. Er öffnete ihn und schüttete seinen Inhalt auf den Tisch. Er sah alle Unterlagen durch.

»Es scheint nichts zu fehlen«, sagte er erleichtert halblaut zu sich selbst.

»Und die Liste«, fragte Konrad, »die Liste mit den Klarnamen, ist sie dabei?«

Paul nickte und zeigte ihm ein Blatt Papier, gab es aber nicht aus der Hand. Konrad warf einen Blick darauf. Er sah ein scheinbar wirres Gemisch von Zahlen und Buchstaben, konnte kein System darin erkennen. »Danach hast du gesucht?«

»Ja«, Paul setzte sich, »danach habe ich gesucht, fast

mein ganzes Leben. Sei so gut und hol ein Glas Wein. Ich bin zwar hundemüde, aber jetzt möchte ich ein Glas Wein trinken.«

Als Konrad in der Küche mit dem Korkenzieher hantierte, betrachtete Paul in Ruhe das unscheinbare, ein wenig vergilbte Blatt Papier. Mit blauer Tinte hatte Hans die Buchstaben und Zahlen aufgeschrieben. Siebenunddreißig Zeilen, vier Kolonnen. Siebenunddreißig Vor- und Nachnamen, ebensoviel falsche. ›Die meisten Personen‹, dachte Paul, ›sind bestimmt schon tot. Hoffentlich lebt Werner Krumey noch!‹

»Hast du ein Kopiergerät?« fragte Paul, nachdem sie angestoßen hatten.

»Ich kann mit meinem Fax kopieren.«

»Bitte zeig mir das Gerät«, bat Paul. Er vertraute Konrad, aber er würde dieses Blatt Papier niemandem in die Hand geben, bevor er nicht eine Kopie hatte.

Konrad führte ihn in sein Arbeitszimmer und erklärte ihm den Kopiervorgang. Paul bat darum, allein gelassen zu werden. Er hatte nie mit dem Dechiffrieren von Texten zu tun gehabt. Die Liste würde ihm ein Buch mit sieben Siegeln bleiben. Also brauchte er Hilfe. Aber wen? Er kannte niemanden, den er fragen konnte, außer den Mossad, außer Nathan Tal. Paul war sich ziemlich sicher, daß der General Nathan aufgetragen hatte, ihm zu helfen. Aber er wußte auch, daß diese Liste für den Dienst sehr interessant war. Nach einigen alten Nazis suchte der Mossad heute noch. Bestimmt auch nach Krumey. Ihm blieb keine andere Wahl, als Nathan anzurufen und ihm ein Geschäft vorzuschlagen. Paul schaute auf die Uhr. In Israel war es schon kurz nach Mitternacht. Trotzdem nahm er sein Handy.

Nathan sah auf dem Display, daß Paul Singer in der Leitung war. Er nahm das Gespräch entgegen, und weil Paul denken sollte, Nathan sei in Israel, meldete er sich in Iwrit.

»Paul Singer hier, spreche ich mit Nathan?«

»Ah, Paulus«, Nathan Tal wechselte in die deutsche Sprache, »ich bin schon zu Hause. Ist alles in Ordnung? Was kann ich für dich tun?«

Paul erklärte ihm, daß er eine Namenliste dechiffriert haben müßte, so schnell wie möglich, ob Nathan das erledigen könne.

»Was ist das für eine Liste?«

»Es sind siebenunddreißig Namen von führenden SS-Leuten, die sich 1944 oder 1945 aus Budapest mit falschen Pässen abgesetzt haben, untergetaucht sind. Auf der Liste stehen ihre richtigen Namen und ihre angenommenen Identitäten.«

»Klingt gut, Paulus ... Kein Problem. Kannst du mir die Liste faxen? Oder nein, warte. Ich lasse sie morgen früh bei dir abholen. Wir haben in Berlin einen Experten dafür. Das geht bestimmt schneller. Ich rufe in unserem Konsulat an und sage dort Bescheid. Soll er die Liste im Hotel abholen?«

Paul war etwas verwirrt. In Berlin? Aber er konnte jetzt vor Müdigkeit kaum noch einen vernünftigen Gedanken fassen. Und in seiner Brust meldeten sich schon wieder diese verdammten Schmerzen! Nathan würde schon wissen, was am besten wäre.

»Einen Moment.«

Paul ging zur Tür und öffnete sie.

»Konrad, kann ich bei dir schlafen? Ich bin so müde, daß ich nicht mehr ins Hotel will.«

»Natürlich, du kannst das Gästezimmer nehmen.«

Paul gab Nathan Konrads Adresse durch.

»Habe ich notiert. Morgen früh um acht kommt er bei dir vorbei. Sein Name ist Chaim Wrangel. Sollte es nicht klappen, melde ich mich noch einmal.«

»Noch etwas«, Paul holte tief Luft, »die Liste wird euch sehr interessieren. Von den siebenunddreißig Namen will ich nur einen wissen, und ich möchte, daß ihr diesen einen in Ruhe laßt, bis ich mit ihm gesprochen habe, falls er noch lebt.«

»Wer ist es?«

»Werner Krumey.«

Am anderen Ende der Leitung blieb es stumm.

»Hallo, bist du noch dran?«

»Ja, ich ... einverstanden, wir überlassen ihn dir.«

Paul bedankte sich kurz und setzte sich zu Konrad.

»Was ist los? Geht es dir nicht gut?«

Paul beugte sich vor Schmerzen nach vorn und machte eine abwehrende Armbewegung.

»Ein Glas Wasser bitte.«

Ein paar Minuten später ging es wieder besser, und Paul entspannte sich. »Es ist das Herz. Ich gehe jetzt schlafen. Wahrscheinlich habe ich mich heute etwas überanstrengt.«

»Und was ist mit dem Geld?«

»Versteck es hier irgendwo. Darum kümmere ich mich später.«

Nathan Tal pfiff leise durch die Zähne. Werner Krumey! Sein Gefühl hatte ihn also nicht getrogen! Aber welche Beziehung gab es zwischen Krumey und Singer? Konnte Paulus wissen, nach welchem Fisch er die Angel auswerfen wollte? Vermutlich nicht. Paul Singer lebte in der Vergangenheit. Er hatte bestimmt keine Informationen über Werner Krumey und die Gruppe Birkenwald. Selbst Nathan kannte nicht viel mehr als Gerüchte. Werner Krumey war nach ihren Informationen in den Wirren der letzten Kriegszeit gemeinsam mit seinem Vater untergetaucht. Vor knapp zehn Jahren war dem Mossad eine Information zugespielt worden, nach der eine Gruppe Birkenwald unter der Führung von Werner Krumey im Untergrund agiere und hochbrisante Pläne verfolge. Mehr gab diese Information nicht her, und trotz intensiver Nachforschungen ließ sich nichts Weiteres erfahren. Jahre später gab es noch einmal einen Hinweis aus Argentinien. Aber auch diese Spur verlief im Sande. Inzwischen war man beim Mossad der Meinung, daß es sich bei der Gruppe Birkenwald um ein Phantom handle. Und auch Nathan selbst hatte nicht mehr daran geglaubt, daß sie wirklich existierte. Aber nun sah die Sache völlig anders aus! Nathan schaute auf die Uhr, dann wählte er die Privatnummer seines Vorgesetzten. Einige Sekunden später meldete sich der Chef des Mossad.

Nach ihrem Telefonat wußte Nathan, daß er das Hotel wechseln mußte. Die Pension in der Meinekestraße hatte keine weiteren Zimmer frei.

Konrad verstaute das Geld im Schrank. Dabei zählte er. Fünfzehn Bündel Eintausender, fünfzig Bündel mit Zweihundertmarkscheinen und fünfundachtzig mit Hundertern. Vierhundertfünfundachtzigtausend Mark. Er hatte noch nie so viel Geld auf einem Haufen gesehen. Er mußte über Paul lächeln. Den Lederbeutel hatte sein Vater gleich neben sein Kopfkissen gelegt. Konrad war überhaupt nicht müde. Jetzt, wo er allein in seinem Zimmer saß und sein Vater nebenan schlief, versuchte er seine Gedanken und Gefühle zu sortieren.

Als seine Mutter vor vierunddreißig Jahren gestorben war, hatte er gerade seinen sechzehnten Geburtstag gefeiert. Weil es keine weiteren Verwandten mehr gab, wurde für ihn ein Stadtvormund eingesetzt. Der verhalf ihm zu einer Lehrstelle als Tierpfleger im Zoologischen Garten, wo er auch wohnen konnte. Später machte er sein Abitur nach, studierte Geschichte und Bibliothekswissenschaften und wurde 1980 Archivar der Martin-Buber-Stiftung für deutsch-jüdische Zusammenarbeit.

Seine Mutter hatte mit ihm selten über den Vater geredet. Eigentlich wußte Konrad nur, daß dieser Heinz Sommer lange vor seiner Geburt verschwunden war, spurlos, und daß seine Mutter nie wieder von ihm gehört hatte.

Trotzdem hatte der unbekannte Vater in Konrads kindlichen Phantasien eine große Rolle gespielt. Er war entführt worden, trug ein schreckliches Geheimnis mit sich herum oder hatte sein Gedächtnis verloren und suchte verzweifelt nach seiner Familie.

Später entwickelte sich Wut auf den Vater. Welchen Grund konnte es schon geben, so sang- und klanglos, ohne ein Wort der Erklärung zu verschwinden? In seinen reiferen Jahren hoffte er, seinem Vater einmal die Meinung sagen zu können, um sich dann für immer von ihm abzuwenden.

Aber im Innersten hatte Konrad nie die Hoffnung aufgegeben, ihm eines Tages zu begegnen und ihm dann verzeihen zu können.

Donnerstag, 13. Mai 1999

Konrad wachte vor sieben Uhr auf und stieg sofort aus dem Bett. Er verzichtete darauf, das Radio einzuschalten, denn er wollte seinen Vater nicht stören.

In der Küche überflog er den Wetterbericht der Zeitung, es sollte sehr heiß werden, dann überlegte er, was er Paul zum Frühstück bereiten könnte. ›Aber vielleicht frühstückt er überhaupt nicht?‹ Als Konrad ratlos vor dem Küchentisch stand, klingelte es. Ihm fiel wieder ein, daß Paul gestern abend jemandem am Telefon seine Adresse gegeben hatte und daß heute früh jemand die Liste abholen würde. Er ging zum Summer, und wenig später klopfte es an der Tür.

»Bin ich hier richtig bei Paul Singer? Mein Name ist Chaim Wrangel.«

Konrad bat den Besucher, in der Küche Platz zu nehmen. Dann klopfte er an die Tür zum Gästezimmer.

»Ich bin gleich fertig«, rief Paul Singer aufgeregt, er war erst durch das Klingeln aufgewacht, »nur noch eine Minute.«

Pauls Besuch war ziemlich klein, höchstens einssechzig, und trug einen unauffälligen, dunkelgrauen Anzug mit Krawatte. Obwohl Konrad ihn auf Mitte Dreißig schätzte, besaß er eine spiegelglatte Halbglatze. Er schlug den angebotenen Kaffee nicht aus, und als Konrad ihm eine Tasse hinstellte, kam Paul in die Küche.

»Guten Tag, Sie sind …«

»Chaim Wrangel.« Der kleine Mann stand auf und gab Paul die Hand.

»Gut«, sagte Paul, der auf Konrad einen ausgeruhten Eindruck machte, »Sie arbeiten im israelischen Konsulat?«

Chaim Wrangel warf einen fragenden Blick auf Konrad und schaute Paul mißbilligend an.

»Ich denke, das ist nicht so wichtig.«

»Sie haben recht.« Paul ärgerte sich über seinen Fehler. Er bat Konrad, sie allein zu lassen, griff dann in sein Jackett und holte die Liste heraus.

»Es sind siebenunddreißig Namen«, erklärte er, »Klarnamen und falsche Identitäten. Ich weiß aber nicht, in welcher Reihenfolge sie stehen.«

»Mal sehen«, Chaim Wrangel nahm das Blatt Papier, setzte sich umständlich eine Lesebrille auf und schaute sich die Zeichen in Ruhe an.

»Ist sicher ein Code der SS«, sagte er kurz darauf, »wird nicht schwer sein, ihn zu knacken.«

»Wie lange werden Sie brauchen?« fragte Paul.

»Ist es eilig?«

»Sehr eilig«, bat Paul, »hat Ihnen Nathan das nicht gesagt?«

»Schon gut«, brummte Wrangel, »dann gehe ich gleich ins Büro und fahre nicht nach Rheinsberg, wie eigentlich geplant. Heute ist hier in Deutschland nämlich ein Feiertag. Aber das werden Sie ja wissen.«

»Vielen Dank. Also, wie lange wird es dauern?«

Chaim Wrangel stand auf. »Kann ich nicht genau sagen, vermutlich schaffe ich es heute noch. Wo kann ich Sie erreichen?«

Paul holte sein Handy heraus und suchte seine Nummer. Aber er hatte vergessen, hinter welcher Funktion sie verborgen war.

Wrangel bemerkte Pauls Problem. »Geben Sie mir mal.« Er fand die Nummer sofort in der hierarchisch aufgebauten Menüstruktur und notierte sie auf einem Notizblock. »Ich melde mich. Bemühen Sie sich nicht«, sagte er, als Paul aufstehen wollte, »ich finde den Weg.«

»Wie geht es nun weiter?«

Konrad räumte das Frühstücksgeschirr in die Spülmaschine.

»Das hängt ganz davon ab, ob und was dieser Chaim Wrangel herausfindet«, antwortete Paul.

»Kannst du ihm trauen, ich meine, wird er dir wirklich den Namen liefern? Falls er ihn überhaupt dechiffrieren kann.«

»Ich denke schon, ich habe einen wichtigen Fürsprecher in Jerusalem. Doch, er wird mir den Namen geben.«

Paul konnte seine Aufregung kaum verbergen. Vielleicht würde er noch an diesem Tag seine Suche endlich fortsetzen können!

»Was machen wir jetzt?« fragte Konrad. »Möchtest du dir ein wenig die Stadt anschauen?«

»Mir ist eigentlich alles recht. Ich warte sowieso nur auf den Anruf von Wrangel. Das heißt, den Bebelplatz und den Gendarmenmarkt könnten wir besuchen. Falls du Lust hast?«

»Einverstanden. Also gehen wir.«

Der Fahrstuhl fuhr nur bis zum vierten Stockwerk. Als sie die eine Treppe hinuntergelaufen waren und auf den Fahrstuhl warteten, ging eine Wohnungstür auf.

»Hallo Konrad, hast du vielleicht ein paar Spaghetti für mich? Ich habe Heißhunger auf Spaghetti alla napoletana con Parmesan.«

Konrad mußte lachen. Stefan konnte jeden Tag Spaghetti mit einer frisch zubereiteten Tomatensoße essen.

»Ja … das ist mein Freund Stefan«, sagte Konrad zu seinem Vater, »und, Stefan, ich möchte dir meinen Vater vorstellen.«

Stefan kannte Konrads Familiengeschichte und konnte sein Erstaunen kaum verbergen. Paul ging auf Stefan zu, und sie schüttelten sich die Hand.

»Einen Moment, ich bin gleich wieder da.«

Als Konrad mit den Spaghetti zurückkam, plauderten Stefan und sein Vater über den Nil.

»Hier.« Konrad gab Stefan die Nudeln. »Ich will meinem Vater die Stadt zeigen.«

»Dann wünsche ich euch viel Vergnügen. Du kannst mich ja mal anrufen.«

»Das hätte ich sowieso getan«, antwortete Konrad.

Jakob Halevi saß am Steuer des Lieferwagens, und als er Paul und Konrad auf die Straße treten sah, gab er den beiden Sicherheitsbeamten des Berliner Konsulats ein Zeichen. Jakob hielt nicht viel von ihnen, sie gingen ihre Aufgabe zu lässsig an, aber die Verstärkung aus Israel flog erst am Abend ein. Bis dahin mußten sie sich eben auf die Berliner verlassen. Immerhin wurde es langsam spannend. Nathan schien einer großen Sache auf der Spur zu sein. Er hatte zwar noch nichts rausgelassen, aber Jakob kannte ihn gut. Nathans angespanntes Gesicht sprach Bände. Er drehte sich um.

»Singer und Staub verlassen gerade das Haus.«

»Sind unsere Softies am Ball?«

Auch Nathan war nicht gerade beeindruckt von den beiden Männern, die man ihm zugeteilt hatte.

»Sieht so aus«, antwortete Jakob, »jedenfalls setzen sie sich in Bewegung.«

»Gut. Wie weit bist du?« Nathan zog nervös nacheinander an jedem seiner Finger, daß es laut knackte.

»Hör zu«, antwortete Chaim Wrangel, »kannst du nicht ein bißchen spazierengehen, oder etwas zu essen besorgen, oder lesen? Falls nicht, hör wenigstens auf, mit deinen Fingern zu knacken. Ich muß mich konzentrieren.«

Er hatte die Liste in seinen Computer eingegeben und speiste sie nacheinander in verschiedene Dechiffrierungsprogramme ein, bisher allerdings ohne Erfolg.

Nathan antwortete nicht und legte seine Hände auf die Schenkel. ›Nur Chaim jetzt nicht nervös machen‹, dachte er. ›Es kann nicht mehr lange dauern.‹ Schließlich hatten sie alle bekannten Codes der Nazis gespeichert. Es war also nur eine Frage der Zeit, bis sie endlich Krumeys heutigen Namen erfuhren. Falls der nicht inzwischen seine Identität noch einmal gewechselt hatte. Aber selbst dann wären sie einen Schritt weiter.

Konrad und Paul standen auf dem Bebelplatz, als das Handy klingelte. Paul trat ein paar Schritte beiseite, bevor er sich meldete.

»Hallo Paulus, ist ’n ziemlich langweiliger Job. Hast du nichts für uns zu tun?«

»Nein«, fauchte Paul Ben an, denn er hatte gehofft, daß Chaim Wrangel in der Leitung war, aber dann beruhigte er sich sofort. »Entschuldige, aber wir sind kurz vor dem Ziel. Ich warte noch auf eine Nachricht. Wenn ich die habe, sehen wir weiter. Geht doch ins Kino. Ich kann euch ja überall erreichen.«

»Big will nicht mehr ins Kino.«

Paul mußte lachen.

»Himmel, dann spielt Billard oder schaut euch eine Ausstellung an. Ich melde mich sofort, wenn ich euch brauche.«

»In Ordnung, Paulus, du bist der Boß.«

Paul nickte und steckte das Handy wieder in die Tasche. Sie standen vor dem Denkmal für die Bücherverbrennung. Durch eine in den Boden eingelassene, begehbare Glasscheibe, die allerdings ziemlich zerkratzt aussah, schauten sie hinunter in einen weißen Raum, der lediglich mit leeren Regalen ausgestaltet war.

Die Bücherverbrennung hatte eine besondere Bedeutung für Paul, obwohl er am 10. Mai 1933, gerade fünfzehn Jahre alt, nicht selbst auf dem ehemaligen Opernplatz gewesen war. Doch zwei Tage nach der Bücherverbrennung war sein Onkel Ernö aus Budapest gekommen und hatte ihn und seine Mutter geholt.

Jetzt auf dem Bebelplatz erinnerte sich Paul wieder genau, wie er sich gegen den Umzug nach Budapest gesträubt hatte. Er wollte seinen Freund Hans nicht verlieren, seinen

Bruder, was er damals noch nicht wußte. Er wollte seine Schulklasse nicht zurücklassen, das schöne Haus und den geheimnisvollen Garten seiner Kindheit. Aber an dem Tag, an dem die Nazis Bücher verbrannten, seine anderen Freunde, da begriff Paul, daß es tatsächlich besser war, Deutschland zu verlassen.

Paul hakte sich bei Konrad unter, und sie gingen auf die Linden zu.

»Es ist gut, daß wir hierher gegangen sind. Du wirst es kaum glauben, aber ich habe diesen Platz zum ersten Mal in meinem Leben betreten. Und erst vorhin ist mir klargeworden, welche Bedeutung er für mein Leben hat. Aber jetzt habe ich Hunger.«

Konrad schaute auf die Uhr.

»Es ist kurz nach sechs. Wollen wir heute in deinem Hotel essen? Ich habe nichts mehr zu Hause.«

»Ich esse nicht gerne in Hotels, es ist meistens teuer und schlecht.«

»Dann kannst du etwas dazulernen«, sagte Konrad, »das ›First Floor‹ im ›Palace‹ zählt zu den besten Restaurants der Stadt.«

Paul schaute seinen Sohn skeptisch an, nickte dann aber zustimmend.

»Na endlich!«

Nathan zog die Liste aus dem Drucker und überflog die Namen. Da war Krumey! Und daneben stand der Name, den er noch vor Kriegsende angenommen hatte. Aber wie Nathan sofort sah, standen noch andere interessante Namen auf dem Papier, einige hochrangige Nazis, die nie gefaßt worden waren. Vermutlich waren die meisten inzwischen gestorben, aber das würden sie schon noch herausfinden.

Er telefonierte mit Jerusalem und faxte die Liste anschließend an die Zentrale des Mossad. Dort begannen sofort die Recherchen.

»Soll ich Singer anrufen?«

»Noch nicht«, antwortete Nathan Tal, »ich will erst das Ergebnis abwarten.«

»Das dauert noch Stunden«, wandte Chaim Wrangel ein, »vielleicht Tage.«

»Das dauert keine Tage. Was meinst du, was jetzt in der Zentrale los ist? Wir haben einen Stein in einen Ameisenhaufen geworfen. In ein paar Stunden haben wir genaue Informationen. Und die paar Stunden kann Paul Singer auch noch warten. Er wartet bereits seit fünfundfünfzig Jahren, das hat er selbst gesagt.«

Die holzverkleideten Wände im »Palace« spiegelten das Licht der Lüster wider, die Tische waren mit hellgrünen Damasttüchern gedeckt, und Paul freute sich, daß sie die Fensterecke bekamen, die ihm gleich ins Auge gefallen war.

Als die Kellnerin ihnen drei winzige Vorspeisen auf einem Silberteller servierte, begann Paul seine Meinung über Hotelrestaurants zu revidieren.

»Als amuse geul des Hauses«, dozierte die Kellnerin etwas bemüht, »servieren wir heute eine Hummerterrine, Kalbsschnitzel und Sauerampfersuppe. Ich wünsche Ihnen einen guten Appetit.«

Die winzigen Portionen schmeckten vortrefflich. Das galt auch für den Rheingauer Riesling, den Konrad ausgewählt hatte.

»Ich habe lange nicht mehr etwas so Gutes gegessen«, antwortete Paul, als sich die Serviererin erkundigte, ob sie zufrieden seien. Sie bedankte sich bei Paul mit einem mitleidigen Blick. Ihre Gäste aßen vermutlich häufiger so gut.

Die Tische im »First Floor« waren weiträumig gestellt. Obwohl das Restaurant gut besucht war, konnte man die Gespräche an den Nebentischen nicht verstehen. Die Damen und Herren, die hier speisten, waren es wahrscheinlich gewohnt, immer sehr ruhig miteinander zu reden.

»Ich möchte dir zwei Fragen stellen«, begann Konrad, nachdem ihre Vorspeisenteller abgeräumt worden waren, »die mich seit gestern beschäftigen, wenn du erlaubst?«

Paul sah seinen Sohn neugierig an und nickte.

»Seit wann weißt du, daß du einen Sohn hast, und warum hast du dich nie bei mir gemeldet? Ich meine … spätestens nach deiner Pensionierung, falls man das bei euch so nennt, hättest du mich doch aufsuchen können.«

Konrad atmete innerlich auf. Diese beiden Fragen waren ihm immer wieder im Kopf herumgegangen.

»Es ist nicht einfach, darauf zu antworten«, sagte Paul leise und beugte sich vor. Er trank einen Schluck Wein, bevor er weitersprach. »Ziemlich genau zehn Jahre, nachdem ich deine Mutter verlassen hatte, mußte ein guter Kollege und Freund von mir einen Job in Berlin erledigen. Nichts Besonderes, er konnte allein fahren. Ich bat ihn, nach Marion zu sehen … herauszufinden, ob sie noch in der Gierkezeile wohnte, ob sie Arbeit hatte, inzwischen verheiratet war. Er brachte ein paar Fotografien mit und die Information, daß sie noch dort wohne, wo ich sie die wenigen Male besucht hatte, daß sie nicht verheiratet war, daß sie in einem Hutgeschäft am Kurfürstendamm arbeitete.«

Er griff nach seiner Brieftasche und zog eine Fotografie heraus. Konrad nahm das Foto und sah seine Mutter und sich darauf. Sie standen vor dem Hauseingang in der Gierkezeile und schienen auf etwas zu warten. Ihrer Kleidung nach mußte das Foto an einem Sonntag aufgenommen worden sein. Ab und zu hatte sein Onkel sie sonntags mit dem Auto abgeholt. Sie waren dann in den Tiergarten gefahren oder in den Grunewald, nach einem langen Spaziergang in einer Ausflugsgaststätte eingekehrt, in Schildhorn oder am Stölpchensee. Konrad schloß die Augen. Er sah die sonnenflimmernde Havel, hörte das Klappern der Teller, Bestecke und Tassen, erinnerte sich an den lauen Wind, der oft an diesen Sommertagen wehte, auch an das Sonnenlicht, das durch die Birken und Kiefern fiel. Plötzlich erinnerte er sich auch an ihre Besuche in der Badeanstalt Westend, die schon seit vielen Jahren geschlossen war, an den Geruch nach Sonnenöl und Chlor, das Klatschen des Wassers in dem betonierten Bassin, die kreischenden Stimmen der miteinander spielenden Kinder, das Geplärre der Transistorradios. Er roch den Kiosk, an dem er so gern angestanden hatte, um diese verwirrende Duftmischung aus Bratwurst, Süßigkeiten, Bier und Faßbrause einzusaugen. Dies alles war schon so lange her! Er gab Paul das Foto zurück.

»Als ich diese Fotografie sah«, fuhr Paul fort, »wußte ich, daß du mein Sohn bist. Alter, Aussehen … alles paßte zusammen. Dann habe ich Marion einen Brief geschrieben, ihn aber wieder zerrissen. Ab und zu habe ich ihr unter falschem Namen Geld geschickt. Ich weiß nicht, ob sie es dir erzählt hat.«

»Sie hat nie davon gesprochen«, sagte Konrad, »aber jetzt erinnere ich mich wieder an einen Streit zwischen Mutter und meinem Onkel, den ich zufällig mitgehört habe. Er schimpfte mit ihr, sie solle das Geld nicht annehmen. Aber sie lachte nur und sagte, sie könne es gut brauchen, schließlich verdiene sie nicht besonders viel. Es muß sich um dein Geld gehandelt haben.«

Der Hauptgang wurde aufgetragen. Sie aßen schweigend und tranken ihren Wein.

»Eines Tages«, sagte Paul, nachdem er seine Serviette auf den Tisch gelegt hatte, »du mußt sechzehn Jahre alt gewesen sein, kam eine Geldanweisung wieder zurück, mit dem Vermerk, sie könne nicht zugestellt werden. Ich bekam zwar heraus, daß Marion gestorben war, aber deine Spur hatte ich verloren. Den Mossad konnte ich nicht einschalten. Verstehst du, ich hatte gegen eine Grundregel verstoßen. Sie wissen es bis heute nicht. Der Preis für meine vergebliche Suche nach Krumey war ein verlorener Sohn. All die Jahre habe ich mich dafür geschämt. Und nach meiner Pensionierung … da war alles schon so lange her. Ich habe mich einfach nicht getraut, dich zu treffen, deine Vorwürfe anhören zu müssen, die ja berechtigt gewesen wären. Aber nun beantworte mir auch eine Frage. Wo bist du nach Marions Tod gewesen?«

Konrad bestellte Kaffee.

»Ich bin im Zoo in die Lehre gegangen, als Tierpfleger. Dort konnte ich ausnahmsweise auch wohnen. Der Stadtvormund hatte mir die Lehrstelle besorgt. Er war mit dem Zoodirektor befreundet, der Verständnis für meine Situation hatte.«

Zum Kaffee wurden ihnen Pralinen in einer Schachtel gereicht, die selbst vollständig aus Schokolade hergestellt war. Genüßlich verzehrten sie das süße Konfekt. Schließlich bat Konrad um die Rechnung. Sie gingen in die Bar im Erdgeschoß. Konrad bestellte einen Whisky und ließ sich eine Zigarre bringen, Paul wollte nur Wasser. In der Sitzgruppe neben ihnen saßen zwei Geschäftsleute, die ununterbrochen ihre Handys benutzten. Man konnte fast jedes Wort verstehen.

»Ich begreife nicht«, flüsterte Paul Konrad zu, »wie man telefonieren kann, wenn Fremde alles mithören. Es ist abenteuerlich, was man sich anzuhören gezwungen ist.«

In diesem Moment klingelte Pauls Handy, und Konrad mußte lachen.

An seinem Gesichtsausdruck konnte Konrad erkennen, daß es der Anruf war, auf den Paul den ganzen Tag gewartet hatte. Er kramte einen Zettel aus der Tasche und machte sich Notizen. Nach zehn Minuten klappte er sein Handy wieder zu. Er selbst hatte fast kein Wort gesagt.

Er schob sein Glas mit Mineralwasser beiseite, winkte dem Kellner und bestellte.

»Jetzt ist der richtige Moment für Champagner.«

Nachdem sie angestoßen hatten, rückte Paul etwas näher an Konrad heran.

»Werner Krumey lebt noch, er heißt heute Walther Klein und wohnt hier in Berlin. Was sagst du dazu?«

Konrad zog nachdenklich die Stirn in Falten.

»Ich kenne einen Walther Klein. Das Alter müßte stimmen. Hast du noch weitere Angaben bekommen?«

»Ja, er wohnt an der Rehwiese und besitzt eine Immobilienfirma.«

»Das ist er«, rief Konrad, wurde aber sofort wieder leise, »es kann nur einen Walther Klein in diesem Alter geben, der an der Rehwiese wohnt und im Immobiliengeschäft tätig ist.«

»Und du kennst ihn?« fragte Paul ungläubig. »Woher?«

»Kennen ist eigentlich zuviel gesagt«, berichtigte Konrad, »aber das ist wirklich ein starkes Stück, wenn Walther Klein mit deinem Werner Krumey identisch sein sollte. Ich habe dir doch erzählt, daß Richard Schwalbe für den Freundeskreis unserer Stiftung sehr aktiv Spenden akquiriert hat?«

Paul nickte ungeduldig.

»Schwalbe war zeitweise sogar Vorsitzender des Freundeskreises. Jedenfalls konnte er auch diesen Walther Klein überreden, eine nicht unbeträchtliche Summe zu spenden. Zehntausend Mark, wenn ich mich richtig erinnere, die dann für den Ankauf einer wichtigen Bibliothek verwendet worden sind. Ich habe Walther Klein bei der kleinen Feierstunde kennengelernt, die wir in der Stiftung gegeben haben, nachdem die Bibliothek katalogisiert und eingestellt worden war. Danach habe ich ihn nicht mehr gesehen.«

»Und, wie sah er aus, was machte er für einen Eindruck, ist dir etwas an ihm aufgefallen?«

»Ich glaube, er war mittelgroß, hatte für sein Alter noch auffallend volles, dunkles Haar. Doch, noch etwas. Er machte einen sehr energischen Eindruck. Ich erinnere mich, daß er auf dieser Feierstunde auch ein paar Worte gesagt hat. Mir fiel auf, wie soll ich es sagen, daß er sehr bestimmt gesprochen hat, nicht nachdenklich, eher stramm, ja, fast militärisch. Und sein Sohn war dabei.«

Konrad machte eine kleine Pause.

»Das ist alles«, fuhr er fort, »mehr fällt mir nicht ein. Aber ich kenne einen freiberuflich tätigen Journalisten, der für die wöchentliche Immobilienbeilage einer Tageszeitung schreibt. Vielleicht weiß der mehr über ihn. Soll ich ihn anrufen?«

»Ja. Hast du die Nummer hier?«

»Nein, aber ich kann ja über die Auskunft gehen. Gib mal dein Handy.«

Konrad erreichte seinen Bekannten Fred Decker, und der schlug vor, am nächsten Tag gemeinsam zu lunchen.

»Zu lunchen«, Paul schüttelte den Kopf, »wie modern. Egal, wo treffen wir uns?«

»In einem kleinen Restaurant am Savignyplatz. Ich hole dich um halb eins von hier ab. Ist dir das recht?«

»Ist es. Laß mich jetzt bitte zahlen. Ich bin müde und muß ins Bett.«

Da kein Kellner in Sicht war, bot Konrad an, die Rechnung zu übernehmen. »Dann kannst du gleich auf dein Zimmer gehen. Morgen mußt du sowieso den Lunch bezahlen.«

Paul war einverstanden und gab Konrad die Hand. Dann stand er auf und ging. Konrad sah seinem Vater nach, der mit festen Schritten die Hotelbar verließ.

Die nur mäßig besetzte Abendmaschine der »El Al Israel Airlines« aus Tel Aviv landete pünktlich in Schönefeld. Fast alle Fluggäste stiegen, nachdem sie ihr Gepäck abgeholt und die Paßkontrolle passiert hatten, in Taxen, einige wenige nahmen den Bus. Als ein rothaariger, knapp dreißigjähriger Mann in einem unauffälligen, dunklen Anzug mit einem Lederkoffer an der Reihe war, bekam er ein Taxi englischer Herkunft, ein typisches Londoner Taxi. Bisher hatte er dieses Modell in Deutschland noch nie gesehen.

»Zum Hotel Savoy, bitte«, sagte er etwas lauter als üblich, denn er sah, das die Trennscheibe geschlossen war und das rote Licht, daß die Lautsprecherfunktion anzeigte, nicht brannte. Der Taxifahrer schaltete die Anlage ein.

»Wohin bitte? Entschuldigung, ich habe Sie nicht verstanden.«

Der Mann wiederholte sein Fahrziel.

»Ah, in der Fasanenstraße. Ein gutes Hotel. Sie sind geschäftlich in Berlin?«

»Ja«, antwortete der Mann knapp und abweisend.

»Sie sind zur Messe hier?« fragte der Taxifahrer neugierig.

»Nein.«

Der Taxifahrer merkte, daß sein Fahrgast keine Lust auf eine Unterhaltung verspürte, und schwieg bis zum Hotel. Dort stieg der Mann aus und bezahlte durch die Seitenscheibe.

Nachdem er an der Rezeption seinen Namen genannt hatte, bekam er den Zimmerschlüssel mit einem ungewöhnlich großen Messingschild, auf dem in dicken Zahlen die Nummer 112 geprägt war, und stieg in den Fahrstuhl. Er fuhr aber gleich in den zweiten Stock und klopfte an die Tür mit der Nummer 220.

Nathan Tal öffnete und ließ ihn ein.

»Hallo Fox«, begrüßte ihn Chaim, der im Eßzimmer an einem großen Tisch saß.

Der Rothaarige nickte Chaim zu und setzte sich ebenfalls. Zehn Minuten später trafen zwei andere Männer in Nathans Suite ein. Jetzt war das Team komplett versammelt, und Nathan ergriff das Wort. »Habt ihr schon einmal von der Gruppe Birkenwald gehört?«

»Ich denke, die gibt es überhaupt nicht«, sagte der »Flieger«, ein hochgewachsener, südländischer Typ, mit 52 Jahren der Älteste unter ihnen. Er hatte früher als Bordmechaniker bei der El Al gearbeitet und war auf Alarmanlagen spezialisiert. Fox und der andere Agent schauten Nathan fragend an. Nathan erzählte kurz das wenige, was sie über die Gruppe Birkenwald wußten und was sich bisher bei ihrem Einsatz in Berlin ereignet hatte.

»Ich selbst habe auch nicht mehr an Krumey und Birkenwald geglaubt. Aber nun taucht auf dieser Liste von Paul

Singer der Name Werner Krumey auf. Und stellt euch vor, der Kerl lebt noch, und zwar hier in Berlin.«

Dann setzte ihnen Nathan seinen Plan auseinander, den Plan, der mit dem Chef des Mossad abgestimmt war.

»Wo ist eigentlich Jakob?« fragte der Mann, der mit dem ›Flieger‹ gekommen war und den sie Vic nannten.

»Sitzt in der Bar des ›Palace‹«, sagte Nathan in die Runde, »paßt auf Paulus auf. Der sitzt dort mit Konrad.«

»Wann geht es los?« fragte Fox.

»Das hängt alles von Paulus ab«, antwortete Nathan. »Vic und Chaim, ihr beide übernehmt morgen früh Paulus. Und du«, er schaute Fox an, »fährst jetzt gleich zu Jakob ins ›Palace‹. Morgen werdet ihr um acht Uhr abgelöst. Noch Fragen?«

Es gab keine weiteren Fragen.

Paul Singer konnte nicht einschlafen. Fünfundfünfzig Jahre hatte er darauf gewartet, lange Jahre voller Wut und Ohnmacht. Und er hatte es gewußt, tief in seinem Innern hatte er immer gewußt, daß Krumey noch lebte. Und jetzt kannte er endlich dessen neue Identität, seine Adresse, sogar die Handynummer hatten sie herausgefunden! Es brannte ihn in den Fingern, aber er wollte noch das Gespräch mit dem Journalisten abwarten. Jetzt nichts überstürzen. Erst alle Informationen sammeln. Aber morgen, nach dem Gespräch, morgen würde er ihn anrufen. Und dann kommt alles zu einem Ende, endlich. Über diesem Gedanken schlief Paul Singer ein.

Freitag, 14. Mai 1999

»Und warum erfahre ich erst jetzt von diesem Vorgang?«

Dr. Ulf Kottke trommelte auffordernd mit den Fingern auf der Akte, die er am frühen Morgen auf seinem Schreibtisch vorgefunden und sofort gelesen hatte.

Frank Arnold ließ sich von seinem Chef nicht aus der Ruhe bringen. Der Präsident des BND hatte seine Frage mit der üblichen tonlosen Stimme gestellt, mit fast bewegungslosen Lippen. Es bestand also kein Grund zur Aufregung.

»Herr Dr. Kottke, es schien zunächst kein besonderer Vorgang zu sein«, antwortete der Leiter der Abteilung Operative Aufklärung. »Nathan Tal ist zwar der persönliche Assistent von Eliahu Gur, aber erst seit einigen Monaten auf der Chefetage, kein Top-Agent, eher ein kleines Licht. Und die beiden ›Freiberufler‹ ...«

Frank Arnold hob die Schultern und senkte sie gleich wieder.

»Aber gestern sind mindestens zwei Top-Agenten, um in Ihrem Sprachgebrauch zu bleiben, aus Tel Aviv in Berlin eingetroffen. Diese Dossiers hier sind nicht von Pappe.« Er tippte auf die Akte.

»Ich weiß, deshalb liegt der Vorgang ja nun auf Ihrem Tisch.«

Frank Arnold lehnte sich entspannt zurück.

»Gut, gut. Also, was haben wir genau? Ihre Meinung bitte.«

»Wir haben noch kein genaues Bild. Jedenfalls sind wir von den Israelis offiziell nicht informiert.«

»Gibt es denn inoffizielle Informationen?« unterbrach ihn der Präsident des BND.

»Gibt es nicht.« Frank Arnold zog einen kleinen Notizblock aus der Tasche und begann, seinen Chef zu informieren.

»Arnold«, unterbrach ihn Dr. Kottke, »das habe ich doch alles schon gelesen. Aber was geht hier vor? Erst kommt dieser Nathan Tal mit ein paar Leuten in Berlin an, und drei Tage später treffen weitere Jungs ein. Das sieht doch nach Verstärkung aus. Oder? Und wenn das stimmt, dann ist irgendwas los in Berlin.«

»So sehe ich es auch.«

Frank Arnold wartete ab. Wahrscheinlich würde sein Chef jetzt gleich einen Vorschlag unterbreiten, den er sich bereits beim Aktenstudium zurechtgelegt hatte. Da wartete man besser ab.

»Also gut«, sagte Dr. Kottke und lehnte sich zurück, »dann überlegen wir doch mal, wen wir haben. Paul Singer, ein sehr alter Bekannter, inzwischen längst pensioniert, trifft sich mit einem gewissen Konrad Staub, Archivar. Die Beziehung zwischen den beiden ist noch unklar. Ferner sind zwei ›Freiberufler‹ mit von der Partie, uns nicht unbekannt, und die Männer vom Mossad plus Verstärkung. Sind alle hinter Werner Krumey her, einem unbedeutenden alten Nazi, der sich jedes Jahr in Argentinien mit Veteranen trifft. Haben wir alle?«

Frank Arnold nickte.

»Wir sind weder offiziell noch inoffiziell informiert«, fuhr Dr. Kottke fort und zündete sich eine Zigarre an. Er blies den Rauch nachdenklich in die Luft und legte die Beine seitlich auf den Schreibtisch. In den Augen seiner Mitarbeiter eine ziemlich unpassende Haltung für den Präsidenten des BND. »Sind unsere Interessen berührt, ich meine, außer der Tatsache, daß die Israelis bei uns ohne zu fragen herumfischen? Wohl kaum. Ich denke, wir starten keine offizielle Anfrage, lassen sie in dem Glauben, wir hätten keine Ahnung. Unsere Leute bleiben also im Hintergrund, observieren, hören ab, aber mischen sich nicht ein. Da wir aber neugierig sind, was in Berlin gespielt wird, müssen wir aktiv werden. Richtig?«

Wieder nickte Frank Arnold.

»Da haben wir einen kleinen Widerspruch. Eine rein passive Rolle reicht uns nicht aus. Deshalb wird das schwächste Glied in der Kette unser Ziel. Es sind alles Profis, außer Konrad Staub. Wir konzentrieren uns auf ihn. Dazu nehmen wir einen ›Freiberufler‹, dann sind wir nicht im Spiel. Vielleicht ist das besser für uns, solange wir nichts Genaues wissen. Eine starke Waffe gegen ein schwaches Glied. Bei den anderen üben wir größte Zurückhaltung. Was ist Ihre Meinung?«

»Eine gute Idee«, antwortete Frank Arnold. »An wen dachten Sie?«

»Das überlasse ich Ihnen«, sagte Dr. Kottke lächelnd und nahm die Beine vom Schreibtisch. »Nur schnell muß es gehen, ganz schnell, verstehen Sie?«

Frank Arnold wußte, daß ihr Gespräch zu Ende war, verabschiedete sich und machte einen Umweg über die Cafeteria. Sein Magen knurrte, und so viel Zeit mußte sein. Irgendwie bewunderte er den alten Fuchs. Wenn jetzt irgend etwas schiefging, würde Dr. Kottke ihm vorwerfen, er hätte nicht die richtige Person ausgesucht. »Arnold, Arnold, das hätte ich Ihnen gleich sagen können, warum haben Sie nicht Schmidt genommen?«

Dr. Kottke ließ sich die Akte Schönbauer bringen. Nachdem er sie auf dem Tisch hatte, teilte er seiner Sekretärin mit, daß er in der nächsten halben Stunde nicht gestört werden wollte. Er öffnete die Akte und las die unerfreulichen Berichte. Schönbauer arbeitete in der israelischen Nationalbank. Vor einigen Tagen hatte der Mossad herausbekommen, daß er auch an den BND berichtete. Obwohl Schönbauer bereits Ausreiseverbot hatte, waren weder die israelische noch die deutsche Regierung über den Fall informiert. ›Vielleicht‹, dachte Dr. Kottke, ›könnte man diesen diplomatisch sehr komplizierten Fall jetzt elegant lösen.‹

Fred Decker saß schon im Vorgarten des Cour Carré an einem Tisch neben der Hecke, die den Garten vom Bürgersteig trennte. Als er Konrad und Paul auf die Eingangstür zugehen sah, winkte er ihnen zu. Er war auffällig groß, trug einen schon etwas abgewetzten Anzug und wischte sich ständig mit einem großen Taschentuch den Schweiß von der Stirn. Er hatte seine braunen Haare von einer Seite quer über den kahlen Kopf gekämmt, eine nur notdürftige Kaschierung, die Paul eigentlich nicht leiden konnte. Trotzdem war ihm Fred Decker sofort sympathisch. Der Journalist begrüßte Paul mit einem festen Händedruck und lächelte ununterbrochen. Seine dunklen Augen schienen nie stillzustehen. Interessiert wanderten sie von einem zum andern, achteten auf alles, was sich in der Umgebung tat. Die drei saßen kaum, als eine Kellnerin die Speisekarten brachte.

»Konrad sagte gestern, daß Sie sich für Walther Klein interessieren«, begann Fred Decker, nachdem sie ihre Bestellung aufgegeben hatten. »Darf man fragen warum?«

»Es sind lediglich persönliche Gründe«, antwortete Paul, »ich werde ihn wohl in den nächsten Tagen treffen, und da hätte ich vorher gern ein genaues Bild von ihm.«

»Möchten Sie etwas kaufen?«

»Nein«, lachte Paul, »mein Besuch ist privater Natur.«

»Also keine Geschichte für mich?«

»Ich fürchte nicht«, antwortete Paul, »höchstens dieses Essen.«

»Na gut.« Fred Decker schaute mißmutig auf das Essen, das gerade serviert wurde. »Habe ich mir schon gedacht. Walther Klein ist zwar recht wohlhabend, besitzt ein schönes Haus an der Rehwiese, spielt aber nur im unteren Drittel der Bundesliga, wenn Sie verstehen, was ich meine.«

Paul nickte.

»Er kam in den fünfziger Jahren nach Berlin, aus Österreich, wenn ich mich richtig erinnere, und begann seine Karriere als Wohnungsmakler. Später verlegte er sich auf den Verkauf von Grundstücken und Häusern, dann, wohl in den sechziger Jahren, spezialisierte er sich auf Gewerbeimmobilien. Er ist aber nie groß eingestiegen, keine Projektentwicklungen und so weiter. Immer nur Vermittlung von Gebäuden und Grundstücken. Auch jetzt noch. Vom großen Kuchen, der nach der Wende gebacken wurde, hat er sich kein Stück abgeschnitten. Hat es auch gar nicht versucht. Walther Klein gehört keiner Partei an, ist seit fünfzehn Jahren Witwer, hat einen Sohn. Der muß jetzt Anfang Dreißig sein. Er lebt zurückgezogen in seinem Haus, reist ab und zu nach Südamerika, ich weiß nicht, ob geschäftlich oder privat, ist ansonsten eine unauffällige Figur.«

»Politische Kontakte?« fragte Paul nach. »In dieser Branche kommt man doch ohne sie kaum aus.«

»Keine nennenswerten. Deshalb auch keine richtig großen Geschäfte. Sein Sohn ist genauso. Eigentlich erstaunlich. Müssen bescheidene Menschen sein.«

»Oder sie möchten nicht im Licht der Öffentlichkeit stehen«, vermutete Konrad.

»Weiß ich nicht«, sagte Fred Decker vage und schaute Paul dabei an. »Oder könnte es dafür Gründe geben?«

Der Journalist ließ nicht locker.

Paul spürte, daß man Fred Decker nicht unterschätzen durfte, und schüttelte den Kopf.

»Keine Ahnung. Ich kenne ihn ja nicht persönlich.«

»Richtig, sagten Sie schon. Also, daß der Alte das Rampenlicht scheut, kann man nicht gerade behaupten. Bei bedeutenden gesellschaftlichen Anlässen läßt er sich fast immer sehen, gemeinsam mit seinem Sohn. Er spendet hier und da Geld für gute Zwecke, kennt eine Menge Leute aus der Berliner Kultur. Er ist oft dabei, wenn die Berliner Prominenz sich trifft, bleibt aber meist im Hintergrund. Er könnte viel mehr aus sich machen, auch beruflich. Es scheint ihm zu genügen, dabeizusein, keine tragende Rolle zu spielen. Ich glaube, das ist es. Er will dazugehören, aber nicht in der ersten Reihe stehen.«

»Südamerika«, fragte Paul weiter, »wie oft reist er dorthin?«

»Zweimal im Jahr, manchmal auch öfter, meistens nach Argentinien. Nie weniger als eine Woche, nie mehr als zwei.«

Paul staunte.

»Dafür, daß Walther Klein nicht sehr bedeutend ist, wissen Sie eine ganze Menge über ihn.«

»Ist mein Job«, antwortete Fred Decker und wischte sich wieder den Schweiß von der Stirn. »Außerdem komme ich gerade aus unserem Archiv.«

»Begleitet ihn der Sohn auf seinen Reisen?« fragte Paul.

»Immer dabei. Der Sohn, er heißt übrigens Hans, ist der Schatten des Alten, scheint überhaupt kein Privatleben zu haben.« Decker fing Pauls skeptischen Blick auf. »Er besucht regelmäßig einen Edelpuff in Zehlendorf, ein- oder zweimal die Woche.«

»Da kommt bestimmt eine ganz schöne Summe zusammen«, vermutete Paul.

»Nach Steuern wirft die Firma etwa eine halbe Million im Jahr ab, offiziell. Da wird sicher noch ein bißchen Schwarzgeld fließen. Ist üblich in der Branche. So«, Decker legte seine Dessertgabel auf den Tisch, »jetzt habe ich Ihnen alles gesagt. Mehr weiß ich nicht. Ich bin den beiden nur ein paarmal begegnet.«

»Noch eine Frage bitte.« Paul wischte sich mit der Serviette den Mund ab. »Wissen Sie etwas über seine Eltern?«

»Nichts. Hat mich auch nie interessiert. Hören Sie«, er kramte umständlich eine verknickte Visitenkarte aus seiner Hosentasche, »wenn doch noch eine Geschichte drin ist, rufen Sie mich an?«

»Das würde ich selbstverständlich tun«, antwortete Paul lächelnd, »aber machen Sie sich keine Hoffnungen. Walther Klein ist sicher ein ganz normaler Bürger, so wie die meisten in seinem Alter.«

Paul und Konrad blieben noch, nachdem Decker sich verabschiedet hatte.

»Und, was wirst du jetzt tun?« fragte Konrad.

»Darüber muß ich noch nachdenken«, antwortete Paul. »Jetzt möchte ich zurück ins Hotel, mich etwas ausruhen. Was hast du heute vor?«

»Nichts, ich ... ach verdammt, jetzt hätte ich doch in all der Aufregung fast vergessen, daß Edgar heute abend seine Lesung hat. Wenn du Lust hast, können wir zusammen hingehen, das heißt, wenn ich noch eine Karte bekomme, die Lesung ist nämlich ausverkauft.«

»Was ist das für eine Lesung?« fragte Paul.

»Hast du schon von Edgar Schulte gehört?«

Paul schüttelte den Kopf.

»Edgar ist ein guter Freund. Er hat bisher zwei Theaterstücke, einen Band Erzählungen und einen Roman veröffentlicht. Alle vier Werke wurden von der Kritik geradezu euphorisch gelobt, meiner Meinung nach zu Recht. Wir sehen uns gelegentlich, das letzte Mal vor zwei oder drei Wochen, bei ›Hoeck‹ in der Wilmersdorfer Straße, eine Gaststätte, die ich dir nicht empfehlen kann. Aber Edgars Stern ist dort aufgegangen. Sein erstes Manuskript hat er in dem holzgetäfelten Schankraum geschrieben, und dort fand auch seine erste öffentliche Lesung statt. Deshalb treffen wir uns dort hin und wieder, trinken Bier und essen Eisbein oder Kaßler oder Blutwurst. Neulich zeigte mir Edgar das Manuskript seines neuen Buches, das heute vorgestellt wird. Ich fand den Text ziemlich gewagt. Edgar ist allerdings ein sehr moderner Autor«, schloß Konrad, »und ich weiß nicht, ob dir die Lesung gefallen wird.«

»Meinst du, daß ich zu alt für moderne Literatur bin?«

»Nein, natürlich nicht«, wehrte Konrad ab, »ich wollte ... ich meine, ich weiß doch nicht, ob du dich für zeitgenössische Literatur interessierst.«

»Wenn du es genau wissen willst, ich interessiere mich nicht für moderne Literatur. Aber du hast mich neugierig gemacht. Du kannst ja versuchen, noch eine Karte zu bekommen. Rufst du mich im Hotel an?«

Konrad wollte diese Frage gleich klären. »Gib mir doch mal dein Handy.«

Einige Minuten später hatte er noch eine Karte aufgetrieben.

»Mit wem hast du gesprochen?« fragte Paul.

»Mit Edgars Verlag. Ich kenne die Pressefrau gut. Soll ich dich vom Hotel abholen? So gegen sieben? Die Lesung beginnt um acht.«

»Und wo?« fragte Paul.

»In der Volksbühne in Berlin-Mitte. Wir müssen eine halbe Stunde vorher dasein. Sonst geben sie die Karten weg.«

»Gut. Dann um sieben im Hotel. Sag mir bitte noch, was du morgen vorhast.«

»Tagsüber bin ich frei. Am Abend habe ich einen Termin, wenn du Lust hast, kannst du auch mitkommen. Ich würde mich sehr darüber freuen. Es wird ein Buch vorgestellt, das ich herausgegeben habe.«

»So«, wunderte sich Paul, »mein Sohn veröffentlicht auch Bücher. Das wußte ich gar nicht.«

»Woher sollst du das auch wissen«, lachte Konrad, »du weißt doch praktisch nichts von deinem Sohn.«

»Stimmt. Entschuldige, das war eine dumme Bemerkung. Ob ich morgen kann, erfahre ich heute nachmittag. Ich sage dir Bescheid.«

»Fahr bitte etwas schneller«, bat Walther Klein seinen Sohn. Er saß wie immer auf dem Rücksitz des dunkelgrünen Mercedes und bearbeitete auf der Fahrt nach Frankfurt am Main einen Stapel Akten.

»Wir sind gut in der Zeit«, antwortete Hans Klein, »mach dir keine Sorgen.«

»Wir liegen nicht gut in der Zeit«, knurrte sein Vater nach einem Blick auf die Uhr, »wir sind nur noch nicht zu spät. Du weißt genau, daß wir sehr pünktlich sein müssen. Ein Stau, und wir kommen zu spät. Also fahr schneller.«

Hans Klein zog die Augenbrauen hoch, zog auf die linke Spur und trat auf das Gaspedal. Die Autobahn war zwar nicht dicht befahren, aber von freier Bahn konnte keine Rede sein. Trotzdem beschleunigte er den Wagen auf knapp zweihundert Kilometer.

Walther Klein verstaute seine Unterlagen in dem Aktenkoffer und zündete sich eine Zigarette an. Er ging in Gedanken noch einmal die wesentlichen Punkte der Besprechung durch, für die er ein kleines, unauffälliges Hotel im Frankfurter Westend ausgewählt hatte, als sein Handy klingelte.

»Ja?«

»Spreche ich mit Herrn Klein, Herrn Walther Klein?«

»Haben Sie keinen Namen?«

Paul erschrak. Da war er wieder, dieser kurze, scharfe Befehlston. Das war Werner Krumey.

»Mein Name«, sagte Paul langsam und mit Bedacht, »wissen Sie, das ist nicht so einfach. Seit vielen Jahren heiße ich Robert Pape, aber Sie kennen mich unter meinem richtigen Namen, Paul Singer.«

»Tut mir leid, Sie müssen sich irren.«

»Einen Moment, Werner Krumey«, beeilte sich Paul mit scharfem Ton zu sagen, »ich weiß, daß ich nicht falsch verbunden bin. Und wenn Sie sich wirklich nicht erinnern sollten, helfe ich Ihrem Gedächtnis gern auf die Sprünge, in Ihrem eigenen Interesse.«

Bei der Nennung des Namens Krumey zuckte der Alte zusammen wie bei einem Schlangenbiß. Er bemühte sich um einen beschäftigten, uninteressierten, aber nicht unfreundlichen Tonfall. »Hören Sie, da muß eine Verwechslung vorliegen, ich kenne keinen Werner Krumey. Ich fürchte, ich kann Ihnen leider nicht weiterhelfen.«

»Wissen Sie, das alles liegt schon sehr lange zurück, vielleicht können Sie sich nur im Moment nicht erinnern. Ich möchte Sie treffen, um Ihnen einige Dokumente vorzulegen. Ich bin sicher, daß sich Ihnen dann der Name Werner Krumey wieder erschließen wird.«

»Ich bin ein vielbeschäftigter Mensch, bitte haben Sie Verständnis dafür, daß ich keine Zeit für eine Angelegenheit habe, die mir überhaupt nichts sagt.« Er mußte jetzt das Telefonat in die Länge ziehen. Wer verdammt war dieser Paul Singer?

»Schade«, antwortete Paul, »schade für Sie. Denn in diesem Fall wird morgen eine interessante Geschichte über die Deutsche Presse Agentur an alle Medien gehen. Eine lange zurückliegende, unerfreuliche Geschichte, in der Werner Krumey eine zentrale Rolle spielt. Ein Mann in Ihrer gesellschaftlichen Position sollte die Gelegenheit nutzen, diese Geschichte vorher zu hören. Und die Dokumente zu prüfen. Vielleicht stellt sich ja heraus, daß Sie damit tatsächlich nichts zu tun haben. Es handelt sich um eine Geschichte, die sich 1944 in Budapest zugetragen hat. Ich möchte Ihnen eine Chance geben.«

Plötzlich erinnerte sich Walther Klein an Paul Singer. Budapest. 1944. Das junge Mitglied des Judenrates. Der Judenzug. ›Mein Gott‹, dachte er, ›das kann nicht wahr sein, doch nicht jetzt!‹

»Einen Moment bitte«, sagte Walther Klein, »ich muß meinem Chauffeur etwas sagen.«

Er legte die Hand auf die Sprechmuschel. In seinem Kopf rasten die Gedanken. Da war diese unerfreuliche Sache mit dem Mossad-Agenten, der sich in die Gruppe eingeschlichen hatte und den sie liquidieren mußten. Zum Glück hatte der fast nichts herausbekommen, schon gar nichts über ihn, Walther Klein. Ob dieser Paul Singer auch für den Mossad arbeitete? Nein! Wenn der Mossad seinen wahren Namen hätte, wäre er schon längst aufgeflogen. Oder ein toter Mann. Aber wie war ihm Singer nach so vielen Jahren auf die Spur gekommen? Egal. Walther Klein entschied sich, die Sache offensiv anzugehen. Alles andere würde nur Zeit kosten. Und die hatten sie nicht, nicht jetzt.

»Also gut«, antwortete Walther Klein, »dann treffen wir uns eben. Ich bin allerdings auf dem Weg nach Frankfurt und erst morgen abend wieder in Berlin. Wir könnten uns in meinem Haus treffen, um acht Uhr, wenn Ihnen das paßt.«

»Das ist ein kluger Vorschlag«, sagte Paul. »Ich sehe Sie also morgen gegen acht Uhr in Ihrem Haus ›An der Rehwiese‹?«

»Nummer sieben«, ergänzte Walther Klein. »Seien Sie bitte pünktlich. Ich habe nicht viel Zeit für Sie.«

»Das wird sich zeigen. Bis morgen.«

Werner Krumey starrte ungläubig auf sein Handy. ›Singer muß die Geschichte mit dem Zug meinen‹, dachte er. ›Seine Frau saß in dem Zug, das hat mir dieser Dr. Müller später erzählt. Mein Gott, das ist fünfundfünfzig Jahre her! Damit kann er doch heute nicht mehr kommen!‹

»Was Besonderes?« fragte Hans und holte Walther Klein aus seinen Gedanken zurück in die Gegenwart.

»Allerdings«, antwortete er nachdenklich, »etwas völlig Unerwartetes.« Dann erzählte er seinem Sohn die Geschichte des Zuges, von dem Telefonat und der Verabredung.

»Da müssen wir wohl etwas unternehmen«, stellte Hans Klein fest.

»Da gebe ich dir recht, in dieser Situation müssen wir unbedingt etwas unternehmen.«

In der Volksbühne am Rosa-Luxemburg-Platz empfing Paul und Konrad ein unglaubliches Gedrängel und ein ohrenbetäubender Lärm. Die Premierengäste standen mit Gläsern in der Hand herum oder rauchten. Konrad begrüßte zahlreiche Bekannte, »tôut Berlin« hatte sich zu der Buchpremiere eingefunden.

Endlich schlug der Gong, und das Publikum strömte in den Theatersaal. Neben Paul saß der Berliner Kultursenator, ein korpulenter Mann von sechzig Jahren, der leise mit seiner Gattin stritt. Konrad machte Paul mit Edgars Verleger bekannt, der den Platz neben Konrad eingenommen hatte. Die Bühne war hinter einem weißen Vorhang verborgen, in dessen unteren Saum dünne Stangen eingenäht waren, damit er völlig glatt fiel. Kurz nach acht ging der Vorhang hoch und eröffnete den Blick auf eine kahle Bühne, auf der lediglich ein kleiner Tisch stand. An ihm saß Edgar, von mehreren Scheinwerfern angestrahlt. Das Publikum klatschte, und Edgar verbeugte sich, setzte sich wieder und begann.

Völlig emotionslos las Edgar Schulte Texte, die einem den Atem nahmen, Ekel hervorriefen. Dabei schaute er nicht hoch. Der Kultursenator begann schon nach wenigen Minuten, unruhig auf seinem Sessel herumzurutschen.

Edgar machte immer wieder kleine Pausen, um in ein neues Kapitel zu blättern, und daran sah Konrad, daß er die Abschnitte ausgesucht hatte, die von Gewalt, Erniedrigung, Vergewaltigung und Mord handelten. Es war auch für Konrad nur schwer zu ertragen, zumal sich der Zusammenhang der von Edgar ausgewählten Passagen den Zuhörern kaum erschloß.

Nach gut fünfzig Minuten brach Edgar mitten im Satz ab, hob langsam den Kopf und schaute das Publikum wortlos an. Er ließ seinen Blick vom Parkett über die Ränge gleiten. Dann riß er ein langes Messer aus der Innentasche seines Jacketts, setzte die Messerspitze am Hals an, zwischen Kehle und Halsmuskel, und stieß unter dem Aufschrei aller Besucher kräftig zu. Er mußte die Schlagader getroffen haben, denn sofort spritzte eine Blutfontäne aus seinem Hals. Der Schmerz, den dieser ungeheure, öffentliche Selbstangriff auslöste, riß ihn hoch, und sein Stuhl fiel polternd zu Boden. Edgar stand nur noch einen kleinen Moment, dann stürzte er hin. Es entstand ein ungeheurer Tumult, die Premierengäste schrien vor Entsetzen laut auf. Man sah, wie Edgar zuckend auf der Bühne lag, wie das Blut pulsierend aus seiner Kehle spritzte. Seine Füße schlugen, von Krämpfen geschüttelt, immer wieder laut auf dem Bühnenboden auf, sein ganzer Körper verkrampfte sich im Rhythmus des austretenden Blutes. Endlich fiel der Vorhang.

»Einen Arzt, schnell einen Arzt!« rief der Kultursenator laut, aber er rief wohl nicht nach einem Arzt für Edgar, sondern für seine Frau, die ohnmächtig auf den Boden gesunken war. Konrad sah seinen Vater an, auf dessen Gesicht ein Lächeln spielte. Er fragte sich, warum das Saallicht nicht endlich anging, als plötzlich auf dem weißen Vorhang ein großes helles Lichtfeld erschien und dann der Satz: »Die angekündigte Signierstunde mit Edgar Schulte muß leider ausfallen. Dem Autor ist nicht wohl.«

Konrad traute seinen Augen nicht, aber ihm blieb keine Zeit, darüber nachzudenken, denn schon erschien der nächste Text: »Glücklicherweise hat Edgar Schulte ausreichend Bücher signiert, die jetzt am Büchertisch erworben werden können.«

Edgars Verleger saß zusammengesunken in seinem Theatersessel und starrte die Botschaften fassungslos an. Dann hieß es: »Wir wünschen Ihnen einen guten Heimweg und noch einen schönen Abend.«

Nach dieser Mitteilung spritzte von der Bühnenseite her Blut gegen den weißen Vorhang und hinterließ häßliche Flecken. Dann wurde es endlich hell. Das Saallicht wurde verstärkt durch grelle Scheinwerfer und riß die Zuhörer in die Wirklichkeit zurück. Paul begann zu klatschen, und einige Besucher lachten unsicher. Es schien, als hätte Edgar dem Publikum einen grausigen Streich gespielt. Eine heillose Verwirrung breitete sich aus. Das Publikum drängte nun schnell zu den Ausgängen, wo Handzettel darüber informierten, daß der »Selbstmord« gespielt war. Edgar Schulte, so hieß es, wollte die Grenzen der Literatur aufzeigen. Kein gelesener Text könnte nur im entferntesten eine Reaktion hervorrufen wie solch eine wortlose Tat. Edgar hatte das vollbesetzte Theater in ein emotionales Chaos gestürzt, Ohnmacht und Panik ausgelöst. Nun wurde das Publikum ernsthaft böse, schimpfte lautstark über den Dichter, der sich wohlweislich nicht mehr blicken ließ. Wie versprochen, bot man am Büchertisch signierte Exemplare an, aber der Verkauf hielt sich in Grenzen, was die Mitarbeiter der Buchhandlung verdrossen zur Kenntnis nahmen.

Paul und Konrad gingen schnell in ein Restaurant gegenüber der Volksbühne. Sie fanden einen Tisch für zwei Personen und bestellten Wein.

»Ich dachte bisher, daß die Wiener den schwarzem Humor gepachtet haben«, sagte Paul. »Aber ich habe dazugelernt. Dein Edgar hat mir gut gefallen. Bestell ihm Grüße von mir, wenn du ihn das nächste Mal siehst.«

»Als Edgar am Boden lag und das Blut aus seinem Hals spritzte, habe ich dich angeschaut«, sagte Konrad, »und gesehen, daß du gelächelt hast. Dir war in diesem Moment klar, daß alles gespielt war. Warum? Ich bin fast gestorben vor Entsetzen. Es sah alles so echt aus.«

»Es sah überhaupt nicht echt aus«, erwiderte Paul, »so spritzt kein Blut, wenn die Halsschlagader geöffnet wird, nicht einen Meter hoch.«

»Woher weißt du das?« fragte Konrad erstaunt.

Paul sah sich um. Inzwischen waren alle Sitzplätze im Restaurant besetzt, und auch am Tresen des Lokals gab es keinen freien Stuhl mehr. Viele Gäste redeten in großer Erregung miteinander, offensichtlich war Edgars Auftritt das vorherrschende Gesprächsthema.

»Ich habe dir von den ›Nokmim‹ erzählt«, antwortete Paul so leise, daß Konrad ihn kaum verstehen konnte.

»Wir haben damals Nazis aufgestöbert und sie dann erschossen, stranguliert oder ihnen die Kehle durchgeschnitten. Wie es sich ergab. Daher weiß ich es.«

Konrad griff nach dem Weinglas. Seine Hand zitterte. Er sah Paul an, seinen einundachtzigjährigen Vater, der ihm mit einem völlig entspannten Gesichtsausdruck gegenübersaß. Konrad trank einen großen Schluck Wein. Darüber wollte er jedenfalls heute nicht noch mehr erfahren.

»Eine Frage möchte ich dir noch stellen«, bat Konrad. »Was hat dich eigentlich an Marion fasziniert?«

»Wie bitte?« Paul war erstaunt über den abrupten Themenwechsel.

»Na ihr habt euch doch offensichtlich Hals über Kopf ineinander verliebt. Was war das Besondere an ihr? Ihre lockigen Haare, die dunkle Stimme, ihr Lachen oder die Stupsnase? Und ist es wahr, daß du ihr gesagt hast, du wärst verheiratet? Sie hat einmal davon gesprochen.«

»Entschuldige, das ist jetzt über fünfzig Jahre her. Ich weiß nicht mehr genau ... ich glaube sogar, ich konnte es mir damals nicht erklären. Eine deutsche Frau! Wir haßten die Deutschen, waren nur hier, um unseren Job zu erledigen. Ich hatte sogar heftige Schuldgefühle, wegen Eva, verstehst du?«

Konrad nickte.

»Aber nur daran erinnere ich mich, an meine Schuldgefühle, kaum noch an meine Gefühle für Marion. Das tut dir weh, oder?«

»Nein, es ist auch für mich alles so lange her. Aber meine zweite Frage, du hast sie noch nicht beantwortet.«

»Ja, das stimmt. Es gehörte zu meiner Legende, daß ich verheiratet war.«

Konrad spürte, daß Paul darüber nicht weiter reden wollte.

Nathan Tal saß in seinem Lieferwagen, dieser improvisierten, aber sehr effektiven Kommandostation, und ließ sich von Chaim Wrangel das Telefonat zwischen Paul Singer und Werner Krumey noch einmal vorspielen.

»Sag den Jungs Bescheid. Wir fahren jetzt zu Krumeys Haus, zu einer unauffälligen Ortsbesichtigung. Heute abend muß die Villa komplett verwanzt werden. Wir wissen nicht, in welchem Zimmer die beiden sich unterhalten werden, aber wir müssen jedes Wort mitbekommen.«

Chaim Wrangel griff zum Telefon, und Jakob Halevi startete den Wagen. ›Das ist schon eine tolle Nummer‹, dachte Nathan Tal voller Bewunderung für die Möglichkeit, Pauls Handy-Gespräche mithören zu können. Dann überprüfte er noch einmal die Informationen, die er inzwischen über Werner Krumey alias Walther Klein zusammengetragen hatte. Er wohnte mit seinem Sohn Hans allein in der großen Villa in Nikolassee. Die Haushaltshilfe verließ immer gegen fünf Uhr nachmittags die Villa, außer bei festlichen Anlässen. Aber die waren selten. Zweimal wöchentlich kümmerte sich ein Gärtner um das Anwesen. Heute abend würde sie also niemand stören. Sie mußten nur auf die Alarmanlage achten, die sie aber leicht überwinden würden. Dazu waren ja die Jungs aus Israel eingeflogen.

Samstag, 15. Mai 1999

Paul lag rücklings auf dem Bett und schnarchte leise. Die Nachmittagssonne schien schräg in das Hotelzimmer und wärmte seine Beine. Das Telefon schreckte ihn aus dem leichten Schlummer, in den er vor einer knappen Stunde gefallen war.

»Hallo Paulus, Big hier. Bist du soweit? Wir warten in meinem Zimmer.«

Paul brummte ein »Ja« in die Leitung und legte den Hörer wieder auf. Er stellte seine Füße auf den Boden und blieb einen Moment auf der Bettkante sitzen. Bisher war alles glattgegangen. Er hatte den Koffer bekommen, das Dokument wiedergefunden, Werner Krumey identifiziert, sich mit ihm verabredet. Worauf er fünfundfünfzig Jahre gewartet hatte – plötzlich ergab sich alles wie von selbst. Paul spürte dieses flaue Gefühl in der Magengegend, dieses Warnzeichen, aber er konnte es sich nicht erklären. Er hatte über alles nachgedacht, über das, was geschehen war, und auch über seinen Plan. Tag und Nacht dachte er darüber nach und fand keinen Fehler. Nur daß alles so glattging, das war ungewöhnlich, es beunruhigte ihn. Wenn es nur um ihn allein ginge, würde er sich nicht sorgen. Aber wenn irgend etwas schieflaufen sollte, könnte Konrad mit hineingezogen werden. Diese Sorge brachte ihn auf eine Idee, die sich mit seinem Plan sehr gut vereinbaren ließ.

Paul ging ins Badezimmer und kämmte sich. Ein paar Minuten betrachtete er sich im Spiegel, nicht aus Eitelkeit, diese Eigenschaft kannte er schon lange nicht mehr, es war eher ein Moment der Selbstvergewisserung. Er suchte in seinem Gesicht Zustimmung und Ansporn zugleich. Er sah zahllose Falten, die ihn an sein Alter erinnerten, an seine Vergangenheit. Aber in seinen Augen blitzte die Energie, die er heute brauchen würde.

Er ging die zwei Stockwerke zu Fuß und klopfte an eine Zimmertür. Big ließ ihn ein. Das Zimmer roch ein wenig nach Schweiß und getragener Wäsche. Die Fenster waren geschlossen. Ben saß auf einem Sofa und rauchte.

»Also«, begann Paul und ließ sich in einen Sessel fallen, »Konrad besucht heute abend eine Veranstaltung im ›Palais am Festungsgraben‹, gegenüber dem Opernhaus Unter den Linden. Ihr wißt, wo das ist?«

»Ja«, sagte Big, »wir sind gestern vorbeigefahren.«

»Gut. Er muß um acht Uhr dort sein. Ich schätze, er nimmt sich ein Taxi. Ihr folgt ihm und bleibt ihm auf der Spur. Ihr bleibt bei ihm, bis er in seiner Wohnung ist, wartet, bis er sie morgen wieder verläßt, oder übermorgen. Noch Fragen?«

Ben hatte seine Füße auf den Tisch gelegt und die Arme hinter dem Kopf verschränkt. Er hielt die Augen geschlossen und machte einen gelangweilten Eindruck. Paul spürte, daß die Motivation der beiden in den letzten Tagen gelitten hatte. Wahrscheinlich waren sie unterfordert.

Ben räusperte sich. »Liegt etwas Besonderes an, ich meine, etwas, das wir vorher wissen sollten?«

»Er wird vielleicht verfolgt«, log Paul, »aber ich denke, daß man ihm nicht zu nahe kommen wird. Falls doch, greift ihr ein. Ihm darf nichts geschehen.«

Ben öffnete die Augen wieder. Die Aussicht, jemand könnte es auf Konrad abgesehen haben, weckte seine Aufmerksamkeit.

»Und du, wo bist du?« fragte er.

»Ich habe derweil eine Verabredung. Aber das braucht euch nicht zu kümmern. Er ist jetzt in seiner Wohnung. Am besten, ihr fahrt gleich los. Falls etwas Ungewöhnliches passiert, ruft mich an.«

Paul stand auf und ging zur Tür.

»Noch etwas«, Big begleitete Paul, »was genau meinst du mit eingreifen?«

»Ich habe doch gesagt, ihm darf nichts passieren. Reicht das nicht?«

»Verstanden«, sagte Big beruhigend, »alles klar.«

Als Paul den Flur entlangging, fühlte er sich besser. Big und Ben waren ab jetzt beschäftigt. Sie würden sich um Konrad kümmern – falls etwas Unvorhergesehenes geschah, würden sie auf ihn aufpassen. Das beruhigte ihn, machte ihn sicherer. Er brauchte Big und Ben nicht, wollte sie nicht in seiner Nähe haben. Irgendwie traute er ihnen nicht mehr über den Weg, jedenfalls was Krumey anging. Nur er und Krumey. Er hatte genug gegen Krumey in der Hand.

In kurzem Abstand setzten sich drei Autos aus einer Tiefgarage nahe dem Hotel Savoy in Bewegung. Sie fuhren bei herrlichem Wetter über die Avus bis zur Abfahrt Wannsee, dann die Potsdamer Chaussee hinauf, bogen nördlich in kleine Seitenstraßen ein und hielten in der Nähe der Rehwiese, aber in verschiedenen Straßen. Nur der schwarze Lieferwagen parkte in Sichtweite von Walther Kleins Villa. In dem zu einer Kommandozentrale ausgebauten Laderaum gingen Chaim Wrangel, Nathan Tal und Fox noch einmal ihren Plan durch.

»Egal was passiert, sobald es dunkel wird, gehen wir beide auf das Grundstück. Hoffentlich habt ihr recht, und die beiden unterhalten sich in Krumeys Arbeitszimmer«, sagte Nathan Tal.

»Da bin ich ziemlich sicher«, antwortete Fox, »es ist jedenfalls der einzige Raum in dem Haus, in dem ich so ein Gespräch führen würde. Alle anderen Zimmer sind zu privat.«

Fox war zusammen mit Vic und dem Flieger am Freitag abend in die Villa eingedrungen und hatte alle Zimmer sorgfältig in Augenschein genommen, während seine Kollegen überall Wanzen plazierten.

»Und wenn sie sich doch woanders hinsetzen?« fragte Nathan.

»Macht auch nichts, wir hören alles, was sie miteinander reden, selbst wenn sie sich im Badezimmer treffen.«

»Na gut. Und das Arbeitszimmer grenzt an die Terrasse?«

»Die Terrasse auf der Rückseite des Hauses ist wie ein Dschungel begrünt, Hecken an den Seiten, große Sträucher, Palmen und eine Menge anderes Grünzeug in riesigen Kübeln vor einer großen Flügeltür aus Glas, die in das Arbeitszimmer führt. Dahinter kann man sich ausgezeichnet verstecken.«

»Klingt so, als würde sich Krumey nicht gern auf den Schreibtisch schauen lassen«, stellte Nathan fest.

»Sieht ganz danach aus«, bestätigte Fox.

»Könnte man denn aus einem Nachbarhaus in das Zimmer hineinschauen?« fragte Nathan.

»Höchstens mit einem Fernglas«, antwortete Fox, »mit einem sehr guten Fernglas. Man wird uns im Dunkeln nicht sehen, weder von drinnen noch vom Nachbargrundstück. Falls du das meinst. Jedenfalls nicht in diesen Klamotten.«

Sie hatten sich im Wagen schwarzbraune Tarnanzüge aus leichtem, strapazierfähigem Material angezogen.

Nathan nickte, dann wandte er sich Chaim zu.

»Hast du alle Wanzen noch einmal überprüft?«

»Alles Roger«, Chaim zeigte Nathan die rechte Faust mit hochgestrecktem Daumen, »funktionieren alle bestens. Kann gar nicht schiefgehen. Egal wo sie stecken, wir werden jedes Wort hören. Wenn es irgendwo einen Mucks gibt, wird er aufgenommen. Wir können parallell zwanzig Aufnahmen machen.« Er zeigte auf die zahlreichen Kassettendecks, die in einem Regal standen. Chaim Wrangel legte einen Schalter um. »Hörst du?«

Ein lautes Ticken tönte aus einem Lautsprecher.

»Das ist die alte Standuhr im Arbeitszimmer«, sagte Fox.

Chaim nickte grinsend. »Ich schalte euch über eure Headsets das Gespräch rüber. Ihr werdet alles mitbekommen.«

»Gut.« Nathan schien zufrieden. »Überprüfen wir noch einmal unsere Ausrüstung.«

In diesem Moment lehnte sich Jakob Halevi vom Fahrersitz zurück.

»Achtung, sie kommen.«

Vor der Einfahrt zur Villa hielt ein dunkelgrüner Mercedes kurz an, dann öffnete sich das Tor, und das Auto fuhr zum Haus.

»Alle Aufnahmegeräte einschalten«, zischte Nathan, »wir brauchen jedes Wort.«

›Immer ruhig‹, dachte Chaim Wrangel und legte den Hauptschalter um, ›wir werden alles hören. Nichts wird uns entgehen.‹

Nathan setzte sein Headset auf. Die Aktion lief an.

Auch in dem kleinen Einfamilienhaus, das schräg gegenüber von Krumeys Villa lag, war eine elektronische Kommandostation aufgebaut worden. Die drei Mitarbeiter des BND saßen mit Kopfhörern in dem großzügig geschnittenen Wohnzimmer vor ihren Monitoren und beobachteten die anlaufende Aktion der Israelis.

Den Bewohnern des Hauses hatte man eine Wochenendreise nach Paris und einen ansehnlichen Scheck spendiert, um, wie man sagte, für einen Privatsender Innenaufnahmen für einen Fernsehfilm zu drehen.

Auch die technische Abteilung des BND hatte ganze Arbeit geleistet. Die Männer der operativen Abteilung waren über die ablaufende Aktion gänzlich im Bilde. Sie hatten die Anweisung, die Aktion nur zu dokumentieren, keinesfalls einzugreifen, was immer auch geschah. Sie würden diese Anweisung in jedem Fall befolgen, schon deshalb, weil sie für einen anderen Einsatz gar nicht ausgerüstet waren, weder technisch noch personell. Sie konzentrierten sich ganz auf ihre Aufgabe.

»Mist«, Konrad nahm den Waschlappen, tauchte ihn ins heiße Wasser des Waschbeckens und tupfte damit vorsichtig den kleinen Schnitt am Kinn ab. Dann versuchte er mit einem Papiertaschentuch den Blutfluß zu stoppen.

›Ich bin ohnehin zu spät dran.‹ Der kleine Radiowecker zeigte zwanzig nach sieben. Konrad stand vor dem Spiegel, drückte das Taschentuch auf die Wunde und hörte Nachrichten. Die üblichen Horrormeldungen: Bei einem Luftangriff der Nato auf das Kosovo sind 79 Zivilisten getötet worden, zwei Tage vor den Wahlen in Israel war es im Westjordanland zu schweren Zusammenstößen zwischen israelischen Soldaten und palästinensischen Demonstranten gekommen. Dafür gab es endlich eine Spur in der grausamen Mordserie, die seit Wochen die Republik beschäftigte. Der Wetterbericht versprach Regenschauer im Stadtgebiet.

Konrad warf das Taschentuch in den kleinen Abfallkorb und trat näher an den Spiegel heran. Nur noch eine winzige Blutperle wuchs langsam auf der geröteten Haut. Er würde wohl etwas zu spät kommen, ›aber das ist nicht tragisch‹, beruhigte er sich, ›das wird kaum auffallen‹.

Konrad ging hinunter und postierte sich im Schutz des Hauseingangs. Es regnete bereits. Ein Taxi mit erleuchtetem Schild tauchte von links auf. Konrad eilte zum Bordstein und winkte, aber der Wagen fuhr vorbei. Der Fahrer hatte ihn wohl übersehen. Statt dessen bremste ein kleines Wohnmobil und hielt. Die rechte Seitenscheibe wurde heruntergelassen, und eine blonde Frau sprach ihn an.

»Wo möchtest du denn hin? Vielleicht kann ich dich mitnehmen, bei dem Regen.«

Sie sprach mit bayerischem Akzent. Konrad war von der persönlichen Anrede und ihrer Hilfsbereitschaft überrascht.

»Bist du stumm?« lachte ihn die Frau an und stieß die Tür auf. Dann rutschte sie zurück auf den Fahrersitz.

»Nein, entschuldigen Sie, äh, entschuldige«, antwortete er und stieg schnell ein. »Also, wenn du zufällig in Richtung Staatsoper fährst, könntest du mich beim Palais am Festungsgraben absetzen. Weißt du, wo das ist?«

»Ja, Glück gehabt. Das ist meine Richtung.«

Sie schaute in den Rückspiegel, ließ einige Autos vorbei und bog dann von der Uhlandstraße rechts in die Lietzenburger ein.

»Da kommt er«, Ben stieß Big an und zeigte auf Konrad, der gerade winkend zum Straßenrand lief.

»Merkwürdiger Zufall. Der Campingbus ist genau in dem Moment losgefahren, als unser Mann auf die Straße kam«, sagte Big, als Konrad in das Wohnmobil stieg. »Ist jedenfalls preiswerter, per Anhalter. Also dann, hinterher.«

Ben startete den Wagen und folgte dem Bus in die Lietzenburger Straße.

»Mann, die haben es aber eilig«, brummte er, »wenn uns da die Bullen mal nicht stoppen.«

Die Joachimsthaler Straße überquerten sie bei Rot.

Konrad schätzte die Fahrerin auf dreißig Jahre. Sie trug einen dunklen Pullover und Jeans. Ihre schulterlangen Haare waren zu einem Pferdeschwanz zusammengebunden. ›Sie fährt schnell, nein, sie rast.‹ Konrad schnallte sich an.

»Danke, aber so eilig habe ich es gar nicht«, bemerkte er.

Sie schaute konzentriert geradeaus. »Ich fahre immer so.«

Konrad drehte sich um und sah nur schemenhaft die Einrichtung des Wohnmobils.

»Bist du auf Reisen?«

»Ja«, antwortete sie, »ich bin gern mit diesem Auto unterwegs. Es macht mich unabhängig.« Sie zündete sich eine Zigarette an. »Was gibt es heute abend im Palais am Festungsgraben?«

»Ach, ein Empfang. Ein neuer Verlag feiert seinen Einstand in Berlin«, antwortete Konrad, während sie die Kurfürstenstraße überquerten. Die Ampel hatte in diesem Moment auf Rot umgeschaltet.

»Und was machst du dort?«

»In diesem Verlag erscheint eine von mir herausgegebene Anthologie«, sagte Konrad stolz. Eine Heidenarbeit lag hinter ihm, und mit dem Ergebnis war er zufrieden, obwohl er bestenfalls einige anerkennende Besprechungen erwarten konnte.

»Worum geht es?«

»Um die letzten Stunden von Künstlern und anderen Prominenten, also Beschreibungen ihres Todes in Zeitzeugenberichten ...«

»Klingt interessant«, unterbrach sie ihn, »wie heißt das Buch?«

»Hier kommt keiner lebend raus.«

»Gut«, sagte sie gedehnt, »das werde ich mir besorgen. Und wie bist du auf den Titel gekommen?«

»Es ist ein Zitat von Jim Morrison.«

Er schaute die Frau an, aber sie schien die Doors nicht zu kennen. Sie bogen in die Straße des 17. Juni ein. Auf der linken Spur beschleunigte sie.

»Wie heißt du eigentlich?« fragte die Frau.

»Staub ... Konrad Staub«, ergänzte er, »und du?« Ihr Name interessierte ihn eigentlich nicht, denn er war in Gedanken schon bei seinem kleinen Vortrag, aber er hatte das Gefühl, daß es unhöflich wäre, sie nicht danach zu fragen.

»Petra«, antwortete sie. Sie warf einen Blick auf seine Hände, die auf seinen Schenkeln ruhten. »Verheiratet?« Sie hatte den Ehering bemerkt.

»Ja«, antwortete er kurz. Was ging sie das an?

»Und warum ist deine Frau nicht dabei, ich meine an deinem großen Tag?«

»Sie ist verreist.«

»Verreist?«

»Ja, verreist«, antwortete er ärgerlich.

Dann schwiegen sie bis zur Staatsoper.

»So. Viel Spaß auf dem Empfang.«

»Danke, und vielen Dank, daß du mich mitgenommen hast.«

Sie sah ihn nicht mehr an und fuhr grußlos weiter.

Die blonde Frau blickte aufmerksam in den Rückspiegel, nachdem sie sich in den Straßenverkehr eingefädelt hatte. Zu ihrer Erleichterung folgte ihr der dunkelblaue Mercedes nicht weiter. Er war ihr aufgefallen, weil er hinter ihr mehrmals bei Rot über die Ampel gefahren war. Sie war es gewohnt, den Straßenverkehr hinter sich genau zu beobachten. ›Also muß er diesem Konrad Staub gefolgt sein‹, dachte sie. ›Das Spiel beginnt mir zu gefallen. Aber Petra muß jetzt sehr vorsichtig sein.‹

Paul Singer saß seit einer halben Stunde auf einer Parkbank an der Rehwiese. Als er am Zoo in die S-Bahn Richtung Bahnhof Nikolassee eingestiegen war, hatte es heftig geregnet. Hier aber brach die Sonne immer wieder durch die weißen Haufenwolken. Er hatte Krumeys Haus im Blick, das sich ungefähr 300 Meter vor ihm an eine kleine Anhöhe schmiegte. ›Haus‹, dachte Paul bitter, ›ist nicht das richtige Wort. Hier wohnt man nicht, hier residiert man.‹ Bevor er sich auf die Parkbank gesetzt hatte, war er an dem Grundstück vorbeigegangen. Es wurde von einer mannshohen Steinmauer eingefaßt. Das schmiedeeiserne Eingangstor war etwas zu protzig geraten. In das doppelflüglige Tor, das sich vermutlich elektrisch öffnen ließ, war eine kleine Tür für Fußgänger eingelassen. Dahinter führte ein breiter, gepflegter Fahrweg im leichten Bogen am Hauseingang vorbei und verschwand hinter einem Birkenwäldchen. Dort befand sich vermutlich die Garage. Die kleine Anhöhe zum Haus war rasenbedeckt.

Das dreigeschossige Gebäude war keinem Stil eindeutig

zuzuordnen, es stammte wohl aus der Zeit kurz nach der Jahrhundertwende. Eine riesige Veranda beherrschte das erste Stockwerk. Die sie stützenden, runden Säulen umrahmten den Hauseingang.

Ein Blick auf die Uhr sagte Paul, daß die Zeit für das Gespräch mit Werner Krumey gekommen war. Er stand auf, ging auf das Grundstück zu und tastete unwillkürlich seine Brusttasche ab. Der alte Revolver befand sich an gewohnter Stelle. Er war sich immer noch nicht sicher, ob er ihn benutzen würde. Krumey einfach erschießen? Ein schneller, ein später Tod? Den alten Mann umbringen? War es nicht besser, ihn gesellschaftlich zu eliminieren? Krumey genoß das öffentliche Leben. Er gehörte zur Berliner Prominenz, stand zwar nicht gern im Mittelpunkt, in der ersten Reihe, wollte aber dabeisein. Wenn die Dokumente an die Öffentlichkeit kämen, wäre Schluß damit. Krumey wäre geächtet, für die oberen Zehntausend ein toter Mann. Sie würden ihn fallen lassen wie eine heiße Kartoffel. Er wäre erledigt. ›Ja‹, dachte Paul, ›Krumey soll langsam sterben. Er hat sich hochgearbeitet. Nun soll er tief fallen.‹

Nach den üblichen Festreden und der etwas zu lang geratenen Präsentation der Bücher des ersten Programms wich Konrads Anspannung, und er begann, den Abend zu genießen. Er lehnte an einem Stehtisch, rauchte eine Zigarette und trank Rotwein, als Christine in Begleitung von Gerhard Helmich auf ihn zusteuerte. Der Psychologieprofessor war mit einem Buch über neuere Erkenntnisse der Traumforschung ebenfalls im ersten Programm des Verlages vertreten. Den Titel hatte Konrad allerdings schon wieder vergessen.

»Dürfen wir Ihnen Gesellschaft leisten?« fragte der Professor und stellte sein Sektglas auf dem Tisch ab.

»Aber gern«, antwortete Konrad und küßte Christine auf die Wange, die sie ihm wortlos entgegenhielt.

»Wie hat dir die Veranstaltung gefallen?«

»Ein wenig zu lang«, stöhnte Christine. »Ich mußte die ganze Zeit stehen. Aber es sind sehr interessante Bücher vorgestellt worden«, fügte sie schnell hinzu, so als würde sie gerade realisieren, daß sie mit zwei Autoren des Verlages zusammenstand. »Ich werde Ihr Buch also lesen müssen«, sagte sie dann zum Professor, »denn bis heute abend hielt ich Freuds Traumtheorie immer noch für gültig.«

»Na ja«, antwortete Helmich, »es gibt nach wie vor konservative Freudianer, die hinter jedem Leuchtturm einen Schwanz vermuten und ein gigantisches System von Symbolen und Deutungen entwickelt haben, aber der Übergang von der Traummythologie zur wissenschaftlichen Traumdeutung hat sich bereits in den fünfziger Jahren vollzogen. Schon damals hat man an Testschläfern festgestellt, daß das Gehirn in den traumlosen Schlafphasen fast vollständig abschaltet, es aber in den Perioden des Traumes von einem wahren Feuerwerk von elektrischen Ladungen durchzuckt wird. Aus heutiger Sicht handelt es sich vermutlich einfach nur um bunt zusammengewürfelte Testbilder des untätigen Verstandes, der aus sendetechnischen Gründen keinen vollständigen Blackout erlaubt.«

»Das klingt so fürchterlich kalt«, warf Christine ein, »mir sind Traumsymbole und geheimnisvolle Bedeutungen viel vertrauter.«

Professor Helmich zuckte angesichts dieser Ignoranz nur mit den Schultern.

Konrad beschloß, auch ein bißchen Unsinn zu reden.

»Ich stelle mir den Traum immer wie einen Puppenspieler vor, der nach der regulären Vorstellung seiner Phantasie vor leerem Saal freien Lauf läßt. Ohne geprobt zu haben, ohne erkennbaren Zweck, scheinbar nur, um nicht aufhören zu müssen, um die Puppen am Leben zu halten, um das Spiel nicht zu unterbrechen, um die Puppenwelt auf den Kopf zu stellen.«

Werner Krumey hatte beschlossen, seine Identität nicht mehr zu leugnen. Wozu sollte er sich verstellen? Paul Singer wußte genau, wer er war, und würde vermutlich entsprechende Beweise vorlegen können. Wie sonst hätte er auf ihn kommen können, nach so vielen Jahren?

Als es klingelte, betätigte er die Gegensprechanlage auf seinem Schreibtisch. Er wollte sich weder mit seinem falschen noch mit seinem richtigen Namen melden. Also sprach er einfach »Ja?« in das Mikrophon.

»Paul Singer, wir sind verabredet.«

Krumey drückte auf den Türöffner.

»Kommen Sie bitte hoch zum Haus. Ich erwarte Sie hier.«

Als Paul die Hälfte des Weges erreicht hatte, öffnete sich die Eingangstür. Ein hochgewachsener, graumelierter Mann trat auf die oberste Treppenstufe, blieb dort stehen und verschränkte seine Arme hinter dem Rücken.

Paul war ein wenig außer Atem, als er die Stufen hochstieg. Krumey stand oben wie ein Kapitän auf der Kommandobrücke, in sicherer Haltung, den Rücken gerade, die Schultern leicht nach hinten gezogen. Er vermittelte trotz seines Alters den Eindruck ungebrochener Standhaftigkeit. Sein volles Haar und das erstaunlich glatte Gesicht ließen ihn wesentlich jünger erscheinen. Er reichte Paul die Hand und lächelte dabei.

»Paul Singer, willkommen in meinem Haus. Ich hätte nicht gedacht, daß wir uns noch einmal wiedersehen, nach so vielen Jahren. Aber kommen Sie doch erst einmal herein. Darf ich vorgehen?«

Paul begriff, daß Krumey seine Taktik geändert hatte. ›Um so besser‹, dachte er, ›dann sparen wir viel Zeit.‹ Er folgte Krumey durch eine große Diele und einen Flur in ein holzgetäfeltes Zimmer auf der Rückseite des Hauses. Vor einer großen Glastür, die auf eine mit vielen Grünpflanzen dekorierte Terrasse führte, stand ein riesiger Schreibtisch, an dem Pauls Blick hängenblieb.

»Henry van de Velde«, sagte Krumey, der Pauls bewundernden Blick bemerkt hatte. »Eine sehr schöne Arbeit. Fast jeder Gast bewundert den Schreibtisch.« Paul merkte Werner Krumey an, daß er stolz auf das Möbelstück war. »Wenn es Ihnen nichts ausmacht, nehmen Sie bitte hier Platz.« Krumey wies auf einen Lederstuhl, der vor dem Schreibtisch stand. Während sich Paul setzte, ging Krumey zu einem Barwagen und holte Cognac.

»Möchten Sie?« Er zeigte auf den Cognacschwenker, der vor Paul auf dem Schreibtisch stand. Paul nickte. Krumey goß ein, füllte auch sein Glas etwas an, verschloß dann die Flasche und setzte sich schließlich an seinen Schreibtisch.

»Ich habe Sie in mein Arbeitszimmer geführt, weil das, was wir zu besprechen haben, eine eher geschäftliche Angelegenheit ist, das vermute ich jedenfalls.«

Dann prostete er Paul zu, und sie tranken einen kleinen Schluck von dem hervorragenden Cognac. Durch die leicht geöffnete Flügeltür erklang das Rauschen der Blätter.

»Sie leugnen also nicht, Werner Krumey zu sein?« fragte Paul nach einigen Momenten des Schweigens.

»Ich gebe es nicht gern zu«, antwortete Krumey, »wissen Sie, ich habe mich an den Namen Walther Klein gewöhnt, immerhin trage ich ihn seit über fünfzig Jahren. Aber was soll's«, er lächelte und hob die Schultern, »Sie haben mich aufgespürt, nach so langer Zeit. Ich muß gestehen, daß ich damit nicht gerechnet hatte. Erzählen Sie, wie haben Sie das geschafft?«

Paul berichtete von den Umständen seiner Flucht nach Wien, von dem bei Richard Schwalbe deponierten Koffer und vom Auftauchen der verloren geglaubten Listen und Dokumente in der Martin-Buber-Stiftung für deutsch-jüdische Zusammenarbeit.

»So, so«, Krumey schüttelte nachdenklich den Kopf, »dieser Schwalbe. Was für ein Zufall. Sie wissen, daß ich ihn kannte?«

Paul nickte kurz.

»Also, Herr Singer«, Krumey faltete seine Hände und legte sie auf den Tisch, »was wollen Sie? Geld?«

Paul mußte lachen. Dieser Gedanke war ihm überhaupt noch nicht gekommen. Deshalb hatte Krumey vorhin von einer »geschäftlichen Angelegenheit« gesprochen!

»Nein, ich will kein Geld«, antwortete Paul und trank einen Schluck Cognac. Beruhigt stellte er fest, daß seine Hände nicht zitterten. Auch sein Herzschlag ging normal. Er war überhaupt völlig ruhig, was ihn wunderte. »Ich möchte nur, daß die Wahrheit ans Licht kommt. Die Wahrheit über die beiden Züge. Das ist alles. Ich habe übrigens die Dokumente mitgebracht, Dokumente, die beweisen ...«

»Lassen Sie Ihre Dokumente nur stecken«, unterbrach ihn Krumey, »die interessieren mich nicht. Die Wahrheit wollen Sie? Das stimmt nicht. Ich sage Ihnen, was Sie wollen. Sie wollen Rache. Weil Ihre Frau in dem Zug nach Auschwitz saß. Ein auf den ersten Blick verständliches Motiv, ohne Frage. Aber Wahrheit? Die Wahrheit interessiert Sie nicht. Was ist denn die Wahrheit? Dreitausend Menschen waren zum Tod verurteilt. Dreitausend Menschen sind auch getötet worden. In Auschwitz. Gut, ich habe die Züge vertauschen lassen, aber dafür sind dreitausend andere Menschen letztlich nicht den für sie bestimmten Weg gegangen, haben vielleicht überlebt. Betrachten Sie diese Angelegenheit doch einmal objektiv. Selbstverständlich tut es mir leid, daß Ihre Frau in dem Zug nach Auschwitz war. Aber von diesem persönlichen Blickwinkel abgesehen, was haben Sie mir vorzuwerfen?«

»Warum haben Sie das getan?«

»Sie beantworten meine Frage mit einer Gegenfrage? Na gut. Herr Singer, wir hatten Krieg. Dreitausend Juden sollten Ungarn verlassen dürfen, nicht irgendwelche Juden. Rechtsanwälte, Parlamentarier, Industrielle, Diplomaten, Ärzte – alles Menschen mit Verbindungen, mit Beziehungen. Wären sie in Freiheit gekommen, hätten sie dem Reich immensen Schaden zufügen können. Das wollte ich verhindern, Schaden von meiner Heimat abwenden. Deshalb sind Bauern und Arbeiter, einfache Leute ohne Geld und Einfluß in Österreich oder später sonstwo gelandet. Das habe ich nicht weiter verfolgt. An meiner Stelle hätten Sie nicht anders gehandelt.«

Auf diese letzte Behauptung, die Paul schon so oft gehört hatte, daß sie ihn anwiderte, wollte er nicht eingehen. Es ist die Lieblingsausrede aller Täter, weil sie nicht wirklich zu entkräften ist.

»Diese dreitausend, von denen Sie sprechen, die nicht in Auschwitz ankamen, sondern in Wien, sie sind fast alle umgekommen. Sie hatten keine Pässe, keine Transitvisa, keine Einreisegenehmigungen, sie hatten nichts. Auf sie hat niemand gewartet. Im Gegensatz zu denen, die in Auschwitz angekommen sind, wo ihnen diese Papiere nichts nutzten. Diese dreitausend, von denen Sie sprechen, die Sie nach Wien geschickt haben, wurden nicht in Gaskammern ermordet, sondern sind in Arbeitslagern verreckt. Die anderen dreitausend, die Sie nach Auschwitz geschickt haben, die wären ins Ausland gekommen. Sie haben dreitausend Menschen auf dem Gewissen.«

»Singer, Singer, das ist reine Spekulation, damit können Sie mir nicht kommen. Damit haben Sie meine Frage noch nicht beantwortet. Was haben Sie mir noch vorzuwerfen?«

»Mitwirkung an der Vernichtung von über vierhunderttausend Juden.«

Werner Krumey lehnte sich zurück und verschränkte die Arme hinter dem Kopf. Um seinen Mund spielte ein feines Lächeln.

»1944 war ich vierundzwanzig. Ich kam mit meinem Vater nach Ungarn, mit Eichmanns Sondereinsatzkommando. Vorher hatte ich in der Poststelle des Reichssicherheitshauptamtes in Berlin gearbeitet, war ein winziges Rad in einem großen Getriebe. Und in Ungarn … ich weiß, was man uns vorwirft. Aber Sie, Herr Singer, Sie waren doch dabei, Sie waren Mitglied des Judenrates, Sie wissen doch, wie es wirklich war!«

Paul verstand überhaupt nicht, worauf Krumey hinauswollte.

»Sie schauen so irritiert«, sagte Krumey und beugte sich wieder vor. »Dann will ich Ihrem Gedächtnis auf die Sprünge helfen. Bis 1944 war die drittgrößte, im Verhältnis zur Bevölkerungszahl sogar zweitgrößte jüdische Gemeinschaft Europas, nämlich die ungarische, von Deportationen vollständig verschont geblieben. Dann besetzte die deutsche Armee Ihr Land, am 19. März, aber das wissen Sie ja. Mit der Armee kamen wir, das Sondereinsatzkommando, insgesamt hundertfünfzig Mann. Wir hatten keine Büros, keine Infrastruktur, keine Telefone, nichts. Innerhalb kürzester Zeit mußten wir einen funktionierenden Apparat aufbauen. Und das ging sehr schnell. Am achtzehnten Tag nach der Besetzung trugen alle Juden in Ungarn bereits den gelben Stern. Am neunundzwanzigsten Tag begann die Konzentration der jüdischen Bevölkerung in Ghettos. Und nur vier Wochen später begannen die Deportationen nach Auschwitz. Innerhalb von acht Wochen wurden über vierhundertdreißigtausend Juden in das Konzentrationslager gebracht. All das, was in den anderen Ländern Europas Monate, ja Jahre gedauert hatte, spielte sich in Ungarn innerhalb von Wochen ab. Und wissen Sie warum?« Krumey wartete Pauls Antwort nicht ab. »Weil wir, die hundertfünfzig Mitglieder des Kommandos, zweihunderttausend Hilfskräfte hatten. Aber das waren keine Deutschen, das war die ungarische Polizei, die Gendarmerie, die Verwaltung. Verstehen Sie? Ohne die Mitarbeit der ungarischen Bevölkerung hätten wir es nie geschafft. Selbst Eichmann war erstaunt, wie schnell, wie reibungslos, wie glatt alles lief. Wir? Nein, die Ungarn haben die Juden deportiert und Auschwitz in ein Chaos gestürzt. Hören Sie gut zu. Zwischen Juni 1940 und April 1944, also in fast vier Jahren, trafen knapp fünfhunderttausend Juden aus ganz Europa in Auschwitz ein. Und 1944 waren es vierhundertdreißigtausend in nur acht Wochen. Können Sie sich vorstellen, was das bedeutete? Die Schornsteine der überlasteten Krematorien bekamen Risse, Betriebsstörungen waren an der Tagesordnung, das Personal torkelte vor Müdigkeit, das Registrations- und Tätowierungssystem des Lagers brach zusammen. Man mußte neue, zusätzliche Gleiszufahrten bauen und eine weitere Rampe. Und nur, weil uns die Ungarn, Ihre Landsleute, so bereitwillig geholfen haben. Warum macht man also nur uns die Vorwürfe? Wir haben deutschen Befehlen gehorcht. Die ungarische Gendarmerie hätte uns nicht gehorchen müssen. Und Ihre Landsleute wußten von Anfang an Bescheid. Als Eichmann vorschlug, mit den Deportationen in der Zone zu beginnen, die der russischen Front am nächsten war, um der ganzen Aktion einen Anschein von Plausibilität zu geben und in der Bevölkerung keine Unruhe zu provozieren, wurde dieser Vorschlag von der ungarischen Verwaltung begeistert aufgenommen. Nein, Herr Singer, wenn wir schon von Schuld reden, dann müssen auch die Tatsachen auf den Tisch.«

Paul zündete sich eine Zigarette an, um einige Sekunden Zeit für seine Antwort zu gewinnen.

»Das ist eine nette Rechtfertigungstheorie, die Sie sich da zurechtgelegt haben«, begann er, »aber Sie vergessen, daß Sie es waren, die Ungarn überfallen und besetzt haben, daß wir nicht mehr souverän waren, sondern Ihre Armee das Land kontrollierte. Und außerdem ... die ungarischen Juden wurden deportiert, als Ihr Krieg längst verloren war, und Sie wußten es. Sie haben noch einmal vierhundertdreißigtausend Menschen ermordet, völlig sinnlos.«

»Es stimmt, daß wir schon fast am Boden lagen. Aber warum haben die Alliierten Auschwitz nicht einfach in Schutt und Asche gelegt? Sie hatten doch längst die Lufthoheit über Deutschland. Warum haben sie nicht eingegriffen? Sie wußten genau Bescheid. Herr Singer, Sie selbst haben doch den berühmten Bericht über Auschwitz ins Ausland geschmuggelt. Sie sehen mich so erstaunt an? Ja, wir haben das gewußt. Nur Sie wußten nicht, daß wir darüber informiert waren. Also, Sie können doch nicht bestreiten, daß die Deportationen der ungarischen Juden vor den Augen der Weltöffentlichkeit geschahen. Niemand hat sie verhindert. Das sind Fragen, die nie gestellt worden sind, Fragen, die die Sieger nie beantwortet haben. Und da wir gerade bei den Siegermächten sind … nehmen wir einmal die Amerikaner. Spätestens Ende Juni 1944 waren sowohl der amerikanische Weltflüchtlingsausschuß als auch der stellvertretende Kriegsminister John McCloy genau über den Bericht von Vrba und Wetzler informiert und auch über den Vorschlag, die Eisenbahnverbindungen nach Auschwitz zu bombardieren. Aber es geschah nichts. Und warum? McCloy stellte fest, daß eine Bombardierung nur durch beträchtliches Umdisponieren von Luftstreitkräften hätte stattfinden können. Die waren aber erforderlich für den Erfolg der Bodentruppen an der Westfront. Er wollte die eigenen militärischen Operationen nicht gefährden, den gesetzten Zeitplan einhalten. Dafür nahm er den Tod Hunderttausender in Kauf. Und ich sage Ihnen noch etwas. Rassentrennung war doch für die Amerikaner nichts Neues. Wie ging es denn den Schwarzen in dieser Zeit? Nicht anders als den Juden in Deutschland und Europa, jedenfalls vor den Deportationen. Die Amerikaner brauchten nicht einmal einen gelben Stern und komplizierte Rassengesetze. Denn Neger sind nun einmal schwarz.

Wen trifft nun die Schuld? Uns, die wir Befehlen gehorcht haben, wie es unsere Pflicht war? Oder die anderen, die die Vernichtung der ungarischen Juden hätten verhindern können, die aber uns geholfen oder ihre Hände in den Schoß gelegt haben. Das, lieber Herr Singer, ist die Wahrheit, ob sie Ihnen paßt oder nicht.«

Werner Krumey ließ Paul keine Zeit zu einer Antwort und stand unvermittelt auf.

»Ich habe uns eine Kleinigkeit zu essen vorbereitet. Warten Sie, ich bin gleich wieder da. Dann können wir unser Gespräch weiterführen.«

Paul saß fassungslos in seinem Lederstuhl. Was konnte er darauf antworten?

Während Christine mit Professor Helmich weiter über Träume und ihre Bedeutungen fachsimpelte, sah Konrad eine blonde Frau auf sich zukommen, die die Blicke aller Anwesenden auf sich zog. Sie trug ein langes, schwarzes, hochgeschlitztes Abendkleid mit Spaghettiträgern, eine auffällige Korallenkette und Handschuhe, die fast bis zu den Ellenbogen reichten.

»Guten Abend«, sagte sie, nachdem sie den Tisch erreicht hatte. Sie beachtete die anderen nicht und schaute Konrad direkt in die Augen: »Muller ... Petra Muller. Freut mich, unser Wiedersehen.«

Dann fischte sie sich eine Zigarette aus ihrer kleinen Handtasche und hielt die rechte Hand mit der Zigarette auffordernd vor ihren Mund. Konrad kramte eine Schachtel Streichhölzer hervor und gab ihr Feuer. Dabei bemerkte er, daß sie dezent, aber sorgfältig geschminkt war.

»Entschuldigen Sie, aber ...«

»Konrad, nun bin ich aber enttäuscht«, unterbrach sie ihn, »so ein schlechtes Gedächtnis?«

Professor Helmich musterte die attraktive Frau mit deutlichem Wohlgefallen, während Christines Augen eine Spur schmaler wurden.

»Es ist bestimmt unverzeihlich«, erwiderte er, »aber ich kann mich im Moment beim besten Willen nicht erinnern. Bitte seien Sie mir behilflich.«

Sie schaute auf ihre winzige Armbanduhr, die sie über dem Handschuh trug.

»Vor fast genau zwei Stunden hast du dich noch bei mir sehr nett bedankt, aus gutem Grund.« Sie lächelte Christine verschwörerisch zu. ›Diese Männer!‹ signalisierte ein

Blick von Frau zu Frau, den Christine nur mit Mühe erwiderte.

Konrad konnte es nicht fassen. Sie hatte ihre Haare jetzt hochgesteckt und war kaum wiederzuerkennen.

»Entschuldigung. Diese Verwandlung ist ... verblüffend. Warum hast du mir vorhin nicht gesagt, daß du auch eingeladen bist?«

»Ich habe keine Einladung«, lachte sie und zog den Rauch der Zigarette tief ein.

»Aber, wie bist du denn hereingekommen?«

»Du hast mir doch deinen Namen verraten«, antwortete sie.

Er schaute sie verwundert an. Auch Helmich hatte nur noch Augen für diese fremde Frau und schien Christine vergessen zu haben.

»Na, ich habe mich einfach als deine verspätete Begleitung ausgegeben.«

Christine wurde wütend. Diese Unbekannte war ungefragt an den Tisch gekommen und hatte nun das Gespräch völlig an sich gerissen.

»Das kann nicht sein, ich hatte mich allein angemeldet, meine Frau ist gar nicht in Berlin.«

»Nun sei doch nicht so phantasielos«, sagte sie mit einem Anflug von Ungeduld in der Stimme, »ich habe mich bei dem Herrn vom Empfang ein wenig über dich aufgeregt, weil du wieder einmal vergessen hattest, mich auch anzumelden. Das wäre schon öfter passiert ... Ich hoffe, du bist mir deswegen nicht böse?« Sie wartete seine Antwort nicht ab. »Tanzen wir?«

Sie nahm seine linke Hand. Er entschuldigte sich ein wenig linkisch bei Christine.

»Keine Ursache, viel Vergnügen«, sagte sie schnippisch,

Die Band spielte gerade »Yesterday«, als sie die Tanzfläche erreichten. Petra Muller legte ihren rechten Arm um seine Schultern, und er umfaßte zögernd ihre schlanke Taille, etwas Distanz haltend. Er mußte daran denken, daß viele Gäste ihn und seine Frau Martina kannten, und er fand Petra Mullers Art zu tanzen ein wenig kompromittierend.

»Tanzt du immer so ... zurückhaltend?« fragte sie.

»Ich bin verheiratet«, antwortete er ein wenig hilflos und ärgerte sich sofort über diese irgendwie unpassende und vermutlich nicht mehr relevante Bemerkung.

»Ich auch«, flüsterte sie ihm ins Ohr und gab ihm einen Kuß auf die Wange.

Aus den Augenwinkeln bemerkte Konrad, daß ein paar Bekannte aufmerksam geworden waren. Christine warf dem Paar einen giftigen Blick zu, machte auf dem Absatz kehrt und verschwand. Ihm wurde heiß. Er durfte nicht vergessen, gleich nach dem Tanz die Lippenstiftspuren von seiner Wange zu entfernen, die der Kuß bestimmt hinterlassen hatte. Glücklicherweise begann die Band nach »Yesterday« mit einem schnellen Musiktitel.

»Wollen wir etwas trinken?« fragte er, nachdem sie sich voneinander gelöst hatten.

»Du tanzt nicht gern«, stellte sie fest und bat ihn, ihr ein Glas Sekt zu bringen. Sie ging zurück zu dem Stehtisch, wo noch ihre Handtasche lag. Konrad machte sich sofort auf den Weg zu den Toiletten, wo er das Lippenrot abwischte. Dann besorgte er ein Glas Sekt und für sich einen Rotwein. ›Mein zweites Glas, danach fahre ich nach Hause, allein, ganz bestimmt allein.‹

Als Konrad an den Stehtisch zurückkehrte, plauderte Petra Muller mit dem Professor. Als Konrad sein Glas ausgetrunken hatte, schaute Petra Muller ihn aufmunternd an.

»Soll ich dich nach Hause fahren?« fragte sie.

»Nicht nötig«, antwortete er freundlich, »ich werde mir ein Taxi nehmen. Vielen Dank.«

»Na dann ...«, sagte sie nur, nahm ihre Handtasche, trank ihr Glas in einem Zug aus und ließ die beiden stehen.

›Wir sind noch lange nicht fertig miteinander‹, dachte sie, während sie mit einem Taxi zu ihrem Wohnmobil fuhr.

Nathan und Fox setzten die Nachtsichtgläser auf.

»Holen wir ihn uns«, sagte Fox.

»Ja«, antwortete Nathan und fragte Chaim, der seine Kopfhörer abgenommen hatte, ob Krumeys Sohn immer noch auf seinem Zimmer sei.

»Jedenfalls läuft der Fernseher«, antwortete Chaim, »und ansonsten ist im ganzen Haus nichts von ihm zu hören.«

»Gut, gehen wir.« Er schaltete sein Headset an. »Aktion Rehfänger läuft ... drei ... zwei ... eins ... los.«

Jakob öffnete Nathan und Fox die Tür. Niemand war auf der Straße. Sie huschten in wenigen Sekunden unbemerkt zur Mauer und waren kurz darauf hinter ihr verschwunden. Mit ihnen hatten sich zwei weitere Teams zu je zwei Personen auf den Weg gemacht. Sie sollten sich hinter Nathan und Fox postieren und den Vordereingang sichern.

Als Nathan und Fox die Terrasse erreichten, hockten die beiden Agenten schon davor. Sie nickten sich kurz zu, dann schlichen Nathan und Fox auf die Terrasse. Die Tür zum Arbeitszimmer stand etwas offen, und das Licht der Deckenlampe warf helle Streifen nach draußen. Hinter den Terrakottakübeln mit den Pflanzen war es dunkel. Dort versteckten sie sich. Krumey saß an seinem Schreibtisch und kehrte ihnen den Rücken zu. Sie hörten die Stimmen der beiden undeutlich, stellten ihre Headsets wieder an und folgten dem Gespräch.

»Sie haben ja gar nichts gegessen«, stellte Krumey bedauernd fest. »Dabei schmecken die Shrimps so gut.«

»Wenn ich Sie vorhin richtig verstanden habe, dann sind Sie der Meinung, daß die Deutschen unter Hitler keine Schuld auf sich geladen haben.«

»O nein«, Krumey hob die rechte Hand und schüttelte sie mit erhobenem Zeigefinger hin und her, »da haben Sie mich gänzlich mißverstanden. Deutschland hat Schuld auf sich geladen, mehr noch, Deutschland hat total versagt.«

»Wie meinen Sie das?« fragte Paul irritiert, denn Krumey hatte bei seiner letzten Bemerkung verschmitzt gelächelt.

»Nun, Deutschland hat den Krieg verloren, seine damalige Führungsschicht ist getötet worden oder hat sich selbst umgebracht, große Teile des Deutschen Reiches sind annektiert, das Judenproblem ist immer noch nicht gelöst. Wissen Sie, viele haben damals versagt, wollten nur noch schnell ihre Haut retten, haben ihre Ideale weggeworfen wie einen alten Hut.«

»Und Sie? Sie sind doch auch unter falschem Namen untergetaucht und haben Ihre Haut gerettet.«

Krumey stand auf, nahm das Tablett und trug es wortlos in die Küche. Als er wieder zurückkam, brachte er eine Schale Erdbeeren mit.

»Persönlich habe ich nichts gegen Juden«, begann er, nachdem er sich gesetzt hatte. »Ich meine, ich habe in den letzten Jahrzehnten einige kennengelernt, und als Individuen waren sie mir manchmal sogar sympathisch. Nur sollten sie nicht in der Gemeinschaft mit anderen Völkern leben, in Ländern, wo sie nicht hingehören, wo sie ... eine eher zersetzende Wirkung haben, verstehen Sie?«

»Ich verstehe«, sagte Paul, »wir sind die Hautkrankheit der Erde.«

Krumey stutzte.

»Nun, ich habe es noch nie in diesem Bild gesehen. Aber wenn ich recht überlege, trifft es ziemlich genau, was ich meine.«

Paul lehnte sich zurück und beobachtete Krumey aufmerksam. War der alte, erdbeerfressende Mann irre? Spielte er ihm etwas vor? Oder glaubte er den Unsinn immer noch? Am Ende des 20. Jahrhunderts?

»Sie haben meine Frage noch nicht beantwortet. Was war damals mit Ihnen? Haben Sie auf dem Weg in dieses schöne Haus Ihre Ideale nicht auch weggeworfen wie hinderliches Gepäck?«

Krumeys Augen blitzten wütend auf, aber er antwortete ruhig.

»Schauen Sie sich dieses Deutschland an, ich meine das Deutschland von heute. Ein besiegtes Land. Ein zu kleines Land mit einer in seiner Mehrheit vollgefressenen Bevölkerung ohne Ideale. Mit einer staatlichen Verfassung, die ihm aufgezwungen wurde ...«

»Sie meinen die Demokratie?«

»Demokratie!« Krumey preßte das Wort verächtlich heraus. »Ein System der Schwäche, ohne verbindliche Werte. Die Herrschaft der Mittelmäßigkeit. Aber heute gibt es sie wieder, junge Leute, die begriffen haben, daß wir damals auf dem richtigen Weg waren. Die sich keine Schuldgefühle einreden lassen ...«

»Ich habe diesen Mob vor ein paar Tagen durchs Brandenburger Tot marschieren sehen«, warf Paul ein.

»Ja«, Krumey ließ sich durch Pauls Bemerkung nicht aus der Ruhe bringen, »das war ein großer Tag für die Bewegung, ein kleiner Neubeginn. Aber um Ihre Frage nun zu beantworten. Genau deshalb bin ich gemeinsam mit vielen Kameraden untergetaucht. Nicht um meine Haut zu retten, sondern um am Aufbau dieser Bewegung mitzuarbeiten, im Hintergrund, unverdächtig und unerkannt. Unsere jungen Kameraden sind zwar nur Schlägertrupps, aber so ist Hitler damals auch an die Macht gekommen.«

»Sie himmeln Hitler noch immer an?« fragte Paul.

»Ich habe Hitler noch nie angehimmelt«, entgegnete Krumey beleidigt, »Hitler war ein starker Führer. Aber er hat zu viele Fehler gemacht, hat sich blenden lassen von seiner Macht und auf zu viele Idioten gehört. Aber lassen wir dieses Thema. Es ist nicht sehr ergiebig. Ich möchte noch auf einen anderen Punkt unseres interessanten Gespräches kommen. Einen Gesichtspunkt, der unsere Unterhaltung vermutlich beenden wird. Sie werfen mir vor, am Tod Hunderttausender mitschuldig zu sein. Haben Sie einmal an die Rolle gedacht, die Sie persönlich gespielt haben? Sie waren Mitglied des Judenrates. Sie haben unsere Anweisungen umgesetzt. Wer hat uns denn dabei geholfen, ein Zentralorgan der ungarischen Juden zu schaffen, um die Juden zu ghettoisieren? Wer hat unsere Büros eingerichtet, die Juden beruhigt und uns die Informationen beschafft, die wir brauchten, um die Deportationen zu organisieren? Ich könnte hier noch viele andere Fragen stellen. Aber sie alle münden zwangsläufig in eine Antwort: Sie waren es, der Zentrale Judenrat und andere Gruppierungen, auch Ihr zionistischer Hilfsverein, der ›Vaadat Ezra v'Hazalah‹. Übrigens, Sie glauben heute vermutlich immer noch, daß die Aktivitäten von euch Zionisten im verborgenen geschahen. Mein Gott, Herr Singer, diese nette kleine Druckmaschine, die Sie im Sommer 1943 gekauft haben, die haben wir Ihnen zugespielt, durch unseren Auslandsgeheimdienst.«

Paul schüttelte den Kopf. Das konnte nicht sein! Schließlich hatte sein Schwager den Ankauf der Maschine eingefädelt.

»Sie brauchen nicht den Kopf zu schütteln, der Bruder Ihrer Frau hat für uns gearbeitet. Nicht freiwillig, wir mußten ihn gehörig unter Druck setzen. Aber wir haben es geschafft. So waren wir jederzeit über euch informiert. Aber das nur als Randbemerkung. Kommen wir zurück zu unserem Thema. Ohne den Judenrat und Ihren Verein hätte diese gigantische Operation, eine auch aus heutiger Sicht logistische Meisterleistung, überhaupt nicht durchgeführt werden können. Und Sie werden sich vielleicht daran erinnern, daß man es auch in Israel so gesehen hat. Denken Sie nur an den Prozeß gegen Grünwald in Jerusalem, 1954. Grünwald hatte einem Mitglied Ihres Vereins vorgeworfen, die Deportation Hunderttausender in Kauf genommen zu haben, um im Gegenzug einige Verwandte und Freunde freizubekommen. Als Grünwald daraufhin ein Prozeß wegen Verleumdung gemacht wurde, endete der in einem Freispruch. Und wissen Sie, was der Richter in seiner Urteilsbegründung gesagt hat? Ich habe diesen Satz auswendig gelernt, weil er so bemerkenswert ist: ›Der Zeuge‹, Herr Singer, die Rede ist von einem Mitglied des ›Vaadat Ezra v'Hazalah‹, ›der Zeuge hat seine Seele dem Satan verkauft, als er mit dem Feind die Vereinbarung getroffen hat, eine relativ kleine Gruppe zu retten. Dadurch hat er indirekt zur Ausrottung von sechshunderttausend ungarischen Juden beigetragen.‹ Dieses Urteil wurde zwar später wieder aufgehoben, was meiner Meinung nach ein Fehler war, aber immerhin. Sie selbst, Paul Singer, waren als Mitglied des Judenrates und als Schatzmeister des Vaadat Ezra v'Hazalah mitschuldig an den Deportationen. Das ist es, was ich Ihnen heute sagen wollte.«

Krumey lehnte sich lächelnd zurück.

Paul saß sprachlos auf seinem Stuhl. Er kannte diese Vorgänge, diese ungeheuerlichen Verleumdungen, die einzig und allein aus innenpolitischen Gründen erhoben worden waren. Das wußte Krumey bestimmt auch. Aber in seinem Gedankengebäude wurden sie einfach nicht berücksichtigt. Für Krumey zählte nur dieses unsägliche Urteil der ersten Instanz. Und seine gerichtliche Rehabilitierung, den Freispruch in der zweiten Instanz, hatte Leopold Csobádi nicht mehr erlebt. Kurz davor wurde er vor seiner Wohnung in Tel Aviv von einem empörten Israeli erschossen.

Paul schloß die Augen, und aus einer verschwundenen Welt tauchte Evas Gesicht vor ihm auf. Er sah ihr Entsetzen, hörte ihre Warnungen vor einer Zusammenarbeit mit den Deutschen. Sie hatte nicht nur in allem recht behalten, schlimmer noch, Krumey, der Eva in den Tod geschickt hatte, wagte es, sich Evas Vorwürfe anzueignen, stellte sich mit ihr auf eine Stufe! Onkel Ernö, er und der ganze Judenrat hatten nicht auf Eva gehört. Und nun erdreistete sich Krumey, ihm ihre Argumente vorzutragen, er, der Täter! Paul spürte eine rasende Wut in sich aufsteigen, die von Sekunde zu Sekunde wuchs. Er hatte sich weiß Gott Krumeys ganzen Unsinn angehört. Doch mit seinen letzten Worten hatte der alte Nazi ein Tabu berührt und damit selbst die einzig mögliche Antwort provoziert. Ohne nachzudenken, zog Paul seinen Revolver aus der Tasche.

»Was soll das?« fragte Krumey, ohne aus der Fassung zu geraten. Paul bemerkte nicht, daß er einen Knopf unter der Tischplatte drückte. »Sind das Ihre Argumente? Mein lieber Herr Singer, ich glaube, ich habe Sie überschätzt, oder überfordert.«

Pauls Herz schlug so heftig, das Blut raste so schnell durch seine Adern, daß er Angst bekam, gleich ohnmächtig zu werden. Er hörte Krumeys Sohn nicht, der sich vorsichtig näherte. Als Paul endlich ein Geräusch hinter sich hörte, war es zu spät. Krumeys Sohn riß ihn auf den Stuhl zurück und entwand ihm den Revolver, ohne daß ein Schuß fiel. In diesem winzigen Augenblick veränderten sich Krumeys Gesichtszüge, fiel die verbindliche Freundlichkeit von ihm ab.

»Darf ich Ihnen meinen Sohn Hans vorstellen?«

Paul drehte sich um. Hans Krumey war ein paar Schritte zurückgetreten und lehnte mit dem Rücken an der Tür, die er geschlossen hatte, und schaute Paul finster an. In seiner rechten Hand hielt er Pauls Revolver.

Eine Viertelstunde nach Petra Mullers abruptem Abgang winkte sich Konrad Unter den Linden ein Taxi. Es war erst kurz nach halb elf. Big und Ben folgten ihm unauffällig. Er freute sich auf seine Wohnung, etwas Musik und ein letztes Glas Wein. Konrad ließ das Taxi am Kurfürstendamm halten und lief die paar Minuten zu Fuß. Es hatte aufgehört zu regnen, die Luft war angenehm frisch. Als er die Wohnungstür aufgeschlossen hatte, sah er, daß im Wohnzimmer Licht brannte. Das verwirrte ihn, denn er war sich sicher, es ausgeschaltet zu haben.

»Martina«, rief er fragend, »Martina, bist du da?« Er betrat das Wohnzimmer.

»Willst du nicht ablegen?« lachte ihn Petra Muller an. Sie saß auf dem breiten Ledersofa und hatte ein Glas Rotwein in der Hand. »Ich habe mir erlaubt, mich schon zu bedienen.« Endlich fand Konrad die Sprache wieder. »Wie bist du hier hereingekommen?« fragte er mit einem Zittern in der Stimme.

»Durch die Tür«, antwortete sie leichthin und schaute sich im Wohnzimmer prüfend um. »Du solltest deine Wohnung besser sichern. Darf ich dir ein Glas eingießen? Der Bordeaux ist ausgezeichnet … und exakt temperiert.«

»Hör mal«, Konrad fuhr sich mit der linken Hand mehrmals über die Stirn, »ich verstehe einfach nicht, ich meine, was willst du hier?«

»Nun leg doch erst mal deinen Mantel ab, setz dich zu mir und trink etwas.« Sie goß Wein in das für ihn bereitstehende Glas ein. Konrad ging in den Flur, hängte seinen Mantel auf und ärgerte sich darüber, daß er ihren Anweisungen folgte. Dann kehrte er ins Wohnzimmer zurück, blieb unschlüssig stehen und ging dann zu seiner Musikanlage. Er wählte eine CD mit barocker Flötenmusik aus. Erst dann setzte er sich ihr gegenüber hin, griff nach dem Glas und trank einen Schluck Rotwein.

»Pergolesi«, stellte sie fest, »du hast einen guten Geschmack.«

»Ich kenne das Stück überhaupt nicht, ich meine, ich könnte den Namen des Komponisten nicht nennen.«

»Giovanni Battista Pergolesi«, sagte sie. »Hat auch Opern komponiert. Ich habe Musik studiert.«

»So«, sagte er nur. Dann schwiegen sie. Er schloß die Augen und versuchte sich zu sammeln. Sie nestelte inzwischen unbefangen an ihrem Haar herum, und als er sie wieder anschaute, trug sie es offen.

»Also«, begann er und bemühte sich, seine Stimme ruhig klingen zu lassen, »ich sitze dir jetzt ganz entspannt gegenüber, wir trinken Rotwein und hören Musik. Kannst du mir nun bitte erklären, woher du meine Adresse hast, wie du hereingekommen bist und was du eigentlich von mir willst?«

»So viele Fragen?« Sie schüttelte belustigt den Kopf. »In deine Wohnung kommt jeder leicht herein.«

»Wie?« beharrte er.

»Mein Gott, das kannst du doch in jedem Kriminalroman nachlesen.«

»Und meine Adresse?« fragte er.

»Steht im Telefonbuch«, antwortete sie gelangweilt.

»Und was willst du nun?«

»Gefalle ich dir nicht?« Sie schlug die Beine übereinander und rückte ein wenig zur Seite. Das hochgeschlitzte Kleid gab den Blick auf ihre langen, schlanken Beine bis zum Oberschenkel frei.

»Was willst du ... mit mir schlafen?« fragte er.

»Warum nicht?«

»Wir kennen uns doch überhaupt nicht, sind uns gerade zum ersten Mal begegnet ...«

»Wir sind uns heute schon dreimal begegnet, erinnerst du dich nicht?«

Er sah sie fragend an.

»Na, im Auto, dann auf dem Fest und jetzt hier.«

Sie klopfte rhythmisch mit den Fingerknöcheln ihrer rechten Hand auf die Sofalehne.

In Konrad verfestigte sich der Eindruck, es mit einer Irren zu tun zu haben.

»Das ist doch ... verrückt«, lachte Konrad. Er hatte genug. »Du gehst jetzt besser.« Dann wurde er etwas lauter. »Verdammt, warum duze ich Sie eigentlich, dafür gibt es überhaupt keinen Grund.«

»Ich ziehe es vor, noch ein wenig zu bleiben. Es gefällt mir bei dir.«

»Wie Sie meinen«, sagte er, stand auf und ging in sein Arbeitszimmer. Er beschloß, Stefan anzurufen, selbst wenn er sich damit lächerlich machen würde. Es würde ihm schon helfen, wenn Stefan einen Stock tiefer auf den Flur kam!

Als er den Telefonhörer in die Hand nahm, hörte er ein Geräusch hinter sich. Petra Muller stand im Türrahmen.

»Willst du die Polizei rufen?« fragte sie spöttisch.

Mehr als ihre Gegenwart irritierte ihn, daß er kein Freizeichen hörte. Er drückte mehrmals auf die Gabel. Nichts. Tot. Er ging zum Verteiler und sah, daß das Hauptkabel durchgetrennt war. »Sind Sie wahnsinnig!?« brüllte er Petra Muller fassungslos an.

Big und Ben saßen in ihrem Wagen in der Uhlandstraße und richteten sich auf eine lange Nacht ein.

»Hast du irgendeine Idee, warum wir Konrad beobachten sollen?«

Big schüttelte unwillig den Kopf. Irgend etwas stimmte nicht, das spürte er genau, aber er kam nicht dahinter, was ihn so beunruhigte.

»Ich meine, wir sind jetzt schon sechs Tage in Berlin, und nichts geschieht. Nathan hat Konrad überprüft. Der Mann ist völlig harmlos.«

»Sagt Nathan«, warf Big ein, »weißt du, ob stimmt, was Nathan uns sagt? Weißt du, warum Nathan mit seinen Leuten immer noch in Berlin hockt? Weißt du, warum Verstärkung aus Israel gekommen ist?«

Ben zuckte mit den Schultern und schwieg.

»Na also. Da wird etwas gekocht, und wir sollen nicht mitessen. Das ist es, was mich ärgert. Da wir schon vom Essen reden. Ich habe Hunger und hole jetzt einen Hamburger. Soll ich dir einen mitbringen?«

»Laß mich mit deinen Hamburgern in Ruhe«, knurrte Ben, dessen Laune unter der Ereignislosigkeit der letzten Tage gelitten hatte.

»Bitte, dann eben nicht. Bin gleich wieder da.«

Die Straßen waren schon wieder trocken, und eine laue

Luft hatte trotz der späten Stunde viele Menschen auf den Kurfürstendamm gelockt. Big bummelte langsam in Richtung Knesebeckstraße. Er schaute sich auf dem Weg ein paar Schaufenster an und sah in einem Schuhgeschäft Turnschuhe aus Schlangenleder, vermutlich ein Imitat, aber die Schuhe gefielen ihm. Er beschloß, sich am Montag zu erkundigen, ob sie in seiner Größe vorhanden waren. Größe 54 hatten nur wenige Schuhgeschäfte am Lager.

Wenn es in diesem Moment an der Ecke Knesebeckstraße nicht den kleinen Unfall gegeben hätte, eine Karambolage mit geringem Sachschaden, hätte Big bestimmt nicht auf die andere Straßenseite und den Mittelstreifen geschaut. Und hätte dort auch nicht das Wohnmobil gesehen. Wenn es ein Auto gab, das nicht hierhergehörte, dann war es dieses rote Wohnmobil. Und plötzlich fiel ihm auch ein, was seine Beunruhigung ausgelöst hatte. Das Licht in Konrads Wohnung hatte schon gebrannt, noch bevor Konrad wieder in seine Wohnung zurückgekehrt war.

»Scheiße«, rief Big aus und achtete nicht auf die Menschen um ihn herum, die ihn erschrocken, erstaunt oder belustigt anschauten. Er machte kehrt und riß sein Handy aus der Tasche.

»Keine Zeit für lange Erklärungen«, bellte er Ben an. »Du mußt sofort zu Konrad, jemand ist in seiner Wohnung, jemand, der da nicht hingehört. Warte nicht auf mich. Ich komme.«

Dann beschleunigte er seinen massigen Körper.

Ben steckte sein Handy wieder ein. Er kannte Big lange genug, um jetzt keine unnötigen Fragen zu stellen. Er öffnete das Handschuhfach, nahm die Pistole und den Schalldämpfer heraus und eilte zur Haustür. Sie hatte ein normales Sicherheitsschloß, das er schnell öffnen konnte. Er drückte den Fahrstuhlknopf zum vierten Stock. Im Fahrstuhl schraubte er den Schalldämpfer auf die Pistole. Das letzte Stockwerk mußte er zu Fuß gehen.

Petra Muller zuckte nach Konrads Wutausbruch nur mit den Schultern, drehte sich um und ließ ihn im Arbeitszimmer stehen. Er hörte sie in der Küche hantieren. Dann klapperten ihre Absätze wieder auf dem Wohnzimmerparkett. Er mußte ein paarmal tief durchatmen. Schließlich kehrte auch er ins Wohnzimmer zurück. Sie saß auf dem Sofa, mit dem Rücken zu ihm. Auf dem Tisch stand eine geöffnete Flasche Bordeaux.

Sie drehte sich zu ihm um. »Laß uns noch diese eine Flasche Wein trinken, dann gehe ich. Musik von Händel wäre jetzt schön.«

Konrad legte Händels Wassermusik auf. Ihre Gläser waren noch fast halbvoll.

»Gieß ruhig schon nach«, bat sie.

Er tat ihr den Gefallen und setzte sich wieder.

»Und was nun?« fragte er.

»Nichts«, antwortete sie. »Wir trinken den Wein aus, hören die Musik zu Ende, und dann gehe ich. Ich suche mir einen Parkplatz und schlafe allein in meinem Wohnmobil. Kennst du einen ruhigen Parkplatz hier in der Nähe?«

»Nein, ich fahre nicht Auto. Keine Ahnung.«

»Schade. Na, vielleicht fahre ich auch weiter.«

»Wohin?« fragte er, nur um etwas zu sagen.

»An die Ostsee, oder ins Oderbruch. Mal sehen. Ich bin übrigens vor fast drei Wochen in München losgefahren ...«

Sie tranken, und Konrad spürte, während sie von ihren Fahrten erzählte, wie der Wein ihn besänftigte und wie er immer ruhiger wurde, eine wohlige Wärme sich in ihm ausbreitete. ›Das muß ich Martina erzählen‹, ging es ihm durch den Kopf, ›so etwas Verrücktes habe ich noch nie erlebt. Alles muß ich Martina erzählen, auch die Sache mit Christine. Und erst recht von Paul!‹ Er hielt sein Weinglas in der rechten Hand, die auf der Sessellehne ruhte. Als er das Glas abstellen wollte, glitt es ihm aus der Hand und zersprang auf dem Tisch.

Wie unbeteiligt betrachtete er das Malheur. Der Rotwein ergoß sich über den Tisch, floß zwischen der schwarzen Holzplatte und dem blitzenden Chromgestell auf den hellen Teppich aus China. Er versuchte sich aufzurichten, aber irgend etwas hielt ihn in seinem Sessel fest. Plötzlich konnte er nicht einmal seinen Arm heben. Er sah zu Petra Muller. Sie schaute ihn aufmerksam an. ›Sie lächelt so merkwürdig‹, dachte er. ›Und ihre Augen sind so gespannt.‹

Sie stand auf, holte eine kleine Pistole aus ihrer Handtasche und schaltete den Fernseher an. Dann ging sie in Konrads Arbeitszimmer. Er hörte, wie sie Schubladen und Schränke öffnete.

›Was ist los?‹ dachte er. ›Soviel Wein habe ich doch gar nicht getrunken? War es diese verdammte Petra Muller? Hat sie ein Betäubungsmittel ins Glas getan? Und was sucht sie nebenan?‹

Dann erklang die vertraute Melodie der Tagesthemen. Konrad hatte große Mühe, seinen Kopf nach rechts zu drehen.

Zunächst konnte Konrad den Nachrichten noch gut folgen. Dann fielen ihm die Augen zu. Auch die Worte entglitten langsam seiner Wahrnehmung. Er wäre wohl eingeschlafen, wenn sie nicht plötzlich wieder ins Zimmer gekommen wäre. Er wollte fragen, was sie suche, aber er bekam den Mund nicht mehr auf, konnte seine Augen kaum offenhalten. Er sah, wie sie das Sideboard öffnete.

»Das sieht interessant aus«, hörte er sie sagen. Sie zerrte Pauls Koffer aus dem kleinen Schrank und stellte ihn auf dem Tisch ab. Dann legte sie die Pistole daneben und ließ die Schlösser aufschnappen. Als sie begann, den Inhalt des Koffers zu inspizieren, fielen Konrad die Augen zu. ›Das ist ein Traum‹, dachte er, ›jetzt habe ich es. Das ist seit langer Zeit wieder ein Alptraum. Schon öfter habe ich im Traum gedacht, daß ich träume, und dann bin ich aufgewacht, aber auch das Aufwachen habe ich geträumt. Ich blieb im Traum gefangen. Aber gleich werde ich wirklich aufwachen.‹ Dachte er.

›Verdammt‹, dachte Nathan, als er sah, wie Krumeys Sohn Paul überrumpelte und nun mit der Waffe in der Hand an der Tür zum Arbeitszimmer lehnte. ›Wir hätten doch eher zugreifen sollen.‹ Doch er war zu professionell, um sich von einer Überraschung verunsichern zu lassen. Noch einen Fehler durften sie sich allerdings nicht erlauben. Fox blickte ihn fragend an und zog ein Metallrohr mit einem kleinen Griff aus der Tasche, eine Präzisionswaffe aus einer Spezialfabrik in Tel Aviv. Nathan überlegte. Er wollte die Krumeys lebend. Alles war vorbereitet, das Haus in Holland, wohin sie die beiden bringen wollten, der Wagen, mit dem sie transportiert werden sollten. Die Verhörspezialisten warteten bereits. Jetzt sah es leider so aus, als würde der Plan durcheinandergeraten. Vor allem durfte Paul Singer nichts geschehen.

Fox schaute immer noch zu Nathan. Er wollte wissen, ob er im Notfall einen oder beide Krumeys erschießen sollte. ›Wenn man nicht auf diesen Paul Singer Rücksicht nehmen müßte‹, dachte Nathan wütend. ›Sollen sie ihn doch umbringen, und wir greifen zu, wenn sie schlafen!‹ Aber wie könnte er das dem General beibringen? Trotzdem. Er mußte Krumey lebend haben, jedenfalls den alten. Er war der Tür zu nahe, um mit seinen Leuten über das Headset zu reden, konnte sich jetzt aber auch nicht zurückziehen. Es bestand die Gefahr, daß Krumey ihn bemerken würde. Oder die Situation könnte genau in diesem Moment eskalieren. Er mußte eine Entscheidung treffen. Mit Fox konnte er sich nur durch Handzeichen verständigen, eine sehr vage Art der Kommunikation. Fox tippte auf seine Waffe. Er wartete auf Nathans Entscheidung. ›Egal, wie ich mich entscheide‹, dachte Nathan, ›es wird mindestens einen Toten geben.‹

Ben legte sein Ohr an die Wohnungstür, konnte aber nichts hören. Dann schaute er sich das Schloß an, suchte an seinem Schlüsselbund den richtigen Rohling und öffnete behutsam die Tür. Er ließ sie für Big angelehnt. Aus einem Zimmer fiel Licht durch die halboffene Tür. Eine Frauenstimme war leise zu hören. Ben nahm die Waffe in die rechte Hand und schlich vorsichtig zur Tür. Kurz bevor er sie erreichte, wurde ihm klar, daß der Fernseher lief. Er entsicherte die Pistole. Ein Stuhl wurde geschoben, es klang, als würde jemand aufstehen. Er schaute noch einmal zurück. Hinter ihm war es ruhig. Im Hausflur brannte kein Licht. Er holte tief Luft, hielt seine rechte Hand mit der Waffe in Gesichtshöhe und schaute ins Zimmer.

Petra Muller hatte den Koffer durchsucht und alle Dokumente fotografiert. Sie verstaute den Koffer wieder im Sideboard, ging zum Tisch zurück, nahm ihre Pistole und ging auf Konrad zu. Sie hob sein Augenlid an und stellte fest, daß er fest schlief. In diesem Moment hörte sie ein Geräusch. Irritiert schaute sie zur Seite und sah einen fremden Mann, der plötzlich in der Tür stand. Sie sah, wie er seinen rechten Arm ausstreckte, als wolle er auf sie zeigen. Sie sah auch noch, daß er eine Waffe in der Hand hielt. Sie riß ihre Pistole hoch, dann wurde sie von einem gewaltiger Schlag nach hinten geworfen.

Stefan prostete zufrieden seinem Manuskript zu, das er noch einmal ausgedruckt hatte. Sein Werk über den Tempel von Edfu war bis auf die Einleitung abgeschlossen. Die würde er morgen schreiben, in seinem Kopf war sie schon fertig. Er strich mit den Händen über die Seiten, die vom Ausdruck noch warm waren.

Plötzlich krachte in Konrads Wohnzimmer, direkt über ihm, etwas auf den Boden. Beunruhigt wählte Stefan Konrads Nummer. Niemand nahm ab. Stefan rollte zur Wohnungstür und öffnete sie. Er konnte nichts hören. Dann ging das Flurlicht an. Vom Erdgeschoß aus setzte sich der

Fahrstuhl in Bewegung. Zu Stefans Verwunderung hielt der Fahrstuhl in seinem Stockwerk. ›Merkwürdig‹, dachte er, denn er erwartete keinen Besuch, und sein Nachbar war verreist. Und wer sollte jetzt noch zu Konrad wollen? Ein riesiger Mensch trat heraus, der Stefan genauso überrascht anschaute wie Stefan ihn.

»Da oben stimmt etwas nicht, ich meine in der Wohnung meines Freundes über mir. Könnten Sie mal klingeln?«

Der dicke Mann nickte, schaute auf Stefans Namensschild an der Tür, »Professor Dr. Stefan Brandt«, und schlich die Treppe hoch. Konrads Wohnungstür war angelehnt, Big nahm seine Waffe aus der Tasche und bewegte sich geräuschlos durch den Flur. Er hörte aus dem erleuchteten Zimmer ein klatschendes Geräusch, dann Ben. »Aufwachen, Mensch, nun werden Sie doch endlich wach.«

Im Wohnzimmer sah er sofort die Katastrophe. Auf dem Boden lag eine blonde Frau rücklings ausgestreckt. Von ihrer Stirn war allerdings nicht mehr viel übrig. Das Blut war bis an die Wand gespritzt. Ben hockte vor einem Sessel, in dem Konrad saß.

»Hast du die Tür zugemacht?«

»Klar«, antwortete Big, »was ist passiert?«

Ben setzte ihn kurz ins Bild.

»Und wer ist sie?« fragte Big.

»Keine Ahnung. Schau doch mal nach.« Ben zeigte auf ihre Handtasche.

»Und Konrad?«

»Den müssen wir erst mal zum Leben erwecken. Ist wahrscheinlich von dieser Drachenlady betäubt worden.«

»Scheiße«, sagte Big unvermittelt, »mich hat ein Stock tiefer ein Rollstuhlprofessor angesprochen. Scheint ein Freund von Konrad zu sein. Hat gesagt, hier oben stimme was nicht.«

»Ein sehr kluger Professor.«

»Unsinn. Ich muß mit ihm reden. Der ruft sonst glatt

die Bullen an. Ich glaube nicht, daß Paulus darüber besonders glücklich wäre.«

»Ach ja, eben, wir müssen Paulus anrufen.«

»Mach du das«, sagte Big, »ich gehe mal runter.«

Stefan saß immer noch im Hausflur, als Big die Treppe runterkam.

»Sind Sie Arzt?« fragte ihn Big.

»Ja«, log Stefan. Er hatte allerdings ein paar Semester Medizin studiert.

»Hören Sie, wenn Sie Ihrem Freund einen wirklichen Gefallen tun möchten, dann bleiben Sie erst mal ganz ruhig.«

»Ist ihm etwas passiert?«

»Nichts Schlimmes. Er schläft. Sehr tief. Ist betäubt worden.«

»Können Sie mich hochtragen?« fragte Stefan.

Big ging blitzschnell alle Möglichkeiten durch. Eigentlich müßte er den Professor töten. Er hatte ihn gesehen, sprach mit ihm, würde der Polizei vermutlich eine sehr gute Beschreibung geben können. Man könnte Konrad in die Wohnung des Professors bringen. Dann bestand aber die Gefahr, daß er einen Notarzt oder die Polizei oder beide rief. Um das zu verhindern, mußte er ihn nach oben bringen, um ihn im Auge zu behalten. Dann würde er vermutlich auch die Sache mit der Frau mitbekommen. Und Ben sehen. Verdammt, eigentlich mußte der Professor verschwinden. Aber es gefiel Big nicht, den Rollstuhlfahrer zu erschießen, nur weil der sich um seinen Freund Sorgen gemacht hatte.

»Gut«, sagte er, »halten Sie sich an mir fest.« Er griff den Rollstuhl an den Rädern und hob ihn hoch, als wäre er ein Päckchen. Stefan rutschte etwas nach vorn und mußte sich an Bigs Brust abstützen.

»Warten Sie einen Moment«, befahl er Stefan, als sie oben angekommen waren. Er ging in den Flur, schloß die Wohnungstür hinter sich und betrat das Wohnzimmer.

»Frag nicht und mach die Tür hinter mir zu«, sagte er

zu Ben, hob Konrad aus dem Sessel, schulterte ihn und ging zurück in den Flur. Die erste Tür, die er öffnete, führte ins Bad, die zweite in ein kleines Zimmer, in dem ein Bett stand. Darauf legte er Konrad vorsichtig ab. Dann ging er in den Flur, vergewisserte sich, daß die Tür zum Wohnzimmer geschlossen war, und ließ Stefan herein.

Nach einer kurzen Untersuchung befand Stefan, daß Konrad tatsächlich nur betäubt war, vermutlich durch ein Benzodiazepin. Da er außerdem ziemlich nach Wein roch und die Wirkung des Sedativums durch Alkohol drastisch verstärkt wurde, würde er wohl erst gegen Morgen wieder aufwachen. Atmung und Kreislauf schienen stabil.

»Über Konrad müssen wir uns keine Gedanken machen«, erläuterte er Big. »Was ist denn eigentlich passiert?«

Big hatte sich inzwischen umgesehen und festgestellt, daß es in dem Zimmer kein Telefon gab.

»Haben Sie ein Handy?« fragte er Stefan.

»Ja, unten. Sie können aber vom Wohnzimmer aus telefonieren.«

»Ich will nicht telefonieren, ich will nur verhindern, daß Sie jemanden anrufen.«

»Die Polizei?« fragte Stefan.

»Zum Beispiel die«, antwortete Big. »Hören Sie, wir haben Ihrem Freund heute das Leben gerettet. Die genauen Umstände brauchen Sie nicht zu kennen. Das ist besser so, verstehen Sie?«

Stefan verstand nichts.

»Wer ist ›wir‹?« fragte er.

»Keine Fragen mehr, Professor. Sie bleiben jetzt bei Konrad und passen schön auf ihn auf. Ich mache die Tür zu, und die Tür bleibt auch zu – verstanden? Wir müssen noch ein wenig aufräumen. Wenn wir fertig sind, lassen wir Sie wieder raus und verschwinden. Ist alles klar?«

Stefan nickte. Was sollte er auch machen? Wenn Konrad wieder einen klaren Kopf hatte, würde er schon erfahren, was er wissen wollte.

»Du sentimentaler Idiot«, schimpfte Ben, nachdem Big ihm berichtet hatte. »Noch ist es nicht zu spät.«

»Wir lassen ihn«, bestimmte Big. »Was sagt Paulus?«

»Paulus geht nicht ans Telefon. Nur die Mailbox meldet sich.«

»Merkwürdig, er hat doch noch nie sein Handy ausgeschaltet. Hast du in der Handtasche nachgesehen?«

»Petra Muller. Nichts Auffälliges, nur eine kleine Minox. Was nun?« fragte Ben und zeigte auf die Leiche.

»Die muß weg«, sagte Big, »für immer. Und wir müssen hier ein bißchen putzen. Sieht ja ekelhaft aus.«

Werner Krumey blickte Paul jetzt mit kalten Augen an, alle Freundlichkeit war aus seinem Gesicht verschwunden. Er lächelte zwar immer noch, aber es war das überlegene Lächeln des Jägers, dem ein Tier in die Falle gegangen war. Die Möglichkeit, daß Krumey immer noch ein fanatischer Nazi sein könnte, hatte Paul in seine Überlegungen nicht einbezogen. Er wurde unsicher, obwohl er sich das nicht anmerken ließ. Sein Leben hatte schon mehrmals an einem seidenen Faden gehangen. Er begriff instinktiv, daß er wieder einmal in ein Wespennest gestochen hatte. Krumeys jetzt unverhohlene Feindseligkeit hatte nichts mit den Dokumenten zu tun, die in Pauls Aktentasche steckten. Paul beschloß, die Initiative zu ergreifen.

»Was soll das, Krumey«, sagte er, als nähme er die Situation nicht ernst, »ich habe nur Kopien der Dokumente dabei, der Dokumente, die Ihre bürgerliche Fassade zerstören werden. Selbst wenn Sie mich umbringen, können Sie nicht verhindern, daß Ihre Rolle in Ungarn öffentlich wird.«

Krumey schaute Paul lange an. Dann stand er auf, ließ sich von seinem Sohn die Waffe geben und setzte sich wieder hinter den Schreibtisch.

»Sie sind ein Narr, Paul Singer, wenn Sie glauben, daß mich Ihre Dokumente interessieren. Sie haben mir nicht zugehört, ein Fehler, den viele Menschen begehen. Ich habe vorhin schon gesagt, daß mir Ihre Unterlagen egal sind. Sie sind es, Sie bereiten mir Kopfschmerzen. Genauer gesagt, stört mich der Zeitpunkt, an dem Sie hier aufgetaucht sind.«

»Das verstehe ich nicht«, gab Paul verblüfft zu.

»Sie täuschen sich, wenn Sie denken, daß mir meine bürgerliche Existenz wichtig wäre. Jedenfalls ist sie mir nicht in dem Sinne wichtig, den Sie meinen. Sie denken, ich hänge an dem Haus, dem wundervollen Grundstück. Irrtum, Herr Singer! Ich befinde mich immer noch im Kriegszustand, gemeinsam mit vielen alten und jungen Kameraden. Und dies alles«, Krumey schwenkte seine Hand mit der Pistole im Halbkreis, »das Haus und meine bürgerliche Fassade haben für mich keine andere Bedeutung als die, daß ich mich dahinter verbergen kann. Ich führe ein Doppelleben, und Sie gefährden es. Nur deshalb bereitet mir Ihr plötzliches Auftauchen Probleme. Ich habe bestimmt keine Angst davor, daß meine Vergangenheit ans Tageslicht kommt. Aber ich muß ganz entschieden meine heutigen Aktivitäten geheimhalten. Wenn Sie diese alten Angelegenheiten ans Licht der Öffentlichkeit zerren, wird man Fragen stellen, Nachforschungen in Gang setzen. Die Journaille wird mein ganzes Leben ausforschen. Dies geschieht heute ja in atemberaubender Geschwindigkeit. Und man wird bald aufdecken, was ich gerade vorbereite, woran ich seit vielen Jahren arbeite, eigentlich seit Jahrzehnten. Das ist es, was mich stört. Und deshalb müssen Sie heute sterben.«

Paul verfluchte sich. Er war zu schnell gewesen. Er hätte noch mehr recherchieren müssen, mit dem General reden. Er war in eine Situation geraten, die er nicht überblickte, er, der Profi!

»Was haben Sie vor?«

Krumey lachte.

»Nun haben Sie verstanden. Sie sind nicht dumm. Gut, Herr Singer. Hören Sie mir zu. Alle Welt denkt, daß der

Friedensprozeß unumkehrbar ist. Nach dem Fall der Berliner Mauer, dem Ende der Apartheid in Südafrika und den Friedensgesprächen in Nordirland ist man weltweit der Meinung, daß nun auch die Aussöhnung zwischen Juden und Arabern an der Reihe ist. Was für ein Unsinn! Als wäre Frieden ein Wert für sich. Was nützt ein Weltfrieden unter falschen Vorzeichen? Frieden heißt immer Stillstand. Man wird satt und müde. Nein, nur wer kämpft, bleibt lebendig, nur wer für die richtige Sache kämpft, wird am Ende siegen.«

»Was haben Sie vor?«

Krumey holte Atem und fuhr dann mit leiser Stimme fort.

»Steht alles hier drin«, sagte er und zeigte auf seinen Computer, »wir werden eine kleine Fackel in diese hölzerne Friedensscheune werfen. In den nächsten Tagen. Und glauben Sie mir, Singer, das wird ein schönes Feuer werden.«

»Vater«, mahnte Hans Krumey, »komm zu einem Ende.«

Krumey lächelte über die Ungeduld seines Sohnes. Hans konnte nicht verstehen, was für ein Reiz es war, diesem ehemaligen Mitglied des ungarischen Judenrates die Zähne zu zeigen. Dem, der sich seit über fünfzig Jahren auf der Seite der Sieger wähnte.

»Viele Jahre habe ich am Aufbau einer Organisation gearbeitet«, fuhr Werner Krumey fort, »einer Kampfgruppe, die keine Straßenschlachten plant, sondern einen Einsatz mit globalen Folgen. Ein Anschlag auf Camp David, eine arabische Bombe auf Jerusalem oder eine jüdische Bombe auf Kairo, und ich rede von Sprengköpfen, nicht von normalen Bomben. Oder die bakteriologische Verseuchung Israels, bedienen Sie sich. Suchen Sie sich etwas aus, was die Welt verändern wird. Lassen Sie Ihrer Phantasie freien Lauf. Es wird bald geschehen, aber Sie werden es nicht mehr erfahren. Sie sind zum falschen Zeitpunkt hier aufgetaucht, Herr Singer. Das ist nun Ihr Problem, Ihr letztes Problem.«

Werner Krumey richtete die Pistole auf Paul.

»Man wird den Schuß hören«, sagte Paul verzweifelt.

»Sie sind vielleicht komisch«, erwiderte Krumey kopfschüttelnd, »kommen hier mit einer Waffe rein und bedrohen mich damit. Wenn dann die Waffe aber gegen Sie gerichtet wird, dann warnen Sie vor der Lautstärke, die bei ihrer Benutzung entsteht. Sie unterschätzen mich übrigens schon wieder. Man wird keinen Schuß hören, weil kein Schuß fallen wird.«

Paul spürte hinter sich eine Bewegung, aber bevor er reagieren konnte, hatte ihm Krumeys Sohn eine Schlinge um den Hals gelegt. Paul griff mit seinen Händen nach dem dünnen Draht, aber er wußte, daß er keine Chance hatte. Es war nicht mehr als ein natürlicher, hilfloser Reflex. Werner Krumey sah Paul ungerührt an, dann nickte er seinem Sohn zu.

Als Nathan hörte, daß Krumeys Pläne im Computer gespeichert waren, änderte er sofort seinen Plan. ›Jetzt ist es nicht mehr notwendig, Singer zu opfern‹, dachte er erleichtert. Fox hatte den gleichen Gedanken und schaute zu Nathan herüber. Er tippte wieder auf seine Waffe. Nathan zeigte auf Werner Krumey, der Pauls Waffe in der Hand hielt. Fox nickte. Er hatte verstanden. Dann sah Nathan, wie Hans Krumey von hinten auf Paul zutrat. Nathan hob seine linke Hand. Er sah, daß Fox die Waffe in Stellung brachte. Als Hans Krumey die Schlinge um Pauls Hals legte, senkte Nathan seine Hand.

»Das Sideboard«, sagte Big.

»Bitte?« Ben verstand nicht, was Big meinte.

Big zeigte auf eine flache, dreitürige Anrichte aus Kirschholz.

»Wir räumen das Sideboard aus. Da müßte sie reinpassen.«

»Ach ja?« spottete Ben. »Und wie kriegen wir das Teil in unseren Kofferraum?«

»Gar nicht«, antwortete Big, »wir schaffen es in ihr Wohnmobil. Ist groß genug. Den Schlüssel wird sie ja dabeihaben.«

»Hat sie«, antwortete Ben und fischte den Autoschlüssel aus der Handtasche.

»Ich hole den Wagen. Du kannst den Schrank schon mal ausräumen.«

»Big, wir können doch nicht einfach mitten in der Nacht das Sideboard hier raustragen. Das sieht doch aus, als würden wir gerade in das Haus einbrechen.«

»Das Haus hat einen Parkplatz auf dem Hof. Ich fahre das Wohnmobil zum Hinterausgang. Niemand wird uns um diese Zeit beobachten.«

»Können wir die Leiche nicht einfach hierlassen und verschwinden?«

»Können wir nicht, das weißt du genau.«

»Kommt also wieder die übliche Nummer?«

»Genau die.«

Ben zuckte resigniert mit den Schultern, ging zum Sideboard und öffnete eine Tür.

»Schau mal, was wir hier haben«, rief er Big zu, der schon im Begriff war, die Wohnung zu verlassen. Als Big das Zimmer betrat, sortierte Ben die Geldbündel auf dem Fußboden.

»Bestimmt eine halbe Million.«

»Es ist nicht unser Geld«, sagte Big ungerührt.

»Es kommt nicht darauf an, die Welt zu interpretieren, sondern die Eigentumsverhältnisse auf derselben zu verändern«, antwortete Ben grinsend.

»Laß den Scheiß, du weißt, daß hier für uns alles tabu ist.«

»Na, und was soll ich mit den Scheinen machen?«

»Stapel sie an die Wand«, murmelte Big und verließ die Wohnung.

Ben ließ das Geld liegen, holte wütend einen Wassereimer und einen Schwamm, schüttete noch eine halbe Flasche Rotwein auf dem Teppich aus, dort, wo das meiste

Blut geflossen war, und wischte unwillig auf der chinesischen Kostbarkeit herum. Das Ergebnis sah verheerend aus, aber kein normaler Mensch würde auf Blut kommen. Er ließ die Flaschen auf dem Boden liegen, auch das zerbrochene Glas, und setzte sich schließlich hin, um eine Zigarette zu rauchen.

Nachdem Big den Wagen gebracht hatte, verstauten sie die Tote in dem Schrank.

»Professor«, Big klopfte leise an die Tür.

»Ja«, antwortete Stefan.

»Wie geht es Ihrem Patienten?«

»Gut. Er schläft tief und atmet gleichmäßig.«

»Schön für ihn. Hören Sie, Professor. Wir machen uns jetzt vom Hof. Aber Sie bleiben noch zwanzig Minuten in dem Zimmer und stecken Ihren Kopf nicht heraus. Verstanden?«

»Wenn Sie meinen.«

»Ich meine, was ich sage. Zwanzig Minuten. Ist wirklich besser für Sie. Und kommen Sie nicht auf die Idee, die Polizei anzurufen. Konrad wäre Ihnen sehr böse. Er kann Ihnen morgen alles erklären ... haben Sie verstanden?«

»Ja«, antwortete Stefan, »verstanden.«

»Noch was. Da liegt ein bißchen Geld im Wohnzimmer an der Wand. Das lassen Sie bitte liegen.«

»Natürlich.« Langsam wußte Stefan überhaupt nicht mehr, was er von dem Riesen zu halten hatte.

In dem kleinen Fahrstuhl mußten sie das Sideboard hochkant stellen. Dabei rumpelte Petra Mullers Leiche ziemlich laut gegen die Schrankwand. Zum Glück hörte sie niemand. Für Big war anschließend kein Platz mehr im Aufzug, er ging die fünf Stockwerke zu Fuß. Sie trafen tatsächlich niemanden auf dem Weg zu dem roten Wohnmobil. Nachdem sie den Schrank verstaut hatten, setzte sich Big hinter das Steuer.

»Du kommst mit unserem Wagen hinterher.«

»Wohin?« fragte Ben.

»Keine Ahnung, fahr mir einfach nach.«

»Hast du die Reservekanister hinten gesehen?« fragte Ben.

»Leer«, antwortete Big, »wir müssen tanken.«

Als Paul die dünne Schlinge um seinen Hals spürte, empfand er nichts als Wut. Wut, daß er wie ein Idiot in diese Falle getappt war, Wut, daß er kurz vor dem Ziel versagt hatte wie ein blutiger Anfänger. Der Schmerz über die verpaßte Chance war größer als der, den er körperlich empfand.

›Nicht aufgeben‹, dachte er wie immer in Situationen, in denen es um sein Leben gegangen war. Er wollte lachen über diesen unsinnigen Vorsatz, aber er konnte nicht lachen, denn die Kehle wurde ihm mit großer Kraft zugeschnürt ... plötzlich hörte er ein lautes Klirren, und Krumeys Oberkörper schlug auf der Schreibtischplatte auf. Die Schlinge um seinen Hals lockerte sich, er hörte trotz seines Keuchens, wie Hans Krumey zur Flurtür rannte, und sah gleichzeitig Nathan und einen anderen Mann durch die Flügeltür von der Terrasse hereinstürmen. Nathan rief aufgeregte Befehle in ein kleines Mikrophon, das wie von einem winzigen Arm gehalten vor seinem Mund vibrierte, und stürzte ebenfalls zur Flurtür, die nun aber verschlossen war.

Dann wurde es dunkel.

Ein beißender Geruch brachte ihn wieder zu Bewußtsein. Als er die Augen aufschlug, sah er, wie Nathan eine kleine Kapsel schnell von seiner Nase wegzog.

»Na, Paulus, wie geht es dir?«

Paul hustete und nieste gleichzeitig und sagte: »Nicht aufgeben!« Dann bat er um ein Taschentuch.

»Nicht aufgeben?« wiederholte Fox.

Fox war noch ziemlich jung. Nathan verstand, was Paul meinte.

Nachdem er sich geschneuzt hatte, stand Paul auf und ging den einen Schritt, der ihn vom Schreibtisch trennte. Krumey lag noch immer bäuchlings auf der Tischplatte, in seinem Rücken klaffte ein häßliches Loch. Paul dachte an Eva, an seinen Schwur, sie zu rächen. Dann drehte er sich zu Nathan um.

»Danke.«

Erst in dem Augenblick nahm er die anderen Personen im Arbeitszimmer wahr.

»Leider ist uns der junge Krumey entwischt«, informierte ihn Nathan. »Scheint ein cleveres Kerlchen zu sein. Ist aus dem Wohnzimmer zur Seite raus. Sehr ärgerlich.«

»Hier ist alles, wohinter ihr her seid«, sagte Paul und zeigte auf den Computer.

»Ich weiß.« Nathan gab Fox ein Zeichen, mit dem Abbau des Rechners zu beginnen.

Paul stutzte. »Das wißt ihr? Ihr habt mitgehört! Die ganze Zeit?«

Nathan antwortete nicht.

»Wenn Krumey nicht gesagt hätte, daß alles dort gespeichert ist ...« Er begann zu begreifen.

»Du weißt jetzt, worum es geht«, sagte Nathan, »jedenfalls um die Dimension des Planes.«

»Und ihr, seit wann wißt ihr es?«

»Da liegt Krumey«, Nathan zeigte auf ihn, »du bist am Ziel angelangt, Paulus. Alles andere ist nicht deine Sache.«

Paul nahm sein Glas Cognac und trank es in einem Zug aus.

Als Paul im Hotel ankam, war es fast eins. Er verwarf den Gedanken, Big und Ben anzurufen. Morgen würden sie sowieso alles erfahren, wenn nicht von ihm, dann von Nathan. Sie hatten zwar vorhin nicht darüber gesprochen, aber daß Big und Ben auch in Berlin für Nathan gearbeitet hatten, lag für Paul auf der Hand. Wenn er ehrlich war, hatte er es sowieso von Anfang an vermutet.

Paul ging in die Bar im Erdgeschoß und setzte sich in einen Ledersessel. Er bestellte sich einen schottischen Whisky ohne Eis und versuchte, Klarheit über seine Empfindungen zu gewinnen. Er war erstaunt, daß sich kein Triumpfgefühl einstellte. Wie oft hatte er die Abrechnung mit Werner Krumey in seinen Tagträumen herbeigesehnt! Und jetzt? Er war nur müde. Es war die Müdigkeit, die einen überfallen kann, wenn keine Aufgaben mehr vor einem liegen. ›Ich bin tatsächlich lebensmüde‹, dachte er, ›im wahrsten Sinn des Wortes.‹ Und er erinnerte sich daran, was im ersten Buch Mose über Abraham stand: daß er alt war und lebenssatt ... Während er an seinem Whisky nippte, dachte er daran, daß das Wort Whisky »Wasser des Lebens« bedeutet, und er trank sein Glas schnell aus. ›Vielleicht hilft es ja‹, dachte er und winkte nach dem Kellner. Dabei fiel ihm die Frage ein, die ein Barkeeper Hemingway in Havanna gestellt hatte: »Möchten Sie ein Glas oder einen Trichter?« Er wußte nicht, was Hemingway geantwortet hatte, er jedenfalls bestellte ein Glas, obwohl ihm mehr nach einem Trichter war.

Sonntag, 16. Mai 1999

Südwestlich von München, auf dem Weg zum Starnberger See, liegt die Gemeinde Pullach. Der kleine Flecken mit seinen achttausend Einwohnern ist weder durch sein Werk für Kältetechnik noch durch das Predigerseminar der Vereinigten Evangelisch-Lutherischen Kirche Deutschlands zu weltweiter Berühmtheit gelangt, sondern dadurch, daß der BND diese Idylle 1947 zu seinem Hauptsitz erkoren hatte – auf einem Gelände, das früher zum Besitz von Rudolf Heß gehört hatte.

Frank Arnold hatte schon erfolgreichere Operationen geleitet. Er saß in seinem Büro und versuchte, die eingegangenen Berichte seiner Agenten zu einem Bild zu ordnen. Krumey und Petra Muller hatte es erwischt, Krumeys Sohn war verschwunden, und von Krumeys geheimnisvollem Plan hatten sie keinen Schimmer. Das war verdammt wenig. Er schaute auf die Uhr und spürte, wie sich ein ziemlich mulmiges Gefühl in seinem Magen ausbreitete. Nach einer weiteren Tasse Kaffee zog er das Telefon zu sich heran und wählte Dr. Kottkes Privatnummer.

Eine halbe Stunde später konnte er, nachdem sein Ausweis kontrolliert worden war, das Tor zu Dr. Kottkes Haus in der Nähe von Pullach passieren. Er parkte an der ihm zugewiesenen Stelle, sog die frische Morgenluft tief ein und klingelte an der Haustür. Ein junger Mann öffnete ihm und führte ihn in das riesige Wohnzimmer, wo der Präsident des BND ihn schon erwartete.

»Ich hoffe, Sie haben einen triftigen Grund, mich um sechs Uhr aus dem Bett zu klingeln.«

Dr. Ulf Kottke saß in einem bodenlangen Bademantel an dem kleinen, runden Tisch am Fenster, vor sich einen Kaffee und ein Marmeladenbrötchen. Seine nackten Füße steckten in Lederpantoffeln.

»Sie sehen übermüdet aus, haben Sie überhaupt schon gefrühstückt?«

Der Präsident des BND zeigte auf einen Stuhl. Er machte einen ausgeruhten Eindruck. Frank Arnold bejahte, obwohl es nicht stimmte. Immerhin knurrte sein Magen noch nicht. Nachdem er sich gesetzt hatte, berichtete er seinem Chef.

»Haben wir alles dokumentiert, in Bild und Ton?«

Frank Arnold wunderte sich, daß sich Dr. Kottkes Gesicht während seines Berichtes nicht verfinstert hatte. Er schien die Ereignisse der vergangenen Nacht gelassen hinzunehmen.

»Die beiden Abgänge nur im Ton. So schnell konnten wir keine Kameras installieren. Aber den Einsatz vor der Villa und Big und Ben in Petra Mullers Campingbus, das haben wir auch im Bild.«

»Sehr schön«, sagte Dr. Kottke. »Natürlich sind die beiden Abgänge bedauerlich. Andererseits tangieren sie uns nicht besonders. Petra Muller ist zu ersetzen. Und Krumey kümmert uns auch nicht. Aber was ist mit seinem Plan? Glauben Sie, daß da etwas dran ist? Oder hat der Alte sich nur wichtig machen wollen?«

»Ich fürchte, es gibt einen Plan. Ansonsten macht das ganze Desaster doch keinen Sinn.«

»Wir werden sehen.« Dr. Kottke verspeiste nachdenklich ein halbes Marmeladenbrötchen. »Jedenfalls melden wir die Sache noch nicht an die Regierung. Würde kein gutes Licht auf uns werfen. Ich werde gleich mit Eliahu Gur telefonieren. Ich biete ihm unsere Hilfe an – und unser Schweigen über den Einsatz seiner Leute in Berlin. Im Gegenzug werde ich ihn bitten, Schönbauer in Ruhe nach Deutschland reisen zu lassen. Was halten Sie davon?«

Jetzt begriff Frank Arnold seinen Chef. Dr. Kottke war es von Anfang an nur darum gegangen, diese Affäre aus der Welt zu schaffen. Bevor sie ein Politikum werden konnte.

»Ich halte das für einen ausgezeichneten Plan«, antwortete Frank Arnold erleichtert, denn nun wußte er, daß er keinen einzigen Vorwurf bekommen würde.

»Sehr schön. Dann machen wir das. Nur noch eines, Arnold.« Dr. Kottke schüttelte den Kopf. »Das mit der Muller hätte ich Ihnen gleich sagen können. War vermutlich eine Nummer zu groß für sie. Da hätten Sie besser jemand anderes nehmen sollen.«

Als Konrad langsam erwachte, wußte er gleich, daß ihn der fürchterlichste Kater seines Lebens erwartete. Sein Gehirn schien in einem Tümpel zu schwimmen, der mit lauter winzigen, böswilligen und beißwütigen Monstern bevölkert war. Dann hörte er ein lautes Schnarchen und riß die Augen auf. Zu seiner großen Verwunderung lag er auf dem Bett im Gästezimmer, und neben ihm saß Stefan schlafend in seinem Rollstuhl. Als Konrad sich vorsichtig aufrichtete, hatte er das Gefühl, auf hoher See zu sein. Er hielt einen Moment inne, bevor er ins Bad ging. Nachdem er heiß und kalt geduscht hatte, warf er einen Blick in das Wohnzimmer und erschrak.

Auf dem Teppichboden lagen zwei leere Rotweinflaschen und ein zerbrochenes Glas, Pauls Geldbündel waren sorgfältig an der Wand gestapelt, und das Sideboard fehlte gleich ganz! Dunkle Rotweinspuren zogen sich von der Sitzecke über den Boden. Der Teppich war jedenfalls ruiniert. Und das Wohnzimmer stank nach Alkohol und kaltem Zigarettenrauch. Er zog das Fenster weit auf und atmete die laue Frühlingsluft gierig ein.

›Was zum Teufel ist hier geschehen?‹ fragte er sich. Er konnte sich nicht erinnern. Er ging in die Küche und setzte Kaffee auf.

»Wie geht es dir?«

Stefan kam in die Küche gerollt.

»Grauenhaft«, stöhnte Konrad, »was ist passiert? Wie kommst du hierher?«

Sie setzten sich an den Küchentisch, tranken Kaffee, und dann erzählte Stefan, was sich gestern in der Wohnung abgespielt hatte. Langsam erinnerte sich Konrad. An das Palais am Festungsgraben, seine Heimfahrt im Taxi, an die blonde Frau.

»Da liegt viel Geld im Wohnzimmer«, sagte Stefan. »Überhaupt, ich finde es ist eine ganze Menge passiert, seitdem dein Vater aufgetaucht ist. Ist ja nur ein paar Tage her. Willst du nicht mal erzählen?«

»Später, nicht jetzt«, antwortete Konrad. »Entschuldigung, aber das mit der blonden Frau hier in der Wohnung, das muß ich geträumt haben«, murmelte er vor sich hin. Dann fiel ihm noch eine Einzelheit ein. Er ging in sein Arbeitszimmer. Dort sah er, daß er nicht geträumt hatte. Die Telefonschnur war zerschnitten! Als er in die Küche zurückgehen wollte, klingelte es.

»Ja?« fragte er in die Gegensprechanlage.

»Ich bin's, Paul.«

Konrad drückte auf den Türöffner.

»Mein Vater«, sagte Konrad. »Vielleicht ist es besser, du läßt uns jetzt allein. Ich habe das Gefühl, er hat etwas mit gestern abend zu tun.«

Dann fiel ihm ein, daß er Stefan gar nicht allein die Treppe hinuntertragen konnte. Jedenfalls war es in seinem Zustand zu riskant.

»Vielleicht kann uns dein Vater helfen.«

»Mein Vater ist einundachtzig«, entgegnete Konrad.

Als er die Tür öffnete, stand ein riesiger Kerl neben Paul vor der Tür.

»Das ist ein Mitarbeiter von mir«, sagte Paul, »nenn ihn einfach so, wie er aussieht, Big. Er ist nur mitgekommen, um Stefan wieder hinunterzutragen.«

»Hallo Professor«, grüßte Big Stefan, der auf den Flur gerollt kam, »unserem Patienten geht es ja schon wieder besser. Na dann wollen wir mal.«

»Und Petra Muller, ich meine, das war doch kein Zufall?« Konrad räumte das Frühstücksgeschirr zusammen, nachdem Paul ausführlich von den Ereignissen in Krumeys Villa berichtet hatte.

»Bestimmt nicht«, antwortete Paul, »ich habe Nathan heute früh um zehn angerufen, gleich nachdem Big und Ben mir alles erzählt hatten. Er läßt diese Petra Muller gerade durchchecken.«

Konrad schüttelte sich.

»Ist das nicht völlig verrückt, da kommt mein Vater mit einer Horde Agenten im Schlepptau nach Berlin, um einen alten Nazi zur Strecke zu bringen, und ganz nebenbei rettet ihr dabei zufällig auch noch mein Leben.«

»Ich glaube nicht, daß sie dich umbringen wollte. Sie hat die Dokumente aus meinem Koffer fotografiert. Nathan hat die Fotos schon entwickeln lassen. Sehr gute Fotos, gestochen scharf, professionell. Entweder sie gehört zu Krumey oder zum BND. Wer weiß, ob wir es je herausfinden. Ben hat nur geschossen, weil sie plötzlich mit der Pistole auf ihn zielte. Er war einfach schneller.«

»Und die Polizei?«

Paul schaute Konrad fragend an.

»Na ich meine, erfährt die Polizei davon?«

»Man wird die verkohlte Leiche schon finden. Und dann wird man sie vermutlich identifizieren.«

»Man wird sich fragen, wer sie umgebracht hat«, dachte Konrad laut nach. »Und gestern bin ich von einigen Leuten mit ihr gesehen worden.«

»Sie ist vor dir gegangen, du bist allein mit dem Taxi nach Hause gefahren.«

»Aber vielleicht hat sie jemand gestern hier ins Haus kommen sehen«, argwöhnte Konrad.

»Tja, dann wirst du ein paar Fragen beantworten müssen. Aber das wirft doch keine ernsthaften Probleme auf. Dann hat sie dich eben besucht und ist irgendwann gegangen. Keiner kann dich mit ihrem Tod in Verbindung bringen. Die Polizei wird feststellen, daß es die Tat eines Profis war. Da haben sie allerhand zu knobeln. Ich denke, sie werden nie dahinterkommen.«

»Na gut«, seufzte Konrad, »aber ich werde es Stefan erzählen müssen.«

»Ja«, Paul stimmte ihm zu, »schon deshalb, weil es sein könnte, daß die Polizei herkommt. Dann muß er wissen, was er nicht sagen darf.«

»Aber jetzt muß ich erst einmal an die frische Luft«, sagte Konrad. »Kommst du mit, in den Zoo?«

Sie besuchten zuerst das Raubtierhaus. Vor dem Pandakäfig betrachteten sie die vielen Kinder, die sich die Bären anschauten, ihnen Zeichen gaben, winkten, gegen die Scheibe klopften, einen Blick von den Bären erhaschen wollten. Dann gingen sie auf das Freigehege der Löwen zu, und als sie dort angelangt waren, lehnten sie sich mit verschränkten Armen gegen die Steinmauer. Paul schaute in den Wassergraben, der die Tiere von den Besuchern trennte, dann blickte er auf das ihm vertraute Gehege, das einer afrikanischen Landschaft nachgestaltet war. Sie beobachteten die Löwenfamilie mit ihren Jungen, die ungestüm in dem Gelände herumtollten.

»Was hält dich eigentlich in Wien?« fragte Konrad. »Ich meine, du könntest doch auch hier wohnen. Ich würde mich darüber sehr freuen.«

»Und was ist mit dir? Wien ist eine schöne Stadt. Weißt du, ein so alter Baum läßt sich nicht einfach verpflanzen.«

Konrad dachte einen Moment über das Angebot des alten Mannes nach. Als er antworten wollte, prallte Paul jäh gegen die Mauer, als hätte ihm jemand von hinten einen heftigen Stoß in den Rücken versetzt. Er wäre wohl kopfüber in den Wassergraben gestürzt, hätte Konrad ihn nicht instinktiv an seinem dünnen Sommermantel gepackt. In diesem Bruchteil einer Sekunde atmete Paul so heftig und laut durch den Mund aus, als würde ihm sämtliche Luft aus den Lungen gepreßt. Er sackte auf die Knie, drehte sich ein wenig nach links und schaute Konrad verwundert an. Dann sah Konrad die Wunde in der Brust des alten Mannes. Paul fiel auf den Rücken, seine Beine knickten dabei merkwürdig ein.

Konrad drehte sich hilfesuchend um und sah, wie sich nur fünfzig Schritte entfernt lauter Personen, die er nicht kannte, auf einen jungen Mann stürzten, der einen Revolver in der Hand hielt und den er schon einmal gesehen hatte.

Einige Zoobesucher gingen unsicher auf die kämpfende Gruppe zu, andere näherten sich Paul und Konrad, aber die meisten stoben schreiend auseinander. Konrad sah in dem Gewimmel, wie ein Mann einen Ausweis hochhielt und den jungen Mann abführen ließ, nachdem er mit Handschellen gefesselt worden war.

»Wo nur die Polizei so schnell hergekommen war?« wunderte sich Konrad. Paul atmete schwer. Alle Farbe war aus seinem Gesicht verschwunden. Er atmete tief und wollte etwas sagen, hatte aber Mühe, seine Lippen zu bewegen. Konrad beugte sich tief zu ihm hinunter.

»Eva«, fragte Paul, »was meinst du, habe ich meinen Schwur gehalten?«

Konrad konnte nicht verstehen, ob Paul mit ihm oder seiner ermordeten Frau sprach. Aber er wußte, was Paul meinte.

»Ja«, flüsterte er ihm ins Ohr, »du hast Wort gehalten.«

Aber als er Paul wieder ansah, blickte er nur in weit geöffnete, leblose Augen. Er war nicht sicher, ob Paul seine Antwort noch gehört hatte.

Konrad zog seinen Mantel aus, deckte Paul damit zu und bemerkte erst jetzt, daß er von einer wachsenden

Gruppe neugieriger Menschen umgeben war. Er mochte die Gesichter der vielen Gaffer nicht anschauen und drehte sich zu den Löwen um. Als er sich auf die Mauer stützte, sah er, daß seine Hände voller Blut waren. Seine Augen füllten sich langsam mit Tränen.

Plötzlich stand der Mann mit dem Ausweis neben ihm.

»Mein Name ist Nathan Tal«, sagte er, »Paul Singer hat Ihnen bestimmt von mir erzählt.«

Konrad nickte. Es waren also die Israelis, die den jungen Mann geschnappt hatten, nicht die Polizei.

»Hören Sie, ich muß gleich verschwinden. Wir wollten uns Krumeys Sohn am Ausgang schnappen, wir konnten ja nicht wissen, daß er Paulus umbringen wollte. Es tut mir leid.«

›Wie leicht sich das sagt‹, dachte Konrad. ›Es tut mir leid.‹ Dann erinnerte sich Konrad, wo er diesen jungen Mann schon einmal gesehen hatte, damals; in der Bibliothek der Stiftung, mit seinem Vater Werner Krumey.

»Sie dürfen nichts sagen, hören Sie? Die Polizei darf nichts von uns erfahren, von Krumey, von Petra Muller. Versprechen Sie mir das? Paul hätte es auch so gewollt. Er war ein Profi.«

Konrad nickte müde. Nathan legte ihm seine Hand auf die Schulter, verstärkte den Druck kurz und verschwand. Die Menschenmenge um Konrad war inzwischen noch größer geworden.

Epilog

Auf der Dachterrasse der Wohnung des alten Mannes, den sie General nannten, saßen der Chef des Mossad, Eliahu Gur, und sein persönlicher Assistent Nathan Tal. Der General goß Pfefferminztee ein und bot noch einmal von dem Gebäck an, das auf dem Tisch stand. Nathan Tal hatte seinen Bericht beendet und nahm ein kleines Stück von den süßen Kuchen.

»Sie haben sich nicht ganz exakt an meine Anweisungen gehalten«, sagte der General zu Nathan.

»Sei froh darüber«, entgegnete Eliahu Gur, »sonst würdest du vielleicht jetzt nicht mehr hier sitzen und dein Gebäck knabbern.«

»Aber daß Krumey hinter der Gruppe Birkenwald steckt, das hättet ihr mir sagen müssen. Ihr wußtet doch, daß ich ihn aus Budapest kannte.«

»General«, wehrte der Chef des Mossad ab, »es war doch nur ein vager Hinweis. Über die Gruppe Birkenwald gab es nur Gerüchte. Und als einer unserer Agenten in Argentinien sich in eine rechte Terrorgruppe einschleusen konnte, schnappte er zwar zufällig einmal die Namen Krumey und Birkenwald auf, mehr kam aber nicht dabei heraus. Er starb kurz darauf bei einem Autounfall. Wir konnten nicht einmal klären, ob es wirklich ein Verkehrsunfall war.«

»Was hatte Krumey tatsächlich geplant?« fragte der General.

»Das willst du gar nicht wissen«, wehrte Eliahu Gur ab. Er ärgerte sich darüber, daß er hier dem Alten Bericht erstatten mußte, nur weil der General so einen engen Draht zum Ministerpräsidenten hatte und nicht aufhören konnte, sich in die Angelegenheiten des Mossad einzumischen. »Jedenfalls haben wir es verhindert. Auch wenn es sehr knapp war.«

Der General schüttelte den Kopf.

»Sehr knapp! Wenn ihr mir den Namen Krumey genannt hättet, wäre mehr Zeit gewesen.«

»Weshalb?« fragte Nathan Tal erstaunt.

»Weil ich wußte, daß sich die Liste mit den Klarnamen in dem Koffer befand. Ihr hättet den Koffer dort rausholen können, nachdem ihr Schwalbes Brief in den Händen hattet. Wir hätten Paul gar nicht informieren müssen. Dann würde er noch leben.«

»Moment mal«, unterbrach ihn der Chef des Mossad, »du wußtest, daß auf dieser Liste Krumeys Klarname stand und daß diese Liste sich in dem Koffer befand?«

»Ja, das wußte ich«, sagte der General resigniert und lehnte sich zurück. »Paul hat mir von Schwalbe, der Liste und dem Koffer damals in Wien erzählt, nach dem Krieg, als wir aus Ungarn zurückgekommen waren. Und als ich von Schwalbes Brief erfuhr, habe ich euch gebeten, Paul zu helfen. Damit er dieses Schwein endlich erledigen konnte. Ich wußte ja nicht, daß Krumey und die Gruppe Birkenwald etwas miteinander zu tun hatten. Alles nur wegen eurer Geheimniskrämerei. Ihr hättet viel mehr Zeit gehabt, und Paul ...«

»Die Zeit hat gereicht«, versetzte Eliahu Gur trocken.

»Und Paul Singer«, wandte Nathan ein, »er hat bekommen, wonach er über fünfzig Jahre gesucht hat.«

Der General überging diese Antworten.

»Was ist aus diesem Hans Krumey geworden, dem Sohn?«

Nathan schaute seinen Chef an. Dessen Miene war nichts zu entnehmen.

»Hans Krumey hat Selbstmord begangen.«

»Wo?« hakte der General nach.

»Hier. In seiner Zelle.«

Der General schüttelte den Kopf. Selbstmord! Bei der Überwachung! Entweder waren beim Mossad nur noch Trottel beschäftigt, oder ... Über das »oder« wollte er sich lieber keine Gedanken machen.

» Habt ihr mit dem BND gesprochen?«

»Was denkst du denn?« Eliahu Gur wischte die Hände an seinem großen Taschentuch ab. »Kein Problem, bei unseren guten Beziehungen.«

»Immerhin«, gab der General zu bedenken, »gab es da diesen ... Zwischenfall.«

»Es war ein Unfall, ein Versehen. Und es war auch nur eine freie Mitarbeiterin des BND.«

Der Chef des Mossad schaute Nathan Tal an.

»Vielleicht sollten wir Big und Ben eine Pause gönnen?«

Nathan nickte vorsichtig. Es hatte seinem Chef noch nicht erzählt, daß die beiden bereits in Argentinien einen neuen Job erledigten. Da sollte man jetzt besser das Ergebnis abwarten.

Noch eines wollte der General wissen.

»Was ist eigentlich aus Schönbauer geworden?«

Eliahu Gur verzog keine Miene. Woher, verdammt, wußte der General davon? »Jörg Schönbauer ist bereits in Deutschland. Wir sahen keinen Grund, ihn nicht ausreisen zu lassen.«

»Keinen Grund?« lächelte der General. »Zu meiner Zeit hätte man den Versuch der Einflußnahme auf die Zinspolitik der Nationalbank ganz bestimmt zum Anlaß genommen, einen BND-Agenten festzusetzen, trotz aller politischen Implikationen.«

»Es sind jetzt aber andere Zeiten«, entgegnete Eliahu Gur gereizt. »Die Dinge haben sich verbessert.«

»Das hört sich gut an«, sagte der General und stand auf.

Später, als seine beiden Gäste gegangen waren, saß er allein auf seiner Terrasse, hatte das Teegeschirr gegen ein Rotweinglas eingetauscht und dachte an die Zeit in Budapest und Wien zurück. Er konnte sich noch gut an den 19. März 1944 und an die Zeit danach erinnern. Ja, es kam ihm sogar vor, als ob seine Erinnerung daran im Lauf der letzten Jahre besser geworden war. Es heißt ja, dachte er bei sich, daß im Alter das Gedächtnis längst Vergessenes wieder zugänglich macht. Als wäre es tröstlich, im Winter des Lebens den eigenen Frühling noch einmal mühelos ins Bewußtsein holen zu können! Samuel Blau hätte gut und gern auf diese Erinnerungen verzichten können.

Er dachte an Eva, die er geliebt hatte, die aber dann Pauls Frau geworden war. Er sah sie vor sich, wie sie den Zug nach Wien bestieg. Pauls Onkel hatte sie zum Bahnhof gebracht, und auch er war gekommen, um von ihr Abschied zu nehmen. Er ahnte damals, daß er sie nie wiedersehen würde. Er hatte gedacht, daß seine Deportation, sein Weg nach Auschwitz, sein Tod in einer Gaskammer ein Wiedersehen verhindern würde. Aber es war anders gekommen. Sie war nach Auschwitz gefahren, nicht er! Er hätte alles darum gegeben, mit ihr tauschen zu können, obwohl sie Paul zum Mann genommen hatte und nicht ihn. Schließlich waren Paul und er nach Evas Tod, nach dem Krieg zu Komplizen geworden. In seiner Jugend hatte der General sich ein anderes Leben vorgestellt. Zu heiraten, ein Geschäft zu gründen, Kinder zu bekommen, ein Leben mit jemandem gemeinsam zu leben ... Aber es war anders gekommen. Er hatte nicht Leben gezeugt, sondern Leben zerstört, das Leben vieler Feinde. Natürlich, sagte er sich, hatte er als Chef des Mossad auch Leben beschützt, mitgeholfen, Israel zu schützen, die vielen Menschen, die das Land besiedelt, fruchtbar und reich gemacht hatten. Aber der Preis war sehr hoch gewesen.

An diesem Abend, bei einem Glas Rotwein, fiel ihm ein, daß er damals hin- und hergerissen war zwischen Widerstand und dem Versuch, die Deportationen durch Verhandlungen und Kooperationen mit den Nazis zu verhindern. Wie die anderen hatte er sich gegen den Widerstand entschieden, gegen Eva. Weil er keine Chance gesehen hatte, keine Chance ohne die Unterstützung der nichtjüdischen Ungarn.

Und er dachte an Krumey und die Gruppe Birkenwald. Er wußte nicht, was diese Gruppe geplant hatte. Aber er wußte, daß sie immer noch existierte, daß sie nicht die einzige Gruppierung war, die Israel bedrohte, daß es noch lange nicht vorbei war, daß sein Volk wohl ewig würde kämpfen müssen.

Er trank einen Schluck Karmelwein und wußte genau, daß seine Erfolge beim Mossad nur ein geringer Trost für die Schrecken der Vergangenheit waren. In zahllosen schlaflosen Nächten war ihm dies bewußt geworden. In den Nächten, in denen die Ermordeten aus Auschwitz, viele alte Bekannte, vor ihm standen und ihn fragten, warum gerade er überlebt hatte. Und er konnte ihnen keine Antwort geben.

Ob es Paul auch so ergangen war? Sie hatten nie miteinander darüber gesprochen. Sie hatten überhaupt nie miteinander über die Zeit in Budapest geredet, obwohl es zahllose Gelegenheiten gegeben hätte. Sie hatten immer nur über ihre Pläne, ihre geheimen Aufgaben, ihre Vergeltungsfeldzüge gesprochen, immer über das Morgen, nie über das Gestern. Er dachte noch lange an Paul Singer, den alten Weggefährten, der sein Ziel doch noch erreicht hatte, nach fünfundfünfzig Jahren.

Erst spät in der Nacht legte er sich ins Bett, und wieder konnte er lange nicht einschlafen.

Danksagung

Bei meinen Recherchen in Budapest unterstützte mich Elisabeth Macan. Gabriele Beger half bei der Besorgung wichtiger Quellen. Professor Dr. Heinz-Georg Klös sprach lange mit mir über den Zoologischen Garten Berlin. Professor Dr. Wolfgang Benz, Dr. Josef Szekeres und Dr. Alexander Tinschmidt haben den ersten Teil des Buches kritisch durchgesehen und weiterführende Hinweise zu seinem historischen Hintergrund gegeben, denen ich aber im Interesse der Dramaturgie des Romans nicht in jedem Fall gefolgt bin. Elke Adam und Ute Warbein haben das Manuskript gelesen und hilfreich kommentiert. Dietrich Simon nahm sich Zeit für eine intensive Durchsicht des Textes und ausführliche, richtungweisende Gespräche.

Vom Stadium der ersten Idee bis zur letzten Fassung des Manuskriptes war Ruth Klinkenberg wie immer eine unverzichtbare Ratgeberin.

Ihnen allen gilt mein herzlicher Dank.
Detlef Bluhm

Berlin, im Mai 2001

Detlef Bluhm

Wenn man im Himmel
nicht rauchen darf,
gehe ich nicht hin

Vom Genuß des Tabaks

192 Seiten
Mit 37 Abbildungen
Band 1685
ISBN 3-7466-1685-9

»Ich behandle das Leben als etwas Unangenehmes, über das man durch das Rauchen hinwegkommen kann«, sagt Robert Musil. Und Mark Twain meint: »Wenn man im Himmel nicht rauchen darf, gehe ich nicht hin.«

Lustvoll und kenntnisreich erzählt Detlef Bluhm von der Geschichte des Tabaks. Nicht nur, daß kaum ein Künstler ohne Tabak auskommt – auch bei mancher Revolution und Emanzipation hat Tabak eine entscheidende Rolle gespielt. Mit zahlreichen Fotos sowie Texten von George Sand, Charles Baudelaire, Tania Blixen, Albert Einstein, Thomas Mann und Friedrich Dürrenmatt.

AtV
Aufbau Taschenbuch Verlag